强国记

中国知识产权的力量

"十四五"国家重点出版物出版规划项目

徐　剑　著
李玉梅

海燕出版社

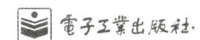

电子工业出版社

图书在版编目（CIP）数据

强国记：中国知识产权的力量 / 徐剑，李玉梅著. —郑州：海燕出版社；北京：电子工业出版社，2024.4
ISBN 978-7-5350-6827-9

Ⅰ. ①强… Ⅱ. ①徐… ②李… Ⅲ. ①报告文学 - 中国 - 当代 Ⅳ. ①I25

中国国家版本馆CIP数据核字（2024）第073826号

强国记——中国知识产权的力量
QIANGGUO JI——ZHONGGUO ZHISHI CHANQUAN DE LILIANG

出版人：李 勇	美术编辑：彭宏宇
策划编辑：李喜婷	装帧设计：樊 响
责任编辑：李喜婷 李 勇	责任校对：李培勇 王 达
王传臣 蔡 葵	郝 欣 张桂美
特约编辑：董中山 刘九如 秦绪军	责任质检：李红彦 谢欣廷
数字编辑：范 戈 徐 静	责任印制：邢宏洲

出版发行 海燕出版社
　　　　　地址：河南自贸试验区郑州片区（郑东）祥盛街27号
　　　　　邮编：450016　网址：www.haiyan.com
　　　　　发行部：0371-65723270　总编室：0371-63932972
经　　销：河南省新华书店
印　　刷：河南瑞之光印刷股份有限公司
开　　本：787毫米×1092毫米　1/16
印　　张：16.5
字　　数：330千字
版　　次：2024年4月第1版
印　　次：2024年4月第1次印刷
定　　价：58.00元

如发现印装质量问题，影响阅读，请与我社发行部联系调换。
严禁擅用本书制作各类出版物，著作权所有，违者必究。

黄河清　黄河

雲霧黄河流古驛驚濤登岸秋色細雨守
桑陵渡他鄉歸家斜倚朱楣聞笛悵惘
雲無聲嘆息古今多少英豪如夢今月
滿蘭窒東方皖白天晴薔雲壁九重悲喜交
集竹杖草深樂盡天真福澤且任派光似水
小曾怨前塵往昔知行歸一心生相交陽薑
荻

歲在甲辰乙春月錄李玉梅詞黄河清萸河於
河南鄭州黄河迎賓館徐勁

潇湘神 湘江

湘水流湘水流 九歌魂断楚人休 阅尽两湖生百态 千年风雨岳阳楼

岁在甲辰龙年春月書 李玉梅

词潇湘神湘江於河南鄭州黄河迎賓館 徐剑

明月走南浦 珠江

帆影重昰光燦爛 千百年來雲卷舒
間煙雨濛濛如畫卷 嚴冬已過春回暖
一夜驚為天下先 紫陌紅塵激蕩風雲
變粵港澳河清海晏 大灣區踏歌懷遠

歲在甲辰龍年春月書李玉梅詞明月
走南浦珠江於河南鄭州黃河迎賓館 徐剑

序：从北京出发

没想到清晨的天安门广场会有这么多人。口音芜杂，南腔北调。有白发苍苍，有风华正茂，也有被托举在肩上的黄髫小儿，有拖家带口，有情侣伉俪，更有一个人的背包客，独行侠。

今天，他也是一个人来的，心潮澎湃亦如当年25岁第一次近距离地观看升旗仪式。他16岁从云贵高原的宝象河边戎装起步，靠着一支笔勤奋地书写，北上潇湘，再北上京畿。今年他已经65岁了，与祖国的心脏城市整整同频共振了40个年头。

庄严雄壮、气势磅礴的国歌声回荡在天安门广场上空。

2分7秒，国旗离开护旗手的护卫，和着国歌的节奏升到了杆顶。在一片欢呼雀跃声中，他的眼眶有点湿润。

人群潮水般退却，他缓步向家的方向慢蹀。沿着故宫的宫墙北行，初升的旭日看上去散发着温热之气，一缕阳光透过老树的枝丫洒在中国红的墙上，树影斑驳，天地之间激荡着一股浩然正气。

这些年，在女儿的熏陶下，他习惯了使用蓝牙耳机，在不打扰他人的前提下随时随地聆听手机音乐与各种音频讯息。

"到2027年，知识产权促进工业和信息化领域重点产业高质量发展的成效更加显著，知识产权强链护链能力进一步提升。工业和信息化领域重点产业高价值专利创造能力明显增强，规模以上制造业重点领域企业每亿元营业收入高价值专利数接近4件，专利密集型产业增加值占国内生产总值（GDP）的比重明显提高；知识产权运用机制更加健全，企业知识产权运用能力显著提升；知识产权保护水平稳步提高，保护规则更加完善；知识产权服务机构专业化、市场化、国际化程度不断加强，知识产权服务业高质量发展格局初步形成，知识产权公共服务供给显著增强……"

"嘀嘀嘀"，手机闹钟响了，提醒他今天上午9点约了一场采访。采访对象与刚才新闻里的讯息有着千丝万缕的联系，一位国家专利金奖获得者，有"中国盾构机之父"之称的中国中铁股份有限公司高级专家李建斌，中国全断面隧道掘进机施工技术的开拓者和奠基人。

当下之中国，飞天有神舟，潜海有蛟龙，追风有高铁，入地有盾构。一项项大国重器推动了中国迅速崛起。

看一个大国的崛起，有一个重要的指标，就是知识产权的运用与影响。中国的专利数量从2019年始，连续五年世界第一。

大河之滨的海燕出版社是家少儿社，欲写发明家创新、创造的强国故事，给孩子描绘一幅科技强国图画，便与电子工业出版社联袂，邀约他写《强国记——中国知识产权的力量》，他欣然允诺，但心情难以平静。他曾写过不少中国的重大工程，深刻理解专利是知识产权的核心，保护知识产权就是保护创新，创新是新质生产力的核心和引领。书写知识产权的力量，出版社十分明确，根据工信部与国家知识产权局联合印发的《知识产权助力产业创新发展行动方案（2023—2027）》，遴选了工业和信息化领域获得中国专利金奖、蜚声世界的企业及发明人作为采访对象。待助手做完采访行程规划后，他愣住了。强国记之行居然要跨越中国的三条大河——黄河、长江与珠江，从北京出发，先去黄河流经的河南郑州，再抵长江流域洞庭湖水系的湘江，再继续向南，到珠江流域的粤港澳大湾区。

从世界诸国的崛起脉络来看，一个大国的崛起背后，无不濒临烟波浩森的江河湖海，中华亦然。天海一色，风起东方，却在自己的身后，奔流着一条条历史与文明的大江大河，浪花一如众生，一如文字，向前。面向大海，面向世界，却在告诉人们：无科技不工业，无工业不强国，但大国雄起背后还有更为强大的缘起——文明与文化的支撑。

改革开放40多年，从大河上下，湘江、南盘江上游来的赶潮者们纷纷到珠三角、长三角流域创造了中国奇迹与中国速度，于是，在大河向东流的地方，通过跟学、消化、反超，中铁工程装备集团从中铁1号至1400号盾构机以及BTM横空出世，在湘江之滨出现了长珠潭大国制造集群，三一重工、中联重科和株洲中车只是其中优秀的代表，而珠三角大湾区，则涌现一批世界级的企业，把专利金奖揽入囊中的有华为、腾讯、科大讯飞和大亚湾核电站。大江东去，衮衮英雄谁在？黄河入海流，逐浪沧海。1985年4月1日，《中华人民共和国专利法》实施的第一天，原航天工业部207所工程师胡国华提交了第一件专利申请，专利号为85100001.0。截至2023年12月31日，我国国内（不含港澳台）发明专利拥有量达到401.5万件，成为世界上首个国内有效发明专利数量突破400万件的国家。我国国内（不含港澳台）发明专利有效量达到第一个100万件用时31年，而突破第4个100万件仅用时一年半。在这400多万件有效发明专利中，高价值发明专利所占比重达到四成以上。我国已成为名副其实的知识产权大国。众多专利推动了总书记要求的"中国制造向中国创造转变，中国速度向中国质量转变，中国产品向中国品牌转变"，一批高端化、智能化、绿色化，具有国际竞争力的制造业集群称雄世界。

大河与人类文明有着密切关系。在世界各国中，只有中国是自古以来就完整拥有长江、黄河两条世界级大河的国度。在中华传统文化中，黄河与长江被提及的概率要远高于珠江，从古至今有无数的诗词为证。"黄河之水天上来"，黄河不仅是一条地理之河，更是一条文明之河、精神之河，华夏文明发轫于黄河流域，黄河便被认定为中华民族的母亲河。其实，长江与黄河一样，亦是中华文明的发祥地、中华民族的摇篮，也是一条母亲河，"唯见长江天际流"。

珠江，在大多数人的认知里是一种陌生的存在，但对他而言不是。

他眷恋珠江，只因他与珠江都源自云贵高原。云南三大湖泊中滇池属长江水系，洱海属澜沧江水系，抚仙湖属珠江水系。发源于云贵高原乌蒙山系马雄山的珠江，一改黄河、长江万折必东的性情，从高原俯冲而下，出云南，经贵州、广西、广东，最终汇入南海。

有一位文化学者曾这样书写他心中的珠江：今日之中华文明正如珠江一般，处在由江入海的关键节点上。所谓大海，即世界各处人类共同缔造的文化。我们每个人，正如一滴滴水珠，汇成浩荡洪流，无论是随波逐浪，还是击水中流，都会感受这洪流的裹挟和冲击之力，因而终究无法自外。由大江奔向大海，这或许就是所有近现代中国人的宿命。

珠江入海口的粤港澳大湾区将是他们这趟强国记之行的最后一站。

他不禁开始畅想，当他站在三面环山、三江汇聚的粤港澳大湾区，站在中国开放程度最高、经济活力最强之地时，心情该是怎样的汹涌澎湃？大江大河里流淌着中华民族的骨气和精神，起起落落，浮浮沉沉，历经数千年的风风雨雨，成为当今世界第二大经济体，综合国力的历史性跨越令全球瞩目。

《强国记——中国知识产权的力量》是中华民族迎来伟大复兴的新史记，强国的密码，藏在专利金奖里，藏在亘古流淌、川流不息的大江大河里。

太阳已然升起，中国红的宫墙愈加巍峨高耸。身边车流、人流熙熙攘攘，每个人都在奔赴各自不同的人生。

在他看来，每个人都是一条河流，且每条河都有自己的流向、去向和方向。

"强国行"就要出发了！他加快了脚步。

目录

- 001　上卷　黄河清

- 003　**盾构风云（上）**
- 003　　1. 腾越犹可越
- 006　　2. 高黎贡奇迹
- 013　　3. 三个转变
- 017　　4. 大瑶山隧道
- 021　　5. 铁马秋风大散关

- 029　**盾构风云（下）**
- 029　　1. 十八罗汉
- 033　　2. 入选"863"计划
- 037　　3. 中国中铁 1 号
- 041　　4. 一百单八将
- 049　　5. 大国重器
- 061　　6. 从中铁 1 号到雪域先锋号、领航号……

- 065　文化沉思：强国行之黄河之水天上来

- 081　中卷　潇湘神

- 083　**南疆月，湘江潮**
- 086　　1. 星耀灰
- 091　　2. 砂砾灰

097　3. 极光绿

重中之重
107　
107　1. 工号 00334
111　2. 踏着时代的行板
116　3. 杠杠的缸
123　4. 创造才是能

如砥如矢
130　
131　1. 最年轻的励志
138　2. 只有 10 分钟
142　3. 久香沉香楼
152　4. 少有人走的路
155　5. 拾年之约

158　**文化沉思：强国行之正是湘江好风景**

171　**下卷　珠江风**

无处不在
173　
175　1. 不惑之年的生日礼物
　　　——鸿蒙开拓者
180　2. 而立之年摘得中国专利金奖
185　3. 弱冠之年的华为新星
191　4. 莫奈花园的午餐

197　AI 星火

- 197　1. 同声相应
- 202　2. 侧耳倾听
- 205　3. 讯飞星火

210　在云端

- 212　1. 腾讯云的第一朵原生花
- 218　2. 花开要有土壤
- 220　3. 腾讯会议会开会

223　大亚湾的夜色

- 224　1. 三人行必有我师焉
- 226　2. 创师傅炼成记
- 232　3. 三剑客强强联手
- 236　4. 华龙一号

238　文化沉思：强国行之珠江烟水碧蒙蒙

244　跋：在粤港澳大湾区看中国

上卷 黄河清

黄河清 · 黄河

云霭黄河流古驿,惊涛登岸秋色。细雨守风陵渡,他乡归客。斜倚朱楼闻笛,怅然处、无声叹息。古今多少英豪,如梦令、月满兰室。

东方既白天晴,苍穹望九重,悲喜交集。竹杖草深,乐尽天真福泽。且任流光似水,不曾怨、前尘往昔。知行归一,心生相、夕阳芦荻。

第二十一届
中国专利金奖
（2019 年）

专利号
ZL201610975537.9

专利名称
隧道联络通道用盾构机及其联络通道掘进方法

专利权人
中铁工程装备集团有限公司

发明人
陈昆鹏　李建斌　程永龙　谭顺辉　陈世友　郑康泰

盾构风云（上）

1. 腾越犹可越　　　　　　　　2021年的春天姗姗来迟，已经是三月天，一场倒春寒袭击北京城郭，却挡不住春天的脚步。

李建斌在他59岁之际，卸任了中铁高新工业股份有限公司党委副书记、总经理职务，履新中国中铁高级专家这一新职务。开过交接会，他离开了总经理办公室，搬入高级专家办公室，走时只带走了两件东西。

第一件是一幅油画，画的是2014年习近平总书记在郑州视察中铁工程装备集团有限公司（简称中铁装备）盾构机研制车间的场景，李建斌在一旁讲解，这是他人生的高光时刻，一辈子也不会忘记。他没有挂与总书记在一起的大幅彩色照片，而是挂了一位画家朋友画的一幅油画。这其实是一种低调。那个时刻并不属于他自己，而是属于中铁工程装备集团有限公司的全体员工。油画上的总书记神采奕奕，在中铁装备盾构机生产线旁，了解到中国人的发明专利和大型装备制造已经赶超欧美，走向了世界时，脸上露出了满意的笑容。而站在旁边的李建斌似像非像，与其说是自己，倒不如说是中铁装备的一员。他将这幅油画虔敬地挂在专家办公室最醒目的地方，时刻警醒自己，在做高级专家的余生岁月里，决不辜负党中央和总书记对大国制造的嘱托和期待。

第二件是一份盾构机研究课题清单，清单打印在若干张A2纸上，分门别类列出了盾构机在结构、智能化、新材料应用等领域的课题名称。完成其中一项课题，他就画掉一项。对于新增的课题，他就在清单上手写上课题名称。

华夏之大，地球村之小，2008年，我国首台具有自主知识产权的复合式土压平衡盾构机中铁1号下线，十年磨一剑，仅仅十余年间，黄河祥雨天上来，奔流入海漂欧美。到2020年9月，中国中铁装备自主研发的1000台盾构机下线；到2023年底，1400台盾构机下线，金色硕果结在了黄河岸边。十年一梦，神州巨变，盾构机与高铁一样，都是百年大变局中中国崛起与复兴梦的一个标志啊！在李建斌的记忆中，中铁装备的盾构机第一次跨洋过海是2012年。马来西亚定购的两台，最高日掘进21米，入东南亚丛林，隧道提前43天贯通，创造了中国盾构机的海外奇迹。中国盾构机在海外业务一炮打响了，与欧美盾构机相比，价廉物美，随后受到新加坡客户的认可。几年之间，出口了30台到狮城，用于新加坡的地下交通建设。最让李建斌铭记在心的是2019年6月，中铁699号大直径土压平衡盾构机下线，应用于意大利北部米兰至维罗纳高铁线CEPAV项目，中国的高端隧道掘进装备销售到欧盟核心区。半年后，中铁777号、中铁778号两台土压平衡盾构机下线，应用于法国巴黎地铁建筑项目，这是中国盾构机首次反向出口到世界盾构机发源地和制造强国，回到了它的发明故乡，进入全球顶级高端市场。

二十年功名尘与梦，黄河东流去，英雄之梦，终归化为一片海雨天风。一切都平静下来了，壮士暮年，老骥伏枥，李建斌坐在39层的专家办公室，透过落地玻璃窗，幽燕春来，青山不老，他的科技生命还有第二春吗？！远处西岭沟壑仍有残雪，窗含春色，一个燕赵之子的创造之心，怎么会衰老呢？李建斌的睿眸从海外收回，重又聚落到东南亚雨林，最终落到高黎贡之巅时，他那激情燃烧的目光，突然黯淡下来了。

腾越难越啊！大瑞铁路过怒江，穿越高黎贡后，便进了古称腾越之地，与缅甸相接，是中国走向东南亚的重要通道。但是高黎贡素有野人山之称，当年日军魂断高黎贡，并未越过怒江天险，便是被高黎贡所阻。而今1000

多台中国自主品牌的中铁盾构机转战神州、海外，无往而不胜，而到了大瑞铁路，全长仅 331 公里，却遭遇重重困难。大瑞铁路穿越横断山，这是南方丝绸之路的襟要。其中全长 34.538 公里的高黎贡隧道，横亘于前，堪称亚洲最长铁路山岭隧道，工程难度可谓世所罕见。但彩云号硬岩掘进机志在必得，摆开了决战的架势。

盾构机兴起于欧洲，成熟技术引进中国是 20 世纪 90 年代的事，吃第一口螃蟹的，非秦岭铁路隧道莫属。引进的掘进机以高于传统空压机风钻和凿岩台机 60% 的效率为中国隧道工程师和技术人员所歆羡。他们想知道，盾构机是何方神圣，多么像中国古代神话中的土行孙啊，穿行于大地之下和千山之中，如入无人之境。

其实盾构机是一种用于隧道暗挖施工的设备，具有金属外壳，壳内装有整机及辅助设备，在盾壳的掩护下进行土体开挖、土渣排运、整体推进和管片安装作业，从而使隧道一道成形。盾构机的工作原理就是一大套钢结构组件沿隧道轴线边向前推进边对土体进行掘进，钢结构盾壳对刚挖出未衬砌的隧道段起临时支护作用，承受周围土层的土压或地下水的水压，并将地下水挡在盾壳之外，掘进、排土、衬砌等作业，皆在盾壳的掩护下进行。

盾构机和岩石掘进机统称为隧道掘进机，英文名"Tunnel Boring Machine"，简称 TBM。在欧美，TBM 泛指软土和岩石地层的掘进机；而在我国和日本，盾构机现一般指软土地层或软土层为控制性地层的掘进机，而 TBM 一般指岩石地层的掘进机。

美国罗宾斯公司对大瑞铁路项目垂涎欲滴，高黎贡隧道之长、地质之复杂冠绝亚洲，这可是约瑟夫·洛克屡次提到的神山啊，罗宾斯盾构机也属于世界盾构机第一方阵啊，岂可缺席中国南丝绸之路的交通建设？竞标，与中铁装备制造的盾构机高黎贡论剑，一比高下。罗宾斯如愿中标，可拿下的是辅洞。施工伊始已经两次卡壳了，停工 20 多天。而中铁装备的彩云号赢得了正洞的标段，选了一个良辰吉日，2017 年 8 月 28 日开进高黎贡，切口施工，开始顺风顺水，曾一度创造每天 40 米的掘进速度，正洞掘进 3000 米，彩云号便开挖了 2200 米，远远超越了两次卡壳的美国罗宾斯盾构机。奇迹啊！大国制造在高黎贡显出神威。

然而，高黎贡在沉默，北走逶迤 400 公里，巍峨于怒江之西，与碧罗雪山相峙，犹如两尊山神一样，沉默如雷，任怒水拍岸，伺机寻找撼山之怒。

可是当掘进到了 7000 米处，山神发怒了，19 条活动断裂带惊现于前，尽管彩云号 TBM 前进时能判断前方 100 米左右的地质状况，但高压富水还是一涌而下，气压如惊雷，有的破口水涌的压强达到了 7 兆帕，犹如一条湍急的河流涌下。彩云号被高压富水和碎石带团团包裹住，刀盘和刀片被水压堵住，动弹不得。进亦难，退亦难。李建斌多次去高黎贡寻找破解之道。然而，高黎贡铁道隧道施工严重受阻，隧道地质需要治理，掘进技术和功能需要改进。

在刀盘上开孔，将断裂带的水压释放出来。李建斌琢磨了很久，寻求让彩云号重新运转起来的新技术，可是开孔径多大，在何处开，开多少个孔合适，必须有科学实验数据支撑啊。

研发方案已有，彩云号完全可以重新在高黎贡转动。

2. 高黎贡奇迹

那天的采访话题，我们提及几年前曾站在彩云号前，说过硬岩掘进机会不会被卡在高黎贡隧道里的话，没想到一语成谶。

"哈哈，真的吗？！"李建斌仰天大笑，"你们作家情感细腻，生性敏感，是不是与山水大地有点通灵啊，怎么能先知先觉呢！"

"不！我们只是对大山大河有一种敬畏和悲悯吧！"2019 年，在写作一部反映云南面向南亚、东南亚辐射中心建设成就的长篇报告文学时，我们曾去过大瑞铁路高黎贡隧道的施工现场。

"我也心生敬畏啊！"李建斌说。在中铁隧道局待过的人，无论学工程的，还是学机械的，在对大山动土之前，都会充分了解山脉地理、水文、地质结构和生态，当然还有大山四周原住民的历史文化、人文风情、风俗和风物。

"你去过高黎贡多少次？"

"太多了，一趟又一趟的，数不过来。我说一个数字吧！"李建斌说他有一年坐了 78 天的飞机。那时，横断山麓里，有两条高原铁道在开工，一条是川藏铁路，一条是大瑞铁路。前者，中铁装备公司上了 6 台掘进机，后者在高黎贡，上了 1 台彩云号。

李建斌说，大瑞铁路东起云南大理，西至中缅口岸瑞丽，穿越云南西部的苍山、高黎贡，跨怒江、澜沧江、西洱河，全长约 331 公里，设计时速 140 公里，是"一带一路"倡议中泛亚铁路（西线）中缅国际铁路通道的重要组成部分。高黎贡隧道全长 34.538 公里，是大瑞铁路控制性工程，位于云南保山，是世界第 7 长隧道、亚洲最长铁路山岭隧道、中国最长铁路隧道。

当年在滇缅战场，中国远征军兵败野人山，数万官兵魂殇高黎贡，就是不了解它的大山地理脾气和性格啊。而李建斌通过高黎贡隧道的地质勘探报告得知，这是中国全断面隧道掘进机施工以来他见过的所有地质报告中最复杂的，没有之一。高黎贡隧道地层种类高达 18 种，穿越 19 条断裂带。

他说，作为中国第一条穿越横断山脉的干线铁路隧道，高黎贡隧道进口段要穿越 18 种岩性、12 条断层，出口段则要穿越 8 种岩性、7 条断层。

2015年底，高黎贡隧道开工建设。隧道所在位置历经24次选线、3次完善设计，依然要面对工程建设世界级难题中的高地热、高地应力与高地震烈度。与这"三高"中的任何一项过招都是极限挑战，而高黎贡隧道是"三高"俱全，建设难度可想而知。

2017年5月，李建斌第一次到高黎贡隧道。在办公室里看地质勘探报告与双脚踏在横断山脉的大山上的感觉是不一样的。李建斌以自己亲力亲为的脚板问道高黎贡，将中国制造的诗行烙印到高黎贡的腹地。他先去了高黎贡公路博物馆，抗战年代十万民工修筑史迪威公路的壮举令他敬仰；随后他又去了潞江坝的高黎贡生态馆，一步一步沿茶马古道走至旧街后又驱车抵达松山抗战旧址，对高黎贡的全貌有了清晰的了解。高黎贡分北中南三段，北高，中险，南低。北段主峰嘎娃嘎普峰在贡山县境，海拔5128米，常年积雪。中段在福贡县、泸水市境内，渐次走低，但最高峰丫扁山海拔4161米，群山南北走向，狭长陡峭，高耸入云，为中缅界山，著名的野人山在此。南段在保山市与德宏傣族景颇族自治州境内，中印公路建于此，过去车至惠通桥的弹石路段最为惊险，怒江十八拐，步步惊心。而大瑞铁路的高黎贡隧道就离惠通桥不远。李建斌细致地考察了这里的地质，森林植被好，高树参天，绿植葳蕤山野，印度洋的季风与横断山的气流交汇于此。在东南亚热带气旋与高原寒带的接合部，雨水丰沛，具有水平地带性和垂直分布。热带雨林，亚热带阔叶林，灌木、草丛、草甸皆有之，无疑这个大山家族就是一个巨型的水库。而它的山脉主体多由混合岩、片麻岩组成，山体下部有大面积的岩浆岩出露，印度板块与欧亚板块的撞击形成了俯冲的缝合线地带，新构造运动的地质遗迹处处可见，地貌环境太复杂了。以李建斌当年在大瑶山、秦岭的地质所见，他走进了一个最具代表性的地质博物馆。

相传，"高黎"是云南景颇族一个庞大的家族，"贡"在景颇语中就是

"山"的意思。高黎贡，意为"高黎家族的山"。现在"高黎贡山"的说法是汉族按照传统的语言逻辑在"高黎贡"后面多加了一个"山"字。"高黎贡山"一词最早的记载是在唐代著名学者樊绰所著的《蛮书》中。

时至今日，景颇族以及世代居住在高黎贡周围的少数民族，他们在日常表达时是不会加这个略显多余的"山"字的。

"高黎贡山切不可小觑啊！"在与我聊到这座高山时，即便是了解了它与景颇族的渊源，李建斌还是说出了这个"山"字。他说："它是中国国家级的自然保护区，世界生物保护圈，三江并流世界自然遗产核心区，是具有国际意义的陆地生物多样性的关键地区，被称为世界物种基因库、世界自然遗产、生命的避难所、野生动物的乐园、东亚植物区系的摇篮，其重要性不言而喻。在这种自然、地理、地质、生态、历史和文化核心圈里施工，在世界最敏感的山系里动土，既要小心翼翼，万无一失，又要自信满满，各种预案齐全。能够攻克高黎贡山，中国大盾构横扫天下，再无敌手！"

亿万年前，印度板块和欧亚板块漂移相遇，碰撞接合，高黎贡横空出世，成为地球上最壮观的墙，分割着亚洲最重要的两片地域。

北接青藏高原、南接中南半岛、东邻怒山、西毗印缅山地的高黎贡，跨越5个纬度和南亚热带、中亚热带、北亚热带、暖温带、凉温带、亚寒带、寒带7个类型气候区。

在诗人的笔下，高黎贡是一艘"诺亚方舟"。史前漫长的冰河期，许多濒危物种在高黎贡山幸运地存活下来，千万年后，它们的同类已经在地球的其他地方灭绝，只有在高黎贡这个天然"避难所"，众多古老的物种还化石一样孤独地活着，繁衍着。

气候的多样性，决定了物种的多样性，高黎贡是一座生物多样性宝库，是一本自然的生态百科全书，也是世代居住在这里的汉、傣、傈僳、回、佤、景颇、阿昌等民族的家园与精神图腾。对于即将呼啸而过的大瑞铁路，依山而居、与山共生的人们既期待又担忧，他们从心底迫切希望融入越来越快的高铁时代，但又害怕打扰了高黎贡千万年来与世无争的安宁。

"生态，生态！这是红线，更是高压线，碰不得！"李建斌说。高黎贡山上的山花蔓草，都是人类的眼睫毛。虽然云岭温婉，雨量丰沛，但是怒江两岸壁立千仞，惊涛拍岸，寻一块平缓之地，极其困难。这么多年来，金沙江、澜沧江修筑的梯级电站，都是千万千瓦级的装机，向家坝、白鹤滩、乌东德、曼湾，一个接一个。可是怒江流域，国家一个也没有批，就是因为高黎贡的生态极其脆弱，怒江两岸悬崖上的一草一树都是千万年之果啊，一旦毁灭，就会万劫不复。作为一个建设者，李建斌百分之百理解这种矛盾的心态，他能做的就是在工程建设与生态保护之间寻找一个最佳的平衡点。他曾无数次跟团队的工程师们强调："要想设计出最精准的掘进机，必须到现场，坡面的切口一定要小之又小，考虑各种生态因素，只有现场才是你设计的真正起点。"

高黎贡隧道周边有上百处温泉，隧道最大埋深1155米，应力集中，这里是印度板块与欧亚板块的碰撞缝合带，每一块岩石都承受着巨大的压力。埋深越大，压力越大。保山本就处于滇西南地震带，地震活动强度大、频度高，而隧道恰好就处于地质监测的重点区域。一旦隧道施工打破了原本的压力平衡，随时都有可能发生岩爆。

李建斌来的时候，美国罗宾斯公司的掘进机刚刚卡壳停工，设备方与施工方都在焦灼地等待着排除故障。美国罗宾斯公司创建于1951年，是世界上第一台隧道掘进机的发明者，也是世界上专门设计、制造、销售及服务隧道掘进设备的国际知名企业，在全球参与过数以百计的隧道掘进工程。

看过现场后，李建斌沉默着，相信用不了多久，中国自主研发的彩云号硬岩掘进机也会加入到这项国家重点工程中来。罗宾斯公司的掘进机直径6.39米,而彩云号的直径9.03米,是当时中国自主研制的国内最大直径硬岩掘进机。

几年前我们见到彩云号盾构机时,它正在昆明长水航城东侧的工业园区里安装。此时不识李建斌,先识彩云号。祥云起东风,巨龙横云岭,厂房的一角,陈设着几台微缩盾构机电动模型。接通电源,打开开关,原本不可见的盾构机工作状态立刻直观、完整地显现在我们面前。最后演示的一台盾构机,看上去极尽华美。白色刀盘上有一幅用橙、黄、蓝、绿、紫五色绘就的巨幅孔雀图案,尤其是在电源开启之后,刀盘螺旋转动,远远看去,一只开屏的五彩孔雀正在向世人展示它的无穷魅力。

第一次见这样一个庞然大物,找不到任何可以隐喻的比对物,觉得用穿山甲、土行孙来类比,都太小了,唯有巨龙、海下核潜艇可以一比,再无其他的参照物。在一个大厂房里,已经组装完成的彩云号掘进机横亘在水泥地上,200多米长,9.03米高,巍巍乎壮观乎。

"那就是彩云号!是我们专门为大瑞铁路高黎贡隧道施工设计的。云南有'彩云之南'之称,高黎贡隧道途经的德宏州则是'孔雀之乡',所以我们的研发设计人员将两种元素结合,对这台设备的外观进行了特色呈现。当然了,彩云号隧道掘进机的创新不仅仅体现在外观设计和命名上。滇西南地区地质构造运动活跃,地质条件复杂,尤其是高黎贡。徐老师,李老师,您二位刚从高黎贡回来,实地走了一圈之后,你们应该能够理解我说的'复杂'意味着什么。"

"高黎贡是万山之神啊,神山上动土,你们的彩云号盾构机不会兵败松山?"徐剑说。

李建斌说:"我们在东北松山的水利枢纽工程完胜啊!打通了一座山,

顺风顺水。"

"彼松山，非此松山。这个松山，就是高黎贡的中国军队反攻的主战场，地堡交织，关隘重重，伤亡惨重啊。"

"我们有备而来，在横断山试过刀，川藏铁路我们6台掘进机在施工，考验了我们的装备设计与制造水平。"

即便是将与世界知名掘进机企业同场竞技，李建斌也毫无惧色，他对中国自主研制的硬岩掘进机充满信心。事实证明，李建斌并非盲目自信。随着彩云号的加入，高黎贡隧道施工速度明显提高。施工过程中依然问题不断：正洞围岩收敛卡机、钻孔涌泥，平导TBM突涌溜坍造成刀盘与护盾双卡双待、盾尾支护频繁变形开裂，迂回导坑掌子面溜塌、多次初支变形……这条世界上最难修的隧道也一直在向前艰难推进着。

李建斌没有在高黎贡隧道逗留太久，他也没有返回北京，而是从云南保山直接去了川藏铁路建设现场。

川藏铁路是连接四川省与西藏自治区的快速铁路，东西走向，东起四川省成都市，西至西藏自治区拉萨市，全长约1838公里，其建设难度和工程量远超青藏铁路，全线需跨越四川盆地、川西高山峡谷和藏东南横断山区等多个复杂地貌，海拔落差高达3000多米。这里的地质构造同样复杂多变，低热、岩爆、软岩层以及突发性水流，更有高原的低氧低压，施工与建设难度不亚于高黎贡隧道。

川藏铁路所需的10台TBM设备，中铁装备中标了6台，就是因为中铁装备TBM装有李建斌新发明的"一种硬岩TBM掘进控制参数智能决策方法和系统"，建立了岩-机TBM掘进互馈作用模型，实现了土体智能识别准确率超过85%，创建了国内首家TBM刀盘智能设计，遇硬岩用硬岩刀盘，遇土体出土体刀盘，国内外独此一家，故能在川藏铁路上一骑绝尘，一枝独秀。

可是从高黎贡隧道到川藏铁路，一圈走下来，李建斌仰天喟叹，中国的地质构造还没有发育完全，它是不成熟的，既年轻又复杂。这样的地质构造给建设者带来的是巨大、不可想象、无法预估的挑战。

忽然想起采访时的一个细节，作家问他这么多年在中国的大山大川之间行走，是否拍摄了很多绝美的照片，是否有收集各种有代表性的石头的习惯。他笑了。摄影与赏石，这么雅致的兴趣与爱好，李建斌是真没有。走遍千山，与山为伴的人，山在心中，何须影片！但李建斌写了很多只有他自己能读懂的考察日志，时间、地点、事件，言简意赅，能用30个字表达清楚的，绝对不会用到31个字。李建斌觉得多一个字都多余，是累赘。但是几十年下来，竹杖铁鞋轻胜马，却听穿林打叶声，几行、几句的山川地理、大山地质、江河水流的考察日志，李建斌也写了几十本之多，将一个工程师的脚印写成了大地诗行。

3．三个转变

2014年，农历甲午年是一个马年。

甲午年，在近代中国的历史上，虽然冠以这个年号的甲午海战，大清北洋水师全军覆没，中国人从此留下一个悲情记忆。民族的悲情可以不忘，但是该翻篇了。何不来一个一马当先，万马奔腾呢，对于中铁装备公司来说，不忘国耻，拿出世界一流盾构机来，称雄世界，以耀国威。

这一年对于中铁装备，可谓喜讯频传。

2014年，东南亚传来好消息，中铁工程装备集团有限公司首条盾构隧道吉隆坡地铁双线贯通，这是中国盾构装备走向海外的第一步。

"桐花万里丹山路，雏凤清于老凤声。"这第一声东南亚雨林的啼鸣，宣告着中铁工程装备来了，中国来了。而在它的后边，有一个巨大的盾构机产业生产链。

河南，郑州市经济技术开发区第六大街99号，中铁工程装备集团有限公司所在地。这是中铁装备的盾构机总装车间所在地。

中铁装备郑州盾构机总装车间，不仅是首批中国中铁"开路先锋"文化教育基地，也是中宣部命名的全国爱国主义教育示范基地。李建斌曾经无数次站在盾构总装车间的"开路先锋"文化长廊前，向来访的各级领导与嘉宾介绍盾构机的前世与今生。

文化长廊上有一张不算太清晰的照片，是从中央电视台科教频道2018年2月12日《创新一线》栏目播出的纪录片《中国盾构机》中截取下来的图片。

那是一只船蛆，一种寄生在船上木板中的蛀虫，海螂目，船蛆科，船蛆属软体动物，它还有几个更为形象的名字：凿船贝、凿船虫、船食虫。从这些名字不难看出船蛆的性格底色与本质属性：它是一种贝，它的专属技能是凿船，它以船为食物。仔细想一下，船蛆是个多么矛盾的存在，船是它赖以存活的宿主，但寄生于此的船蛆又以破坏船体为终极目标。它每日不间断地劳作，结局就是与船只一起覆灭，葬身汪洋。当然，如果它停下来不进食，等待它的也是死亡。

船蛆对船只的破坏，意大利航海家、发现美洲大陆的克里斯托弗·哥伦布有着切肤之痛。

哥伦布的航海日志记载：

一共9天之久，我像一个失落者，全无任何生机。肉眼从未看见波涛如此汹涌、愤怒与满布泡沫。飓风不但阻止我们前进，而且不容我们躲往任何岬角之后以求庇护的机会。经过12个恐怖的日子后，这场咆哮终于过去，舰队停泊在现在巴拿马运河东端的一个港内。13位水手划着旗舰的小船，上溯一条河流以找寻清水时，受到印第安人的攻击，除了一名西班牙人外，余均被杀，船也被夺。有两艘船被虫蚁腐蚀得不能下海而须抛弃。另外两艘漏得厉害，须用马达日夜抽水。最后，虫蚁战胜人力，这些幸存的船只，不得不搁浅在牙买加的海滩上。那些落魄的船员在那里停留了一年零五天，食物只能依靠当地土著人不稳固的友谊，而那些土著人也只能匀出些微的食物。

哥伦布航海日志中提及的被虫蚁腐蚀不能下海而抛弃的两艘船，罪魁祸首正是船蛆。

用生命钻孔的船蛆，虽然是无数航海人的噩梦，但在法国工程师马克·布鲁诺尔眼中，却是一种可爱的能带给他发明灵感的小精灵。

船蛆虫体的前端有两片薄而小的贝壳，贝壳上排列着细密的齿纹，形似一把锉，又像一把凿刀，船蛆借助它在木头上反复旋转摩擦，锉下的木屑就是船蛆的食物，凿出的孔穴可以容身安居。船蛆柔软的躯体能分泌一种黏液，可以凝固成薄薄的石灰质白色管道，像一副厚厚的铠甲把船蛆完整地包裹、保护起来。

马克·布鲁诺尔认真研究了船蛆在木板上蛀出的孔洞，仔细观察了船蛆在木头上凿穴而居的过程，他脑中灵光闪现，萌发出了一个大胆、新奇的念头。船蛆是海洋木质设施的顶级破坏王，但它同时也是一个技艺高超的建筑大师，一位每一个细胞都极具建设能力的结构大师，一个孤勇者，一虫堪抵百万兵。

"唰唰唰"，马克·布鲁诺尔以船蛆的身躯为模型，在纸上画出了他的设想。

在马克·布鲁诺尔的笔下，船蛆变身为钢铁侠，身体前端像锉又像凿刀的贝壳被分解为多个单元格，每个单元格内可容得下一人，这些单元格被固定在盾壳上。在隧道施工时，工人可以在独立的单元格内劳作。一段隧道施工完毕，再由外力向前整体推进盾壳。这就是1806年马克·布鲁诺尔最初的构想，其间历经12年的不断改进，直到1818年，才彻底完善了盾构结构的机械系统，形成了前方开挖、衬砌紧随其后的工作模式，全断面螺旋式开挖的封闭式盾壳面世。

马克·布鲁诺尔提出了盾构掘进隧道的原理，并获得英国的专利。

泰晤士河隧道是世界上第一条水下隧道，也是世界上第一条用马克·布鲁诺尔创造的盾构法建设的隧道。要想打通全长396米的泰晤士河隧道，原本英国人保守估计需要100年。而因为有了马克·布鲁诺尔的盾构法，只用了18年便贯通了。1825年开工，1843年竣工，其间历经5次特大涌水事故，还中途停工了6年。

闻名世界的连接英国与法国的英吉利海峡隧道，在建设时也采用了盾构法施工，1987年12月开工，1994年6月全部建成并对外运营，仅用时7年。从泰晤士河隧道到英吉利海峡隧道，马克·布鲁诺尔的盾构法在一个又一个工程建设实践中悄然进化，日臻成熟。

在中国，对盾构法施工的探索始于1953年，与国外相比，整整晚了128年。

每次讲解到这里，李建斌都会说同样一段话："晚起跑并不意味一直落后，输在起跑线上并不代表会输在终点线。中国全断面隧道掘进机的发展史是中国大型建设机械的缩影，无一例外都是从无到有，从进口到出口，从跟跑一流到领跑世界。"2014年5月那场令他终生难忘的现场讲解也不例外，李建斌不但重复了刚才的一席话，还特意加重自豪的语气。

2014年5月10日,习近平总书记在河南考察时,来到了中铁工程装备集团有限公司。

在中铁工程装备集团有限公司盾构总装车间,习近平总书记一边听讲解一边通过模型了解盾构机整体构造和工作原理,然后登上一座85米长的盾构机装配平台,察看装配情况。习近平总书记指出:"你们做的事业很有意义!要加快构建以企业为主体、市场为导向、产学研相结合的技术创新体系,加强创新人才队伍建设,搭建创新服务平台,推动科技和经济紧密结合,努力实现优势领域、共性技术、关键技术的重大突破,推动中国制造向中国创造转变、中国速度向中国质量转变、中国产品向中国品牌转变。"

制造业是国家经济命脉所系,是立国之本、强国之基。"三个转变"为中国建设制造强国指明了方向,是中国制造高质量发展的根本。

2017年,国务院将5月10日设立为"中国品牌日",大力宣传知名自主品牌,讲好中国品牌故事,提高自主品牌影响力和认知度。

消息传来,作为中国制造业"三个转变"重要指示的发源地,中铁工程装备集团有限公司盾构总装车间一片欢腾。李建斌内心五味杂陈,百感交集。

4. 大瑶山隧道

6岁上学,15岁参加高考,成绩一出来,河北省石家庄市赵县新寨店镇北三相村整个村沸腾了!老李家的儿子建斌考了全县第四名!

在去上大学之前,李建斌从来没有离开过赵县,虽然北三相村距离县城仅仅4公里,他也没进过县城。地里的农活,农家娃李建斌无一不会,无论是种麦子、玉米、大豆、高粱,还是摘棉花、挖红薯,他都干得得心应手。

其实还不仅仅地里的活他能上手,就连蒸窝头这样的家务事也不在话下。对于上大学,李建斌早就有主意了,他想学汽车专业。

小时候,村边的公路上偶尔有一辆小汽车开过,那可是稀罕事。村里的孩子们奔走相告,小伙伴们争先恐后铆足了劲往村头飞奔,一边跑一边大呼小叫,只为看一眼四个轱辘在公路上全自动飞驰的小汽车。

那时候的李建斌以为汽车两头都能开,无所谓车头与车尾。回想自己奇异的想法,李建斌觉得十分好笑,为什么会产生那样的想法呢?现在想想小时候看到的应该是辆老式伏尔加汽车,车头与车尾的造型几乎对称,给涉世未深的少年造成了误导。但奇特的想法就是创新的源头,中国动车高铁就实现了两头都可以开,首尾都设计有驾驶室。

1978年夏天,李建斌如愿被吉林工业大学汽车运输工程专业录取。那是恢复高考后的第二年,大学生堪称时代骄子,且十年的高中生合在一起考,能考上大学者凤毛麟角,国家又包分配。1982年,李建斌大学毕业了,按当时专业对口,他最可能分到第一汽车制造厂。可是,偏偏分到了铁道部,不过与他学的专业"运输工程"还对得上号。李建斌到了铁道部隧道工程局一处汽车队工作。

按照当时的分配原则,李建斌原本是不可能进入铁道部下属的部门工作的。偏巧,那一年,位于广东韶关西北的坪石至乐昌间京广铁路的衡广复线(衡阳至广州)工程上马,进口了一大批汽车用于工程建设,而汽车专业的人才是铁道部匮乏的。所以在那一年招聘了两个汽车运输工程专业的大学生,一个来自西安工程学院,另一个便是吉林工业大学的李建斌。

报到地点在大瑶山,南岭的一条支脉,在广东韶关乐昌与湖南宜章之间,长江水系与珠江的分水岭。当年宋代苏门四学士之一的秦观被贬逐郴州,望南岭苍苍,蛰居孤馆闭春寒,杜鹃声声断肠,斜阳恨晚,驿馆寄梅,砌成此恨无重数,唯有一抔眼泪随郴水下潇湘了。

李建斌在大瑶山住的临时工棚,就在大瑶山隧道口,离镇上还有一二十公里。入秋之后,冷雨潇潇,满地泥泞,冬天里几乎见不到太阳,比秦观杜鹃声里看夕阳还惨,可是李建斌一点也不觉得苦,北方农村孩子,上了大学跃过龙门,一月五六十元的收入,还有月奖、年奖,已经十分知足了。

上班的时候,他还没过20岁生日,不满20岁,是当时一处里最年轻的助理工程师。

汽车队有上百台车,进口的、国产的都有。意大利产的佩尔利尼自卸卡车,日本的五十铃轻卡货车、三菱重卡,国产汽车以解放、东风为主。以前在学校的实操课上,好几个同学围着一台车子,没有故障就制造故障来体验维修,提升技术。现在汽车队的车子大小故障层出不穷,一个人要同时伺候好几台车。好在有些老司机师傅能自己上手修理,李建斌每天忙得团团转,连做梦都在修汽车。

李建斌刚参加工作那会儿,中国的工程建设还没有实行项目化管理,还是大兵团作战模式,铁道部隧道工程局驻扎在衡广复线的控制性工程大瑶山隧道施工现场。从一线到后勤,一万多人,浩浩荡荡。

大瑶山隧道是中国第一条通车的超长双线电气化铁路隧道,自北向南穿越大瑶山,全长14.295公里。大瑶山隧道在施工过程中采用了当时国外最先进的大型机械和施工方法"新奥法"。

"新奥法"即新奥地利隧道365JT施工方法的简称。"新奥法"概念是奥地利学者拉布西维兹教授于20世纪50年代提出的,它是以隧道工程经验和岩体力学的理论为基础,将锚杆和喷射混凝土组合在一起作为主要支护手段的一种施工方法,在20世纪60年代取得专利权并正式命名。

"新奥法"应用在西欧、北欧、美国和日本等许多地下工程中,成为现代隧道工程新365JT技术标志之一。20世纪60年代"新奥法"被引入中国，在20世纪70年代末、80年代初得到迅速推广与应用，当时几乎所有重点难点工程中都在运用"新奥法"，这一方法成为软弱破碎围岩地段修筑隧道的基本方法。

"新奥法"是20世纪80年代风行中国工程界的施工方法，它的最大优点喷锚支护，提高了施工工艺水平，减少了隧道横断面掘进的大塌方，降低了人员伤亡与施工成本，但对于喷锚、注浆高压机的性能，出渣车辆的装卸都有了更高要求。科班出身的李建斌管的就是这一行，汽车运输，驾轻就熟，加上他人又年轻，舍得吃苦，理论和动手能力强，管理井然有序，在那个大学生稀缺的年代，是极易做出成绩来，受到上级重视的。

即便是采取了"新奥法"来施工，大瑶山隧道依然建设了8年时间。在这漫长的时光中，全心地付出，李建斌从一个刚刚走出校门的大学生成长为铁道部隧道工程局一处机电段的副段长。

1982年，也就是李建斌刚刚上班的第一年，彼时的他奋战在京广铁路衡广复线的大瑶山隧道工程上。这一年，也是中国建设工程实行项目化管理的萌芽之年。

因为当时鲁布革水电站工程由日本大成建设株式会社承建，偌大的一个工程，日方只有几十个人的管理层，他们实行的先进的项目管理模式令当时的国人眼前一亮。

2023年1月，鲁布革水电站入选"人民治水·百年功绩"治水工程项目名单。

工程项目化管理带给中国建设单位的最大转变就是不再是全员出动的"大兵团式"作战，取而代之的是以项目部的形式择精锐力量出征。随之而来的是建设大军以及他们的家人无需再跟着他们转战南北东西，终于可以在公司总部安家落户了。李建斌最初参加工作的铁道部隧道工程局,后来归属于中铁股份有限公司,更名为中铁隧道集团有限公司,李建斌当时在中铁隧道集团下属的一家设备制造公司,即现在中铁装备集团有限公司的前身,当时公司总部所在地是河南新乡。

黄河流经新乡约174公里,新乡段黄河滩区面积居河南省之首。少年时,父母在哪里,哪里就是家;青年时,妻子在哪里,哪里就是家。李建斌的三口之家就安在了黄河岸边的新乡。新乡,新乡,字面意思是新的家乡,姑且就这样解释吧。此后,妻子任彦芳与儿子留守公司驻地,而李建斌依旧奔波、辗转在项目部的工地上。

命运的罗盘再次转动,停留在了西康铁路秦岭隧道建设的这一年,也是李建斌人生中邂逅盾构机的那一年。

5. 铁马秋风大散关

从地理意义上来说,秦岭是中国最重要的南北分界山脉。一道秦岭分南北,秦岭是中国的南北方分界线,是1月份中国0℃等温线,是湿润与半湿润地区分界线,是800毫米等降水量线,是多水带与过渡带分界线,是南方水田与北方旱地分界线,是亚热带季风气候与温带季风气候分界线,是亚热带常绿阔叶林带与温带落叶阔叶林带分界线,是亚热带与暖温带分界线,是长江流域与黄河流域分界线。

有了秦岭,才有了一水岭分南北。这条分水岭——秦岭山脊是一座可以定义中国的山脉。一座山脉,半部国史。巍巍秦岭见证了周、秦、汉、唐等13个王朝的兴衰荣枯。中国山脉众多,但能被尊为华夏文明龙脉的,唯有秦岭，它是中华民族的祖脉和中华文化的重要象征。

秦岭隧道——秦岭山区的中国铁路隧道群。中国铁路穿越秦岭，每一次都是中国铁路建设史上的壮举。

20世纪50年代的宝（宝鸡）成（成都）铁路，百步九折着盘山飞越秦岭，此后再修建的铁路就不再是盘山而过，而是采用隧道穿秦岭的方式。从西（西安）康（安康）铁路秦岭隧道Ⅰ、Ⅱ号线，到宁（南京）西（西安）铁路东秦岭隧道，再到后来的兰（兰州）渝（重庆）铁路西秦岭隧道，西（西安）成（成都）铁路秦岭山区隧道群，莫不如是。专家公认，21世纪是隧道及地下空间大发展的时代。

西部大开发战略提出前夕，1996年12月，西康铁路开工建设。西康铁路是中国当时在建铁路干线中科技含量最高的。这条铁路75%以上的线路在高山峻岭中穿行，隧道和桥梁的长度占线路总长的60%，是当时桥隧比较高的一条铁路。

秦岭隧道是西康铁路全线最大的"拦路虎"。隧道设计为两座平行的单线隧道，分别长18.452公里和18.456公里，间距仅为30米，隧道两端高差155米，最大埋深1600米。隧道横穿秦岭山脉，属北秦岭中低山区，地质构造复杂，各种地质灾害集中，断层、涌水、岩爆、瓦斯爆炸比比皆是，施工过程中更有长距离通风、特硬岩、排水等问题，都是铁路隧道施工中的难题。如何快速、优质、安全地打通秦岭隧道，成为西康铁路建设的关键。

铁道部组织了23个科研院校对西康铁路秦岭隧道的6大类、24个科研项目进行联合攻关，确保秦岭隧道顺利贯通。

彼时的李建斌是铁道部隧道工程局工程一处机电段的段长，负责设计、修理、维护设备。他幸运地成为其中一个科研小组的成员。

多年之后，再复盘西康铁路的建设，会发现当时铁道部花费近7亿元，从德国维尔特公司采购两台全断面隧道掘进机的决策，是多么的睿智，且具有战略前瞻性。两台德国进口掘进机，给中国铁路隧道建设者上了一堂宝贵的技术差距课，德国人精工制造世界第一，其每个齿轮、每个法兰、每个闸门，都精确到了一丝一毫，真的是大有学问。科研人员在世界领先的技术面前，清晰地看到了自己的差距，更重要的是，铁道部引进的这两台价值不菲的先进设备吸引了中国政府、中国科技界关注的目光。

工作十几年来，李建斌对各种隧道施工方法也是了如指掌。隧道施工是工业化建设时期才出现的工程类型，在最初的实践中，人们只能在最原始的"钢钎加大锤，打眼再放炮"的钻爆法上创新，钻孔、装炸药、爆破开挖岩石，从完全依赖人工到机械与人工相结合的半机械式，钻爆法是与中国隧道一同成长的施工法。钻爆法虽然古老、原始，但其生命力极强，即便是现在，也是所有现代施工方法中最有效的替补方式与补救措施。

矿山法，是钻爆法随着技术水平提高自然形成的。它遵循松弛荷载理论，当隧道开挖后受爆破影响时，周围的岩体破裂呈现松弛状态，极易出现坍落。这些都是钻爆法施工过程中的基本表征。在此基础上，采取分割式一块一块地开挖，边挖边做支撑，这就是矿山法，一种源自矿山开采技术的隧道施工方法。经过长时间的改进，矿山法在20世纪70年代成为隧道施工的主流方法。

在"天下之大阻"的秦岭隧道施工现场，无论是钻爆法、矿山法，还是当时最先进的新奥法，这些传统的施工方法，即便是博采众长，要想把秦岭隧道打通最起码也要10年，甚至更长的时间。

1997年7月，全长256米的德国TBM运抵秦岭隧道。在TBM组装过程中，铁道部隧道工程局组建了一个10人科技攻关小组，配合德方技术人员的安装调试。

TBM 组装完毕进行试机时，皮带机的皮带总是跑偏，现场的德国专家调试了五天五夜，依然没有任何改善。铁道部隧道工程局科技攻关小组主动请缨，他们一口气拿出了三套解决方案。以中方技术人员为主，请德国专家协助配合，大家共同调试皮带机，三套方案依次试验，成功解决了皮带机皮带跑偏的问题。试机前夜，清水泵出现了故障，也是科技攻关小组挑灯夜战将故障顺利排除，保证了试掘进仪式按时进行。弄通了清水泵对仪表的影响，对后来的设计影响深刻，对清水泵滤网的设计格外精心，一定要选最好的材料来保证中国创造。

10 月，秦岭隧道举行 TBM 步进仪式。这是中国第一次在隧道施工中使用全断面隧道掘进机，它无爆破、无震动、无粉尘地快速掘进，创造了当时月掘进 531 米和日掘进 40.5 米两项全国铁路施工速度的最高纪录，工作效率提高了 3～5 倍，仅用时两年多便贯通了秦岭隧道，创造了全新的中国速度。被新设备、新技术的强大威力震撼的中国铁路隧道人，在叹为观止的同时，也激发了内心一展雄风的豪情。

即便是在中国大盾构机处于世界领先水平的今天，李建斌回忆起当初的事，无奈、震撼、激奋……复杂的情绪依然会涌上心头。

那是一个春天的上午，从北京来的德国公司销售代表，就引进盾构机的事宜与李建斌负责的项目小组展开会谈。技术交底后，双方在价格问题上一直谈不拢，最后德国销售代表扬长而去，留下进退两难的李建斌与同事们面面相觑。盾构机制造工艺复杂，技术附加值高，一直被德国、法国、日本等少数国家垄断，"洋盾构"在中国市场占有率高达 90%。当时正值中国经济高速发展期，多个重点工程、大型项目纷纷上马，凡是需要采购盾构机的建设企业，无一例外都要屈从于盾构机卖方市场的高定价，没有一丁点的议价余地。可是，那一台盾构机的价格等于中国农民种数万亩麦子的收成，要将几百个专列的麦子卖完的钱才能换回一台德国造盾构机啊。李建斌的父母弟妹都是农民，他深知"锄禾日当午，汗滴禾下土"的耕作之不易，故不轻易在价格上退却，据理力争，但还是谈不下来。

合同签完后，李建斌的心情无法平静，他驱车路经黄河，特意停下车来，走到岸边的半山坡上，俯瞰铁水般翻滚的惊涛。风起大河，嗖嗖地从山谷里吹过来，高速公路上不时传来大车驶过碾过的震颤，黄河在咆哮，李建斌的内心也有一股热血在奔突。

奇耻大辱啊，关键技术不掌握在中国人手中，就要被洋人卡脖子啊。李建斌是血性男人，拍案而起，中国男儿当自强，一定要奋发图强，立志研发，改变中国人被喝着咖啡籽的人决定命运的现状。

市场的主动权掌握在他人手中，要想打破这种局面，只有突破技术垄断，独立与尊严只能靠自己争取。

秦岭隧道施工过程中，都是先由德方人员操作设备向前掘进一段距离，之后再由中方人员操作，德方人员在旁边指导，丝毫不让中方人员有机会接触到核心技术。

设备运行过程中难免会出故障，再加上秦岭隧道地质环境复杂，每一次发生故障都需要等待德方人员来维修，工程只能停止施工。国外盾构机制造商并不重视国内施工方的需求与反馈，在中方使用的盾构机出现故障时，德方的响应并不及时，维修耗时也非常长。维尔特派来的维修人员工资是计时收费，时间从他们国外出发就开始，一个外方工程师当时一小时的费用为600至800美元，这无疑额外增加了盾构机的使用成本。

我们自己干。李建斌就不信那个邪。机械是相通的，电路、油路、气路拿下来后，就无往而不胜呀。德方人员维修设备时，不让中方人员在场，他们像防贼一样防备着中方技术人员。李建斌在维修现场，就因为离得近而多次受到国外技术人员的驱逐。他们甚至还拉上一条警戒线，高高地扬起下巴，神情倨傲，用眼神示意中方人员退后，再退后。憋了一肚子气的中国工程师期望总有一天要赶超欧洲。从此，在李建斌等众多工程师心里埋下了自己研发盾构机的种子，没有想到这颗种子在 10 年后发芽了。十年磨一剑，不鸣则已，一鸣惊人。

中国幅员辽阔，地质形态千差万别，进口盾构机大都是成熟的机型，国外制造商决不会为中国用户单独量体裁衣、量身定做。20 世纪 90 年代，中国对基础设施建设的需求激增，从海外进口了大量盾构机，一定程度上解决了中国基础设施建设的施工问题。任何事物都有它的两面性，这柄双刃剑的另一面就是日益凸显的设备日常维护与故障维修问题。受关键技术的限制，进口盾构机的运维高度依赖外国技术人员，他们不仅收费昂贵，而且对办公环境、工作时间以及食宿条件都有近乎苛刻的要求。更为卡脖子的是，机械设备出现故障后，国外制造商售后所需配件是预售制，即先下单配件，再生产配件，配件更换时间可能长达一两个月，有时甚至一年之久，而这期间只能停工。对中方工程造成的影响，外方技术人员面对一脸恼火的中方项目经理，也只是耸耸肩，表情不置可否。面对这样的境况，中方项目经理常常是万分焦急却又不得不忍气吞声。

西康铁路秦岭隧道施工期间，就曾经因为盾构机配件更换停工过整整两个月。德方气定神闲，中方急得直冒火，却没有任何办法。即便是大大小小的故障频出，时不时出现让人着急上火的停工，但随着进口掘进机的使用，原来需要十多年才能打通的秦岭隧道仅用时两年多便全线贯通。

秦岭隧道像一个大课堂，它开创性的工作和成果，为中国后续 TBM 工程的实施奠定了基础，最重要的是锻炼培养了一批国内的专家、工程师和技术人员。

直径432毫米的大推力盘形滚刀刀圈经常损坏，需要更换。我国科研单位联合攻关，采用一种低合金结构钢刀替代。经过运转试验，在磨损率和使用寿命方面与德国维尔特公司产品持平，但价格要低1/3，有效控制了成本。配件国产化成为科技攻关小组的主攻方向，他们根据TBM的施工情况，收集相关数据和技术参数，会同国内有关厂家共同研究配件的开发和生产。除了大推力盘形滚刀刀圈，还有仰拱块铺设吊机链轮、电缆滚筒、刀具、皮带滑板等易损耗的配件，科技攻关小组都找到了与原装件质量不相上下的国产件，并且价格便宜了好多。

在TBM组装过程中，铁道部隧道工程局科技攻关小组多次排除各种复杂电气故障，修复各类电气元部件，他们不仅为铁道部隧道工程局解决了一系列问题，还多次为其他引进TBM的兄弟单位解决电气故障。在试掘进过程中，科技攻关小组针对维尔特设计上的不合理，多次向德国专家提出修正意见并被采纳。刀盘结构设计存在缺陷，在掘进中多次出现刀盘焊接缝再焊接的情况，德国专家原本计划10天解决问题，而科技攻关小组只用时6天就完成了任务。传动系统出现故障时，德国专家计划40天才能修复，中方科技攻关小组只用了30天，比德国专家预计的时间提前了10天。

这一回德国专家服气了，伸出大拇指说："中国good！"

称赞完了，科技攻关小组就德国人设计的刀盘在中国水土不服提出了意见，论证了德国人刀盘的短板，指出他们在焊接上的缺陷，还有电气故障的问题，这是维尔特设计上的缺陷啊。

德国专家一听，脸红一阵、白一阵，内心惊叹：这群中国人了不得啊，他们在短短的时间里将盾构机搞透了。那一刻起，德国专家突然有一种危机感，迟早有一天，中国人会将盾构机做到世界第一。

秦岭隧道4号断层地质情况复杂，极易出现塌方，科技攻关小组专门制订了一整套通过断层的应急预案，6天顺利通过断层，比原定计划提前了8天。在整个施工过程中，铁道部隧道工程局这个10人科技攻关小组创造性地完成了针对TBM的专项试验与检测，积累了大量有用的试验资料与检测数据。

隧道贯通的那天，从高层领导到一线工程师有了共同的愿望："中国人要做自己的盾构机，要有自己的盾构机品牌。"

当时，全球能够生产和运行维护盾构机的国家只有德国、美国、法国、日本，其中以德国、美国技术最强。世界上其他国家也不是没有尝试，但都没能做出自己的盾构机。中国能行吗？

对于这一点，李建斌充满了绝对的自信，外国人能造的，中国人也一定能制造出来。当年那么困难的年月，我们前辈科学家依靠着举国体制，搞出了"两弹一星"。而今，经过改革开放几十年建设，我们拥有了最健全的产业链，各种零部件都能够设计、加工、制造，这是强国的基础，盾构机也一定能成。

想到此，李建斌的步履也变得矫健起来。

盾构风云（下）

1. 十八罗汉

邙山秋色，天蓝得炫目，黄河水渐次清了起来。那天李建斌早早地到了办公室，阳光好透亮，他的心亦如此，走路也从容豪迈，今天是个好日子！隧道工程局与铁道部脱钩，更名为"中铁隧道集团有限公司"，归属中国中铁股份有限公司。2000年，中铁隧道集团进入地铁盾构工程领域，在施工过程中，通过技术创新，解决了软硬不均底层盾构隧道工程的诸多技术难题，在此基础上超前发力，大胆尝试，开自主设计与制造中国盾构机的先河。

不知不觉中，秋天过去了，黄河落雪了，冬天来了，春天还远吗？李建斌冥冥之中有一种感觉，过了旧历年，中铁隧道集团的春天来了。

这是2001年2月16日中铁隧道集团有限公司成立的盾构开发项目组人员名单，一共有18人，是一支被寄予厚望的"盾构梦之队"。这支队伍的领头羊正是李建斌。

在李建斌的麾下，召集了18名科技勇士，后来被称为"十八罗汉"。他们的名字是：

何於琏　张宁川　张新泉　唐　健　白桂云　张　敏

王柏松　刘永建　黄斌武　蒋忠全　郑志敏　黄平华

刘二召　饶海东　贾要伟　邓　棕　程永亮　张云智

在此之前，一场关于"是否要开创自己的盾构机品牌"的大讨论也在进行中。说是"讨论"有点不太恰当，用"争论"一词才更合乎当时的氛围。

这是一项需要极大投入的研发试验，虽然市场前景广阔，但也面临极大的风险与挑战，激进与保守，创新与守成，成功与失败，一时之间各种声音此起彼伏。

2001年1月29日，中铁隧道集团在南京召开首次盾构机会议。时任董事长的郭陕云主持会议，林万里、崔原、刘建媛、刘招伟、黄永康、郑大榕、李建斌、陈建、何振国、张先锋参加会议。会议决定，由李建斌所在的第一工程处负责提出盾构机科研人员和设计人员的需求。接下千斤重担的李建斌踌躇满志，那些长久以来积蓄在内心的力量在叫嚣，在催促着他赶紧行动。

3天后，2月1日，第二次盾构机会议在洛阳召开。郭陕云、王福柱、万姜林、黄永康、蔡里昂、蒋肃、张双亚、张新泉、韩忠存、何於琎、唐忠、周振国、李建斌参加会议。会议决定成立盾构机开发项目部和工厂，项目部下设总体组、机电液压组、电气控制组、外联组、采购组、主机结构组、主体组和液压系统组、后配套组，工厂下设开发设计部、采购部、制造加工部、财务部和办公室。项目部和工厂的任务是自主研发生产土压平衡盾构机，隧道工程局投入200万元项目启动经费。

李建斌一边开会一边心算，他从小数学就好。200万元项目启动经费，看似不少，其实真要是花起来可就不够喽！用钱的地方多着呢。这账越算越觉得头大如斗。唉，真是不当家不知柴米油盐贵啊！

接下来就是调兵遣将，组建一支自主研发盾构机的主力军。斟酌再三，李建斌精选了18人，就是本文开头的那份名单。这18人大都是液压、电气、机械制造三个专业的年轻人，当时最年轻的年仅21岁，是刚刚毕业入职中铁隧道集团的大学生。当时的李建斌也不过39岁，还未迈过四十不惑的坎儿。智慧与勇气兼具的"十八罗汉"组成了一支配合默契、团结协作、坚不可摧的"盾构梦之队"。

2月20日，李建斌在新乡主持召开中铁隧道集团盾构机开发项目组第一次会议。如果说选人是调兵遣将，这一次就是排兵布阵，李建斌根据18人各自擅长的专业领域进行分组分工，任命何於琏担任组长，张宁川、张新泉担任副组长，并确定了主机结构组、电气控制组、后配套组和液压系统组4个组的主要任务和人员配置。

"盾"即保护，指盾壳；"构"即构筑，指管片拼装。简单来说就是在盾壳的掩护下进行掘进、出渣、衬砌等作业。依据地质条件，盾构机有土压、泥水平衡等类型；依据隧道大小，分不同直径。我们来回顾一下中国盾构技术发展简史吧。

1953年，辽宁阜新煤矿用手掘式盾构及小混凝土预制块修建了直径2.6米的疏水隧道，这是中国首条用盾构法施工的隧道。

1962年2月，上海城建局隧道处结合上海软土地层对盾构法进行了系统的试验研究，研制了一台直径4.16米的手掘式普通敞胸盾构机，隧道掘进长度68米。试验获得了成功，并采集了大量的盾构隧道数据资料。

1966年5月，上海市隧道工程公司（1993年更名为上海隧道工程股份有限公司）在承建中国第一条水底公路隧道——上海打浦路隧道时，采用自行设计、江南造船厂制造的直径10.22米网格挤压式盾构施工，辅以气压稳定开挖面，在水深16米的黄浦江底顺利完成隧道掘进，掘进总长度1322米。1970年底，打浦路隧道建成通车。网格盾构法有所突破，敞胸式施工可转换为闭胸式施工。

1981年12月，全长1476米的上海外滩延安东路隧道开工建设。上海市隧道工程公司采用直径11.3米的网格式水力出土盾构施工，在当时属世界盾构直径最大之列。1987年11月隧道贯通，中国网格盾构技术进入成熟阶段。

1987年12月，上海造船厂制造出中国首台直径4.35米的泥水式土压平衡盾构机，成功应用于上海市南站过江电缆隧道工程，穿越了黄浦江底583米的粉砂层，填补了中国泥水式土压平衡盾构机制造的空白，总体技术达到了20世纪80年代先进水平。1990年，它获得了国家科学技术进步奖一等奖。而当时中铁隧道集团郑州的盾构机仍处在技术的研发之中，开始了十年磨一剑的漫漫苦旅。

　　1988年，上海市隧道工程公司又自主开发、制造出当时中国直径最大的新一代盾构——直径5.64米的土压平衡盾构机，应用于上海吴泾热电厂排水隧道工程。装备全部国产化，在隧道建设中施工速度快、工程质量高，符合国家相关规定标准。在较先进的加工、焊接、组装等技术方面，反映出上海盾构机制造技术已迈上了新的台阶。

　　1990年，上海地铁1号线工程全线开工，18公里区间隧道采用7台由法国FCB公司、上海市隧道工程公司、上海隧道工程设计院、沪东造船厂联合制造的直径6.34米的土压平衡盾构。

　　1995年，上海地铁2号线24.12公里区间隧道开始掘进施工，再次使用1号线使用的7台土压平衡盾构，另外又从法国法玛通公司引进了2台土压平衡盾构，外加由法国FCB公司、上海隧道工程股份有限公司、上海隧道工程设计院、沪东造船厂联合制造的1台直径6.34米的土压平衡盾构，上海地铁2号线共使用了10台土压平衡盾构施工。

　　1996年，铁道部隧道工程局制造出半断面插刀盾构机，并成功用于北京地铁复兴门折返线工程。半断面插刀盾构将盾构法与浅埋暗挖法紧密结合起来，取消了小导管超前注浆的方式，在盾构壳体和插板的保护下进行隧道上半断面的开挖。半断面插刀盾构机能全液压驱动，电控操作，可自行推进、转向、调头，能有效控制地表沉降，减轻了工人的劳动强度，施工速度较快，日均进度达 3 至 4 米。

1953 年至 2002 年，是中国盾构技术的探索期。在这一时期，上海隧道股份有限公司、中铁隧道集团等企业在盾构机的开发与应用上都做了大量有益的探索与实践，分别积累了宝贵的经验。

2. 入选"863"计划

这几天，李建斌有点着急上火，嘴里长了好几个溃疡，痛得他吃什么都不香，人也愈发消瘦。这些年一直辗转在项目上，时常忙起来吃饭没个点，又有点酒量，高兴了就喝个尽兴，即便是铁胃也难扛折腾。

能不着急吗？

能不上火吗？

白纸黑字的计划书写好了，厂房也建起来了，盾构机却还只能停留在 CAD 图纸上。曾经参与秦岭隧道施工的科技攻关小组成员也已经全部加入了这支"盾构梦之队"，成为"十八罗汉"中的一员。但实事求是地说，使用盾构机和设计制造盾构机是两个概念，许多的技术和理念都是盲区。

即便是曾经的科技攻关小组成员，或者是参与安装调试以及操作的技术人员，大家对盾构机的认识都是表面的、肤浅的，每个人都像是盲人摸象，只知其一不知其二。一台盾构机精密零部件多达几万个，涉及机械、力学、液压、电气等数十个领域，各个领域之间相互联系，是一个精密、复杂的技术结合体。它是成熟的工业技术叠加、累积的结晶，是一个国家综合实力的象征。全世界能够生产和运维盾构机的国家只有德国、法国、日本和美国等少数高度发达国家。与这些老牌的发达国家相比，李建斌的团队几乎等同于小学生，他们所能依傍的就只有中铁集团作为直接进行隧道施工的企业长期以来积累的施工经验和施工现场的宝贵数据。正是这些仅有的资料，成为"盾构梦之队"反向创新的起点。或许因为中国有一个巨大的工程市场，二三十年间，对盾构机的需求是海量，再加上中国制造经过20多年的积累，已经有了完整的产业链，这为中国盾构机的研究制造提供了得天独厚的优势，他们加紧了研究，再不需用市场换技术了。

2001年，中铁隧道集团购买了两台德国盾构机。按照大型设备交易的商业惯例，德国公司在交付盾构机时也提供了产品基本构成的CAD图纸。德国盾构机的CAD图纸仅仅是一份简单的、最基础的图纸，所有核心的技术均未真正体现在上面，但拿到这份图纸对李建斌团队已经如获至宝。两台海瑞克盾构机是样本，也是研究对象。对照着图纸查看盾构机部件结构是每一个参与研发设计人员的日常工作。精密零件完全承载的高度复杂精密性，使盾构机这一技术领域产生了极强的进入壁垒和垄断优势。看看，但看只能看表面，要想进一步看就得拆。可是研究小组人员还是有压力的。拆了装不起来怎么办？那就得请德国专家来指导，就丢人现眼了。拆与不拆，他们矛盾极了。拆了万一装不起来不但挨批，说不定李建斌的乌纱帽都会丢掉啊。

可是他们不知道，李建斌是主张拆的。有一天，下边的"十八罗汉"向他请示拆不拆时，他的回答是拆拆拆。

"能拆开看吗？"项目组的人来问李建斌。

"可以。"这是李建斌的回答。

"拆坏了怎么办？"这可不是玩具小汽车，这是真金白银买来的价格不菲的大家伙。

"那就保证拆不坏！现在什么样，等你拆了再装起来还是什么样。"李建斌看着同事的眼睛，"没有金刚钻，不揽瓷器活。就看你有没有胆量，有没有能力拆了再装起来。"

"这……"

看出了项目组同事的犹疑，李建斌哈哈大笑。"拆就行，天塌了，个子高的顶着。我身高一米八呢！放心拆吧，出了问题找我。"

盾构机内部构造复杂，运作原理更为复杂。虽然中铁隧道集团积累了大量的施工数据，但工程现场依然是最好的科研试验场。李建斌带着项目组去现场观摩，哪里有盾构机，哪里就有他们的身影。他们曾经冒着生命危险，带压4.7巴进舱，进入长江武汉段水下60米的盾构机施工区域。从雪域高原到深海隧道，从冰封北疆到酷暑南国，从国内到国外，5年间，李建斌与他的"盾构梦之队"项目组走遍了国内外大大小小100多个盾构机施工项目。

但是，主要创新项目第一个当数刀盘刀具系统，接下来就轮到刀盘驱动系统，再就是液压推进系统、管片拼装系统、姿态控制系统、数据采集系统以及注浆系统、渣土改良系统，一个个改造，一个个创造。

"它为什么能够破岩？"

"管片为什么能把隧道做出来？"

"看似不相关的零部件是如何妥帖地拼装在一起的？"

没有核心技术，就会永远受制于人。李建斌带领团队摸着石头过河，探索了一条引进、消化、再创新的技术路线，从第一台中铁1号开始，他们就立下了为客户量身定做盾构机的宏愿，时至今日，初心从未改变。

2001年底，科技部把盾构机研发与制造列入了"863"计划。

"863"计划，全称"国家高技术研究发展计划"。1986年3月，王大珩、王淦昌、杨嘉墀、陈芳允四位老科学家给中共中央写信，提出要跟踪世界先进水平，发展我国高技术的建议。这封信得到了邓小平同志的高度重视，邓小平同志亲自批示：此事宜速决断，不可拖延。经过广泛、全面和极为严格的科学和技术论证后，中共中央、国务院批准了《国家高技术研究发展计划（863计划）纲要》。从此，中国的高技术研究发展进入了一个新阶段。

2001年，《国家高技术研究发展计划（863计划）纲要》颁布。

上海隧道股份有限公司、中铁隧道集团和广州广重企业有限公司，成为科技部确定的第一批承担盾构机项目研究任务的公司，并各拨付100万元启动资金。后因广州广重企业集团与外商合作成立合资企业，按照规定，科技部没有给广州广重企业集团启动资金。

中铁隧道集团前期开展的课题是"6.3米全断面隧道掘进机研究设计"。在连续8年的时间中，李建斌团队先后完成了5项"863"计划，这也就意味着盾构机国产化一个又一个关键技术的突破。

本质上，盾构机属于定制产品，每台盾构都需要根据地质情况进行有针对性的个性化研发，尤其是刀盘和刀具。项目组遇到的最大困难就是刀盘设计，砍柴的刀与切豆腐的刀肯定是不一样的，不清楚刀盘设计、刀具布置到底与地质是什么关系，设计就像"杀鸡用牛刀"一样。品质卓越的盾构机应该做到为不同的地质匹配相应的刀具。

2003年，李建斌担任课题负责人的"盾构掘进机刀盘刀具与液压驱动系统关键技术研究及其应用"项目列入国家"863"计划，获得750万元经费支持。这是中铁隧道集团盾构机开发项目设计的第一件产品，也是盾构机最核心的部件，相当于一张考卷压轴的考题。解决了最难的部分，其他的也就迎刃而解了。

中铁1号横空出世的一天姗姗来迟了。

3．中国中铁 1 号

2008年4月25日，这是一个所有中铁人共同铭记的日子，也是值得每一位中国装备制造业同仁礼敬的日子。

国家"863"计划盾构机产业化课题的标志性科研成果，中国第一台自主研发的复合式土压平衡盾构机中国中铁1号在河南新乡中国中铁隧道集团盾构机产业化基地下线。

这台盾构机直径6.3米，最大掘进速度每小时4.8米。它"软硬通吃"，具有较强的地质适应性，能在最大程度上兼顾软土与硬岩，在弯道施工、矿用振动筛转向纠偏、滚动纠偏等方面都达到当时国际领先水平，填补了中国在这一领域的空白，实现了从盾构机关键技术到整机制造的跨越，打破了国外企业长期以来在盾构机制造领域的技术垄断。

多年之后，在很多场合，李建斌经常借用《木兰辞》中木兰上战场前做的逐项准备，"东市买骏马，西市买鞍鞯，南市买辔头，北市买长鞭"来向公众介绍这台复合式土压平衡盾构机的制造过程。

这台盾构机遵循的是"自主设计、全球采购"的原则。"自主设计"是盾构机的部分大型部件项目组设计完成之后，委托洛阳矿山机械厂加工，再由项目组组装调试。"全球采购"即进口当时国内无法提供的零部件，如果国内公司生产的部分零件技术达不到要求，存在差异，有可能导致无法拼装，则需要"全球采购"。

中国人心中有一个挥之不去的国货情结，希望有朝一日在长期被国外垄断的高精尖技术领域不带任何水分地彻彻底底地赢外国人一次。于是纯国产化便成了心结，国产化率也成了一个非常受重视的产品指标。在这一点上，李建斌一直抱持着开放、包容的态度。他觉得在全球化的今天，应该客观理性地看待中国制造与纯国产化之间的辩证关系，适度的拿来主义无可厚非，既博采众长又兼收并蓄，也是一种大国自信。在这一点上，李建斌与自己的同事，时任中铁隧道局设备物资部部长，国家"863"计划"复合盾构样机研制"课题负责人韩亚丽的想法惊人的一致。

众里寻他千百度，承载着中铁人光荣梦想的中铁1号终于揭开了神秘的面纱，给了期待它的人一个大大的惊喜。这个大家伙，历时8年，汇集了5项国家"863"计划的成果，凝聚着无数中铁人的智慧与汗水。

设备下线只是开始，而应用才是目的。中铁1号不是不愁嫁的"皇帝的女儿"，它急需一个工程来证明自己的能力与价值。简短、热烈的下线仪式结束，鞭炮热辣的气息尚存，踩着一地的鞭炮纸屑，李建斌双眉紧锁，一脸凝重。

就在几天前，原本热情商谈，后又犹豫不决、左右摇摆的杭州地铁1号线工程项目单位正式回绝了试用中铁1号盾构机。2007年初，中铁1号尚在襁褓中时，中铁隧道局就动议与杭州市人民政府接洽磋商盾构机应用的事。杭州市政府最初答应了，想给这台国货一个试验场，但因为种种原因，最终还是将中铁1号拒之门外。

唉，恨嫁啊！

中铁1号，你的归宿在何方？

没办法，李建斌只好做起了"推销员"。很长一段时间，哪怕他好话说尽，拿着一摞厚厚的数据材料，尝试用数据说服客户，但得到的回答都是：

"不行！"

"不可能！"

"我们不冒这个险！"

"我们绝对不会拿自己的工程当你们的试验场！"

这些拒绝虽然直接，但只是表明了对方的态度，更难听的是有些人直接出言不逊贬低中铁1号。刚开始，李建斌还辩解几句，后来直接忽视、无视他们。就在大家都以为走入了绝境时，同属于中铁隧道局，正在承建天津轨道交通3号线的天津项目施工兄弟单位主动对接李建斌，表示他们愿意给中铁1号一个机会。

天津轨道交通3号线自西青区的天津南站起，途经海泰大道，过外环线进入市区，沿迎水道，过水上公园，沿水上北路、气象台路、营口道、赤峰道，经天津站及天津站后广场附近的居住小区，沿昆纬路、三马路，下穿天津北站及北宁公园，沿铁东路，穿过北环铁路，沿宜兴埠镇规划道路，过外环线后由地下改为高架，沿津围公路前行，过丰产河后，由高架转为地面前行，到达终点小淀站。

2009年2月初，中铁隧道局负责施工的天津轨道交通3号线营口道站至和平路站右线（简称营和右线）区间动土，始发仪式上出现的正是经过乔装打扮的中铁1号。

营和右线区间是天津轨道交通3号线土质情况十分复杂的一段，地层有粉土、粉质黏土，也有粉砂层，全长1000米，覆土厚度在8.3米至12.6米之间，以浅埋和中埋为主。综合以往施工经验，这样的土质沉降控制难度相对较大。营和右线区间地下情况复杂不说，沿途地表更是天津核心商业区、居民住宅和文化历史建筑密集区，张学良故居、范竹斋旧居、天津电报总局、渤海大楼、"瓷房子"等历史风貌建筑都集中在这一区域。尤其是"瓷房子"，一栋有着百年历史的法式砖木结构四层小洋楼，系近代中国外交家黄荣良故居。"瓷房子"一共用了7亿多片古瓷片，13000多件古瓷瓶、瓷盘、瓷碗，300多尊历代的石雕造像，300多件汉白玉石狮子，300多个明清时期的瓷猫枕，20多吨的水晶玛瑙等，是一座价值连城的"中国古瓷博物馆"。

2010年9月23日,"瓷房子"被美国《赫芬顿邮报》评选为全球十五大设计独特博物馆之一。

李建斌在天津第四大道上踽踽独行,在国家文物重点保护单位旁边施工,岂敢在太岁面前动土啊!

好巧不巧,中铁1号被安排在了施工难度最高、沉降风险最大的标段。巨大机械轰鸣中,李建斌握紧了拳头,指甲几乎要抠进掌心的肉里去。虽然他对中铁1号充满信心,但说不焦虑是假的。中铁1号在控制系统方面仅做过初步测试,这是首次使用,很难确保在复杂的地质环境和土壤条件中绝对不出问题。如果仅仅是设备出现机械故障那还好说,修复投入的资源仅仅是经济损失,但如果发生沉降,对地表建筑造成不可逆的损失,那时又该如何应对?

这是中铁1号的背水一战,只许成功,不许失败。失败的结果没有任何人可以承担。

2009年2月6日,中铁1号从营口道站始发,从那一刻起,"盾构梦之队"项目组24小时满负荷运转,每个人的心都提到嗓子眼。一秒,一分,一小时,一天……地下的中铁1号不眠不休,地上的中铁隧道局服务团队夙夜不懈。

2009年6月8日,这一天对李建斌来说,是终生难忘的一天。这一天,中铁1号凯旋,天津轨道交通3号线营和右线区间全线贯通。中铁隧道局生产的中铁1号先后穿越20多个风险点,月平均掘进327米,最高月掘进385米。经测定,实际沉降在3毫米以内,在所有参与施工的国内外盾构机中表现最好。

中铁1号顺利通过"863"计划项目的专家评审,整机完全达到当时国际先进水平,其中两项关键技术达到了国际领先水平。从此,中国迎来了中国自主研发生产盾构机的时代。

4. 一百单八将

21世纪什么最贵？人才！20世纪50年代钱学森教授归国前，深受迫害，在长岛上被幽禁五年，美国海军部副部长说，一个钱学森抵得上我五个海军陆战师啊。故他被拘押多年，最终在中国政府的积极斡旋下才回到了中国。可是钱老却说，我算什么，若能将郭永怀请回来，一个人就可以顶美国十个师。钱老归国后，积极向党中央汇报，不久，在中国政府帮助下，郭永怀和铿锵玫瑰李佩也归来。他们成就了中国的"两弹一星"，这就是人才的力量。李建斌向钱老学习，更加清晰地意识到人才的重要。

人才是创新之源，是一个企业做大做强最关键的因素之一。

2009年12月23日，中铁隧道装备制造有限公司在河南郑州经济技术开发区挂牌成立。中铁隧道装备成立之初，员工总数恰好108人，号称一百单八将。李建斌担任董事长，韩亚丽担任总经理。

在中铁装备内部，多年来一直流传着"一顿饺子"的故事。

故事的起因要从中国中铁的盾构机产业化尝试开始说起。2009年，李建斌向中铁集团领导提出发展盾构机产业，这已经是他的第二次申请。这一次集团领导终于同意了。

有两件事迫在眉睫，一是选搭档、组队伍，二是选址建设盾构机产业化制造基地。在选址方面，中国中铁最初的方案是离开河南，去湖北武汉，那里无论地域还是产业上下游配套都有得天独厚的优势。河南省政府获悉这一消息之后，竭力挽留，省领导带领相关部门以及郑州市领导赴京，与中国中铁股份有限公司高层领导会面，表示新公司可以在河南全省范围内选址，并全力支持新公司的建设，所以，基地就建在了郑州。

在挑选合作对象时，李建斌第一时间就想到了韩亚丽。他们曾经并肩战斗过，依着李建斌对韩亚丽的了解，她一定会是自己的最佳搭档。韩亚丽当时是中铁隧道局设备物资部部长，主持了"大直径泥水盾构消化吸收与设计""复合盾构样机研制"两个国家"863"计划项目，对盾构机产业化的意义不言自明，无需多说。

对于中国盾构机产业化的未来，李建斌是看好的。新公司的前景一定是广阔的，但眼下万里长征刚走了第一步，中铁盾构机产业化道路要如何走，会不会走偏，会不会踩雷，这些都是未知。趋利避害是人的天性，想摘桃子坐享其成的人比比皆是，心甘情愿当拓荒牛的却不多。

李建斌其实心里也没谱，于是，他给韩亚丽打了个电话，说："韩大姐，晚上到我家吃饺子吧！你弟妹下午就开始忙活了。"

韩亚丽 1956 年生，陕西澄城人，毕业于西安理工大学。韩亚丽长李建斌 6 岁，她知道这段时间李建斌在忙新公司筹备的事情。来之前，韩亚丽猜测李建斌可能是想找她聊一聊关于新公司的构想和业务。

李建斌的爱人任彦芳，干活手脚麻利，剁肉、择菜、和面、擀皮、包饺子一气呵成。热腾腾的饺子很快出锅，皮薄馅多，香气诱人。李建斌还拿出来一瓶他老家的衡水老白干。

"饺子就酒，越喝越有。韩大姐，我给你满上！"

"建斌，你这又是饺子又是酒的，到底找我有什么事啊？"韩亚丽是标准的西北人性格，喜欢直来直去。

李建斌说："韩总，我找您还真是有事！您先吃饺子，三杯酒之后我就告诉您。"李建斌本来也没打算搞什么弯弯绕，他也是一个直截了当的人。

三杯酒下肚，李建斌就直接说出了自己的想法："韩总，我想请您担任新公司的总经理，不着急，您考虑一下再答复我。来！我再敬您一杯。"

在来的路上，韩亚丽想了千种万种预案，都不知道李建斌找自己做什么，做了好几种预设，唯一没想到的就是李建斌会邀请她加入新公司。这一点，李建斌心里也十分清楚，得一个女将，其实是他的队伍之荣。于是那天他拿出的酒是67度的老白干。韩亚丽觉得她喝的不是三杯酒，而是三团火，她已经53岁，几乎已经看到了职业生涯的彼岸。也许，在退休前这屈指可数的几年里，能再奋斗一把，燃烧一下！"我不用考虑。我现在就可以答复，我去！"

2009年12月23日，中铁隧道装备制造有限公司成立。李建斌与韩亚丽带领公司员工在短短5年内，实现盾构机产业化，在国内盾构机产品市场占有率达50%，实现了跨越式腾飞。

中铁装备一百单八将，个个有神通，精彩的故事很多。

其中，与我们最早结缘相识的一员大将是陈新建。2019年初识在昆明，2023年重逢在郑州。

2019年，我作为徐剑老师的助手，参与创作反映云南面向南亚、东南亚辐射中心建设成就的长篇报告文学《云门向南》，曾经参观过大瑞铁路高黎贡隧道的施工现场。

大理至瑞丽的铁路的修建对云南与周边国家实现跨境合作和互通互联的意义十分重大，是国家《中长期铁路网规划》当中完善路网布局、实施西部大开发战略和加快云南"八出省、五出境"铁路的重要举措。

高黎贡隧道进口位于怒江大峡谷西岸的悬崖峭壁上，紧邻著名抗日战争纪念地惠通桥，隧道出口从1100多米深的地下穿过松山战役遗址和龙陵县城后，进入德宏州芒市，预计总投资36亿元。开挖高黎贡隧道，使用的是中铁电建重型装备制造有限公司生产的盾构机。

2019年6月初，一路风雨中，在专业登山导游的带领下，我们在高黎贡徒步行走了一段。过双虹桥，登旧街子，力求在最短的时间内快速浏览一遍高黎贡这部天地大书。高黎贡是大地的缝合线，是生命的避难所，是人类的双面书架，是世界物种基因库。高黎贡既是生态天堂，也是人文渊薮，这里集中了举世罕有的生物多样性、雄奇壮美的地质景观、遗世独立的文化形态。一山一世界，但高黎贡却有万千世界，这里荟萃了人类能想象到的关于人与自然的所有美丽遐思。

回到昆明，稍作休憩，便赶往中铁电建重型装备制造有限公司。宽敞明亮的标准化厂房里，工人们在各自的工位上专注地工作，他们正在装配、调试的是一台开挖直径6.44米的盾构机。公司总工程师陈新建说这是为昆明地铁4号线量身定做的盾构机。

虽然早有心理准备，但我还是要承认自己被庞大的盾构机的气势镇住了。它足足有两层楼高，83米长，我站在它面前，感觉自己瞬间变得矮小了许多。在这样的大国重器面前，唯有仰视，也只能仰视。

"彩云号的刀盘直径是多少？"我问。

"开挖直径9.03米，这是我国自主研制的国内最大直径硬岩掘进机，填补了国内9米以上大直径硬岩掘进机的空白，改写了中国铁路长大隧道项目机械化施工长期受制于人的历史，也是国产硬岩掘进机首次应用于铁路隧道建设。"陈新建说。

"陈工，目前高黎贡隧道工程的施工进度你掌握吗？"

"2018年2月1日始发掘进，最高日进度37米，月进度最高541米，现在已经累计开挖2752米。"

"速度还真是不慢呢！"

"中国速度。"

"陈工，你从事这一行几年了？"

"从我一毕业到现在，快15年了。"

2005年，毕业于长江水利学院的陈新建南下广州，入职广州海瑞克隧道机械有限公司，成为产业线上的一名装配工。这个装配工聪明绝顶，很快便掌握了海瑞克机器的应用技术，觉得有一天中国人也能造出这样的设备，因为有强大的市场需求。陈新建在等这一天，直到有一天李建斌找到了他。

海瑞克集团总部在德国，是重型隧道掘进机的全球市场领导者。一脚踏进这样一家国际化大公司，用陈新建自己的话形容他就是"刘姥姥走进了大观园"。

不懂就学，不会就问，陈新建很快就成为他所在的生产线上的熟练工。当然，不想当将军的士兵不是好士兵，陈新建并不满足于掌握一丁点的技术。工作时间，尽职尽责完成自己分内的工作。非工作时间，工友们去喝酒唱歌，他在学习；工友们打牌娱乐，他在学习；工友们睡觉了，他还在学习。有一段时间，陈新建活得非常另类，不合群，与众不同，不融于自己的周遭，甚至遭受工友的排挤与嘲讽。两年之后，陈新建从生产工人转岗为生产管理人员，再到后来专门负责制造管理，直到成为项目管理经理。曾经的工友们真心祝福的有之，羡慕嫉妒恨者有之，陈新建甚至一度成为工友口中的"野心家"。

"会认同他们对你的评价，觉得自己是一个很有计划性、很有心计的人吗？"

"只能说，我有我的人生目标和方向，我知道自己想要什么。我是湖北人，很多人会用'九头鸟'来形容我们，似乎有些贬义，我倒觉得还可以接受吧。其实命运从来不会辜负一个真正努力的人。"

2010年，陈新建从工作了5年的广州海瑞克隧道机械有限公司辞职，接受中铁工程装备集团董事长李建斌邀请，出任总经理助理，主抓质量管理。

关于离职原因，陈新建这样说："我真的不是因为待遇，之前海瑞克给我的薪资远高于中铁装备。"他顿了顿，一字一句补充道："是因为理想，更是一个中国人的自觉。十几年前，中国不生产盾构机，完全依赖进口。国产隧道掘进机从问世起，每年都会为国家节省 100 多亿元的建设资金。尽管不是每一个人都知道我，但是我知道自己在其中发挥了作用。"

到中铁工程装备集团上班的第一天，李建斌带着陈新建在生产厂区转了一圈，然后问他一个问题："咱们与海瑞克的差距有多大？"

"董事长，您想听真话还是假话？"

"这还用问吗？当然是真话！"

"大学生与小学生的区别。根本不在一个量级上，没有半点的可比性。"

李建斌说："好。那从今天开始，你就全权抓产品研发，我们先制定一个小目标，追上海瑞克。我们的终极目标是超过它。"

在陈新建的主持下，中铁装备一台 6.28 米的盾构机从研发到下线历时 8 个月，用于开挖石家庄地铁 1 号线，甲方使用后反馈说，质量与国外同类设备持平。

不怕起步晚，就怕追得不紧。中国的盾构机本就比国外晚起步了 100 多年，那就奋力追赶吧。

十年来，尽管我们生产出了盾构机，当初的小学生中铁装备与昔日的大学生海瑞克，在德国一项市政工程的盾构设备招标时狭路相逢时，由于种种原因，中铁装备未能中标，但中国企业能入围已然不能小觑。中铁工程装备集团，这匹隧道掘进机界的"黑马"以一种厚积薄发的昂扬姿态挤进了业界视野，虽败犹荣。

大瑞铁路的高黎贡隧道掘进机面向全球招标。德国海瑞克来了，美国罗宾斯也来了，隧道掘进机的各路豪杰，法国法玛通、日本小松都来了。中铁装备当然更不会缺席这场国际盛宴。

早在两年前，中铁工程装备集团就开始了西南布局。2016年7月22日，中国水利水电第十四工程局有限公司、中铁工程装备集团有限公司合资成立的中铁电建重型装备制造有限公司揭牌，云南的盾构设备实现"昆明制造"，面向西南，辐射南亚、东南亚，打造中国西南最大的盾构装备制造基地。

招标竞争异常激烈，中铁电建以微弱优势中标，美国罗宾斯中了主隧道辅助隧道的标的，德国海瑞克遭遇滑铁卢。中铁装备实现了十年前李建斌设定的追上海瑞克的"小目标"。

"姜是老的辣。"陈新建说，"德国海瑞克仍然是中铁装备最大的竞争对手。中铁装备之所以能在十年间赶上海瑞克，得益于中国经济的高速发展，中国从南到北、从东到西，复杂多变的地形地貌，蓬勃兴起的基础设施建设，实践出真知。反观欧美企业，这些发达国家在20世纪就已经完成了或者基本完成了基础设施建设，企业的国际化，让他们在发展自身的同时，也成了技术输出地的企业学习、进步、提升的模板。我们向发达国家学习，向优秀的国际化企业学习，在学习中进步，一点点缩小与他们的差距。"陈新建笑起来，果真有几分九头鸟的狡黠机智。

中标，只是万里长征的第一步。彩云号TBM的设计建造历经3年多，先后有上百人参与其中，它的结构及工艺非常复杂，技术含量高，不仅集光、机、电、液、传感、信息等各种先进技术于一体，而且涉及地质、土木、机械、力学、液压、电气、控制、测量等多门学科技术，全身上下有上万个部件。作为总工程师的陈新建把自己种在了厂区里，14个月里，他有大半的时间吃住在公司。

中国铁路总公司特别设立了"复杂地质条件新型TBM研制及应用研究"重大科研课题，该研究课题由中铁隧道局集团牵头，中铁工程装备集团、石家庄铁道大学、中铁二院、中铁西南院共同参与，由中铁工程装备集团负责设备制造。彩云号在满足快速破岩的同时，还在强化辅助工法等多方面实现了突破。

陈新建戏称彩云号集"十八般武艺于一身"，它增设了刀盘大尺度扩挖设计、钢筋排支护系统、前区即时喷混机械手系统、全周嵌藏式超前探测和超前注浆系统、在线实时超前地质预报系统、通风制冷系统、超强排水系统等，以应对围岩变形、断层破碎带和岩爆、突水突泥、高地热等掘进中可能会遇到的风险。创新刀盘变径及驱动同步抬升技术使最大扩挖直径达到9.23米，突破了传统全断面硬岩掘进机开挖截面单一的不利限制。为提高掘进机在破碎断层、富水地质中的通过能力，在支护上也实现了很多新突破。另外，掘进过程中，彩云号为应对可能会遇到的高地温采取了多角度、多方法综合降温措施，设计了常规制冷系统及应急制冷系统。通过高效制冷，将冷空气输送到主机段作业区，既满足设备作业区制冷需求，又降低能耗，降低制冷系统故障率。

那是一段什么样的日子呢？整个设计团队都坚守在项目一线，设计出图、加工制造、组装调试，配置车间工人以前都没安装过，作为总工的陈新建与设计人员干脆亲自动手，跟工人师傅们在设备上一起组装，根本不管身上穿的是白衬衣还是工装，等组装完从设备上下来，满身油污。下次遇到同样的情况，仍旧是离开办公室直接上设备干活。

彩云号在装配推力系统时，由于撑靴推力大，撑靴油缸球头面与球头座的配合面要求很高，装好之后再拆开检测，以确保加工和装配质量符合设计要求。在检测过程中发现有一处有点瑕疵，很小的一点没有接触到位，监造人员讨论后认为可以使用，可以进行下一组装工序。作为总工程师，陈新建果断叫停，他召集设计人员商议解决方案，要求各系统的组装必须达到设计图纸要求，差一分一毫都不行。就这样，一个原本可以忽略的"小瑕疵"，他们硬是整改了 5 个工作日。

高黎贡隧道埋深大、地层富水、断层破碎带多，岩爆等事故的发生概率高，地质预报系统集成研究就显得非常关键。与高校及科研院所合作，研发出一整套超前探测系统，这是彩云号最大的亮点。目前世界上领先的国际水平只能看清楚 10 米到 50 米的范围，而彩云号超过了 50 米，甚至 120 米都可以看得很清楚，有没有水、有没有溶洞、有没有断层，一目了然。

彩云号是当时中国最具世界领先水平的大国重器，获得了数个专利项目，远超欧美国家。站稳中国市场，然后向国外拓展，硬岩掘进，能出其右者，寥寥无几，稳入前三甲，又有谁能比肩呢？！

高黎贡隧道，进展虽然缓慢，但从未停止，一点点地接近着贯通点。

采访结束，与陈新建互相留了联系方式。2019 年昆明一别，转眼已经过去了整整 4 年。2023 年盛夏，我再次作为徐剑老师的助手踏上《强国记——中国知识产权的力量》的采访之旅。当下，中国盾构机技术处于世界领先地位，在全球盾构机市场中，中国企业的市场份额占比超过 70%，是名副其实的遥遥领先。而中铁装备市场占有率已经连续 10 年保持国内第一，产销量连续 5 年世界第一。

在北京采访完李建斌之后，他建议我们一定要去郑州看一下那些沉默的"大国重器"和会说话有思想的"大国重器"。李建斌还说，陈新建已经从云南回到了郑州，目前担任中铁工程装备集团一家子公司的总经理。

5．大国重器

夜色中抵达郑州东站，气温-3 ℃。

11 月底的中原大地凄风冷雨，来接我的中铁装备技术中心工作人员说昨天还是零上的温度，气温是突然下降的。看来离2023年第一场雪不远了。

这一趟郑州之行的采访对象是中铁装备掘进机研究院院长贺飞。李建斌曾经说过，他能从贺飞身上看到一丝自己年轻时的那股子劲头。

可惜不巧，第二天上午贺飞临时有重要的事情外出了。在等待的空隙，采访了两位掘进机研究院的工程师，一个八〇后，一个九〇后。

中铁装备成立之初，员工108人，其中设计研发人员占60%，制造人员占20%，管理人员占20%。中铁装备迫切需要打造一支结构合理、战斗力强的员工队伍。人才是创新之源，吸引合适的人才，用对人、培育人、激励人，是中铁装备从初创至今从未改变的人才战略。

校园招聘是中铁装备最重要的补充人才的方式，社会招聘为辅。李建斌担任董事长期间，每年秋季招聘，他都会亲自带队去高校，亲自演讲，亲自面试，让即将踏上职场的天之骄子看到中铁装备对人才的尊重与重视。放眼国内高校，没有一所大学专门设置掘进机技术专业，而一个成熟的工程师要涉猎机械设计、土木工程、地质学等多个学科，要想在盾构机设计领域有所成就，首先就要打破学科壁垒。学校不培养盾构机专业人才，李建斌也觉得有几分遗憾，但他在遴选人才时，更看重员工的品行，肯吃苦、耐得住科研的寂寞，对国家的热爱，对中国盾构机事业的激情。

2014年入职中铁装备掘进机研究院的陈威明，原本是打算考研的。2013年，中铁装备到他所在的华北水利水电大学招聘，很多同学报名，陈威明却无动于衷。在这之前他并不知道中铁装备这家公司，他是在听了辅导员的建议后才抱着试试看的心态写了一份简历。之所以下定决心放弃考研，完全是因为听了李建斌董事长的现场宣讲。

"各位同学，我是中铁工程装备集团有限公司董事长，我叫李建斌。中国中铁是知名企业，相信各位同学应该有所耳闻。但你们当中很多人可能对中铁装备不了解。我们是专业从事隧道掘进机，也就是盾构机与 TBM 研发制造和技术服务的大型国有企业。有些同学可能会担心，如果加入中铁装备之后，自己所从事的专业是不是主流，是否存在以后向上发展的局限。大家完全可以放心，研发制造盾构机应用到几十个专业，机械、水电、地质、数控等等，你们都大有用武之地。

"2009 年中铁装备在新乡成立，2011 年公司总部整体搬迁到了郑州。2012 年 6 月 29 日，我们制造的两台盾构机出口马来西亚，这是中国盾构机第一次打入国际市场。2013 年我们收购了德国企业维尔特的知识产权，并且引进了相关的海外技术专家。也是在这一年，我们'盾构装备自主设计制造关键技术及产业化'科研项目荣获国家科技进步奖一等奖。作为董事长，我非常负责任地告诉大家，中国的盾构制造虽然是新兴产业，但它的前景是广阔的，未来是光明的。中铁装备是一个年轻的企业，我们同样欢迎年轻的你加入我们！"

听完李建斌的宣讲，陈威明没有任何犹豫，立刻向中铁装备投了简历。那一年，华北水利水电大学一共录用了 5 名应届生，陈威明是其中一位。

如今，经过近 10 年的磨炼，陈威明已经是一位成熟的工程师。2020 年他第一次承担掘进机整机设计任务，设计了中国第一台金属矿山 TBM，目前设备已经完成制造。

与陈威明简单的履历相比，董艳萍的从业经历略显丰富一些。他比陈威明早加入中铁装备 2 年。彼时中铁装备制定了"一主多元"的企业战略支撑体系，以隧道装备产业一体化发展为中心，兼顾其他多种经营。这个"其他"就是董艳萍加入中铁装备的机缘。

董艳萍是河南开封人，大学专业是工程力学，毕业后去了山东潍坊的福田雷沃，公司后来被潍柴动力收购。董艳萍从事过履带式起重机设计，也参与了旋控钻的研发与制造。彼时恰逢中国高铁建设的高峰期，履带式起重机、旋控钻市场方兴未艾，中联重科、三一重工、徐工机械、潍柴动力各领风骚。中铁装备也起心动念，涉足架桥机、旋控钻等高铁建设设备的制造，先后从福田雷沃、河南宇通引进专业人才，董艳萍就是那个时候接到了中铁装备向他伸出的橄榄枝。但中铁装备的旋控钻设备并未在业界石破天惊。随着高铁建设热度的减退，原先的主流生产商业务也都日渐萎缩，何况是中铁装备这样的后来闯入者。就在陈威明加入中铁装备的2014年，旋控钻业务板块偃旗息鼓。新员工陈威明与老员工董艳萍一起进入了中铁装备的主营业务板块盾构机的设计与研发。

中铁装备对入职的大学生新员工实行轮岗制度，所有的岗位与车间都要一一体验，要确保为每一个员工找到最适合的岗位。陈威明第一个岗位是工地，中铁装备为深圳地铁9号线设计的盾构机正在安装调试。工地在深圳福田区一个繁华的十字路口，周围店铺林立，甲方竭尽全力仅能为盾构机施工提供一个小得不能再小的作业面。没办法，这里是寸土寸金的深圳。80米长的盾构机被分成三段，每段20多米。先安装一段，向前掘进一段距离之后再将其余的两段依次安装。

"给我拿一个法兰过来！"现场的项目经理在40米深的基坑里冲着陈威明大声喊。

"法兰？"很明显，"法兰"一词超出了陈威明的认知，他不知道项目经理说的"法兰"是何物。但他也拉不下脸面，不好意思问，总不能冲着深深的基坑大声询问坑底的项目经理吧。就在他犹豫的时候，项目经理已经从基坑里爬上来，在一堆零件里准确地寻得法兰，然后在陈威明眼前晃了晃，又自顾下基坑工作去了。陈威明永远忘不了项目经理在那一刻看他的眼神。

那一刻，陈威明无比怀念大学时代教授机械加工课的老师以及老师说过的至理名言:"同学们,我不要求你们现在多么熟练地使用这些工具,但最起码要熟记这些工具的名称。不然将来等你们用到的时候,哭都来不及!"

原来这就是老师说过的哭都来不及的时刻。

在项目经理杂糅着不解与不屑、鄙夷与无奈的眼神里,整整20天,陈威明才熟记了所有现场用到的工具,搞清楚扳手的全部型号,以及扳手与螺栓之间的适配逻辑。

20天之后,项目经理擦了一脸的汗,把扳手递给陈威明:"去吧,从今天开始你可以去拧螺丝了。"眼神里有一半欣慰,一半调侃。

在轮完所有的岗位之后,2015年3月,陈威明在中铁装备掘进机研究院有了自己的工位。

董艳萍是中铁装备引进的人才,是有经验的成熟的工程师,所以他在研究所获得一席工位就要比陈威明轻松许多。董艳萍也加入异形盾构机的研发设计组。

当时,郑州规划了多条下穿隧道,董艳萍承担的是红专路下穿中州大道隧道工程。起点位于红专路与姚寨路交叉口,沿红专路向东下穿中州大道,终点在红专路与龙湖外环路交叉口。隧道全长801米,规划红线53米,双向4车道设计,两侧分别有4米宽的非机动车道和2米宽的人行道。

从世界范围来看,目前研发异形断面盾构机并付诸实际应用的主要是日本和中国。日本从20世纪60年代开始研究,20世纪90年代快速推广,整体技术水平处于世界领先水平。中国在异形盾构机研究领域晚于日本,20世纪90年代开始研究与工程验证,在短短十几年的时间里,中国完成了从关键技术的引进消化吸收,到自主研发创新的转变,应用范围从软土小断面到复合地层超大断面的拓展,装备类型从单一矩形断面到双圆、马蹄形、U形、类矩形等多类型的转变,完成了世界最大断面矩形盾构顶管机、世界首台砂卵石层矩形盾构顶管机、世界首台超大断面马蹄形盾构机等装备研发与施工工艺的创新。

郑州红专路下穿中州大道隧道工程，正适合世界最大断面矩形盾构顶管机施工。隧道开通后，郑州红专路与姚寨路交叉口不见了往日的拥堵，去东区不用再挤金水路和黄河路，大量从红专路自西向东行驶的车辆，直接进入红专路下穿隧道前往郑州东区。

每次开车经过这条下穿隧道，董艳萍的心情都会变得十分愉悦。他不像其他匆匆路过的人，他会留心观察隧道内的情形。这是他一笔一画地设计出来的成果，从电脑上的图纸变成了现实生活中的民生工程。他享受这种没有人知道我是谁，但我建设了自己的城市的获得感。其实当初从山东潍坊福田雷沃离职回到河南，一方面是因为他看好中铁装备的未来，更重要的一个原因是董艳萍想回家，回河南老家。

董艳萍的心情，贺飞体会不到。他的老家在贵州铜仁石阡青阳苗族仡佬族侗族乡的大山里，贺飞是仡佬族。他的家人都生活在贵阳，只他一个人工作、生活在郑州。除了出差坐着高铁、飞机去开会或者去施工现场，其余时间他就一直在河南郑州经济技术开发区第六大街99号中铁工程装备集团有限公司院内，两点一线，从办公室走到寝室，小步慢踱也用不了10分钟。

掘进机研究院的三楼，贺飞的办公室也在这一层。他的桌子上满满当当全是书，多得快把他填埋了。以专业书籍居多，其次是管理类，其余的部分包括政治、经济、哲学和历史，一本文学类书籍也没有。茶几上堆满了资料，还有一堆石头，都不大，有棱有角的。在李建斌办公室没有看到的石头，在贺飞办公室看到了。我拿起来一块赭色的，端详了一番。石头应该是被清洗过的，手上没有丝毫的粉尘。

"这是土状赤铁矿石，可以用来做颜料。它属于硬岩。"贺飞也拿起其中一块青色的石头，说，"这些石头没有什么经济价值，我的意思是说它们没有收藏价值，但它对我们的工程师来说有意义。《孙子兵法》上说'知己知彼，百战不殆'，不同的地质要适配不同的刀具。比如你手里那块土状赤铁矿石的莫氏硬度在 5.5 到 6.5 之间，我手中的这块青石的硬度在 5.5 到 6.8 之间，在做每一个项目设计之前，我们都会到现场多次取样，无论国内还是国外。"

1984 年出生的贺飞，从小立志离开贵州，想出去看看外面的世界。在考大学前，他曾经计划去当兵，但身高不够，只能永远地与军营梦失之交臂。在贵州大学读书期间，当中铁隧道股份有限公司到贵州大学举行校园招聘，离开家乡的机会摆在贺飞面前时，他没有丝毫的犹豫。

刚刚入职时，贺飞并不在中铁隧道的主营业务板块工作，他被分配到基层的机械制造公司，参与砂浆车、模板台车、变频车等隧道施工辅助设备的制造。他话不多，却语速快。一口浓重的贵州话，普通话中的卷舌音"zh、ch、sh"在贵州方言中变为平舌音，而普通话中的韵母"ing、eng"在贵州方言中变为"i、u"等非卷舌音。在北方人居多的河南，贺飞的表达是一道独特的风景。

2009 年中铁隧道装备制造有限公司成立伊始，贺飞就是那最初的第一批员工，一百单八将之一。贺飞比李建斌小 20 多岁，无论是人生阅历还是个人成就，李建斌都是贺飞心中的一座山。慕强是人类的天性之一，一定程度上也是个人与社会进步的动力，因为慕强心理会激发人的热情与潜能。多年亲自走进高校与大学生面对面，李建斌炼就了一双火眼金睛，他很容易就能从人群中辨识出勤劳、勇敢、有韧性的同道中人，哪怕他还是一株青涩的小树苗。李建斌慧眼识英才，校招时招录了贺飞。

最初的中铁隧道装备制造有限公司设计研究院，即现在的中铁工程装备集团有限公司掘进机研究院的前身。当时只有 5 个人，贺飞是其中年龄最小的工程师。后来设计研究院更名为中铁隧道装备制造有限公司设计研究总院 TBM 所，年轻的贺飞凭出众的才华担任了副所长。2014 年 5 月 10 日，习近平总书记视察中铁装备集团公司时，贺飞也全程陪同。

彼时，中铁装备已经攻克了盾构机。但到底能否研制出自己的 TBM，还没有把握。

2014 年 1 月，吉林省史上投资规模最大、输水线路最长、受益面积最广、施工难度最高的大型跨区域引调水工程——引松工程 TBM 施工标段面向全球公开招标。

经过多次优化设计、业主与专家的评定，中铁装备最终拿到了首台国产 TBM 的订单。贺飞作为主设计师参与其中。

李建斌对他说："你先干，别有任何顾虑。天塌下来，有我这个大个子给你顶着！"身高 1.8 米的李建斌在身高不足 1.7 米的贺飞面前，是绝对的"大个子"！这份亦师亦友、亦兄亦父的情谊，让贺飞内心生出一股"士为知己者死"的悲壮之情。

一年后，依托"863"计划、"973"计划，中铁装备自主研制的直径为 8.03 米的 TBM 永吉号即将下线，应用于吉林引松供水总干线 4 标项目，那是整个引松工程中全线地质最复杂、施工难度最大的标段。

2015 年 1 月 25 日晚上，永吉号下线前夜，第二天上午有一个简短的下线仪式。主控室的同事给贺飞打电话："飞哥，永吉号刀盘转不动了，无法启动。"

怎么会这样呢？调试阶段一切正常啊！绝对不会是根本性的大问题。这一点，贺飞有把握。他没有声张，分别给电气工程师和液压工程师打了电话，让他们一起在最短的时间内赶到主控室。

三个人认真检查了一遍，没有发现问题。永吉号 TBM 是变频驱动，基于科学判断，也敢于冒险，贺飞做出了加大电压的决定。此举要么成功启动设备，要么烧毁电气。

"飞哥，我们听你的，你说怎么办，我们就怎么做！"

电气工程师去了变频控制器室，等待贺飞的指令。在主控室的贺飞浑身发抖，拿在手里的对讲机也同频共振。身边的液压工程师忍不住提醒他："飞哥，真的要这样做吗？"

"我们还有其他的办法吗？"

"没有。"

"加压！"贺飞斩钉截铁地下达了指令。

如有神助般，永吉号成功启动了。其实神功是丰厚的科学素养、严谨科学的研究与无数次试验所练成的。

2015 年 5 月始发的永吉号，历经多处溶腔溶洞群、碳质板岩段、断层破碎带、土层入侵洞段、特大涌水涌泥等不良地质，一路破除险阻，在国内施工历史上首次成功穿越长达 7000 米的灰岩岩溶区，在 2016 年 6 月、2017 年 11 月分别创下了月掘进 1226 米、1318.7 米的全国纪录，实现了一系列国内 TBM 施工史上的重大突破。

消息跨越白山黑水，飞回中原大地，贺飞在心底为永吉号暗自叫好，这个名字取得真好啊，永吉！

从北京到郑州，听了太多中国大盾构的故事。他们的主人公名字虽然各有不同，故事情节却又那么同质化，都是付出与收获，都是有惊无险的峰回路转，无论过程多么艰难曲折，结果总会迎来阳光灿烂。

中铁装备三年占市场、五年创品牌，解决了中国地铁、水利工程、铁路、公路等重大工程装备需求问题，先后完成"地下""水下""山下"工程盾构机全型号的系列化，全程负责世界首创的超大断面异形盾构研制和产业化，至 2022 年 5 月累计制造盾构机超过 1000 台。是李建斌带领着他的团队研制出了一系列具有奠基性和开创性的中国国内首台和世界首台产品，实现了中国盾构机从"追随者"到"引领者"的转变，使盾构机成为与高铁、核电、超级计算机等并列的国家名片。他们借船出海、借道拓展，最终扎根海外，大放异彩。

2021 年，59 岁的李建斌卸任了中铁高新工业股份有限公司副书记、总经理等职，履新中国中铁股份有限公司高级专家。作为高级专家，李建斌的退休年龄是 63 岁。

"63 岁工作退休，80 岁才意味着事业退休。"这是李建斌对自己职业生涯的远景目标规划。

截至 2022 年 5 月，李建斌先后获国家科技进步奖一等奖、国家科技进步奖二等奖、中国专利金奖、中国优秀工业设计奖金奖、中国好设计奖金奖、河南省科技进步奖一等奖。

2015 年的专利——一种超大巨型盾构机顶管机，成果转化了巨型掘进机 30 多台；2016 年的专利——X 型开敞式全断面隧道掘进机，实现成果转化 5 台；2016 年的专利——隧道联络通道用盾构机及其联络通道掘进方法，后应用于世界首台绿色盾构机 1237 号、中铁 1294 号；2017 年的专利——一种用于上软下硬地层的泥水盾构机主机实现成果转化 90 多台； 2019 年的专利——一种硬岩 TBM 掘进控制参数智能决策方法及系统，建立了 TBM 掘进"岩-机"互馈作用模型，实现土体智能识别准确率超过 85%，创建国内首套 TBM 刀盘智能设计方法，应用于 70 多台设备设计制造，创建掘进智能决策理论和智能辅助施工系统，应用于 15 项国家重大工程。

天色渐渐暗下来，办公室里需要开灯做辅助照明了。贺飞第二天要出差，去云南察看滇中引水工程的设备运转情况。滇中引水工程是国务院确定的172项节水供水重大水利工程中的标志性工程，也是中国西南地区规模最大、投资最多的水资源配置工程，是目前国内在建的最大引水工程之一。就在我采访他的同时，隔壁的会议室已经准备就绪，只等他结束采访就过去主持会议，是关于高黎贡山隧道出口不良地质段处理方案研讨会。

贺飞很忙，一年中有一半的时间奔波在各个项目工地上，另一半时间就固守在这个日夜不息铸就大国重器的基地里。忽然想起了采访李建斌时，他说自己曾一年坐了78趟飞机，平均快5天飞一次。愈发觉得中铁装备只有一个故事，一个奋斗的故事，故事的主人公换了一茬又一茬，只是名字不同而已，但故事的主题从未改变，依然是奋斗。

暮色四合中辞别贺飞。在离开中铁工程装备集团有限公司掘进机研究院之前，获准进入盾构机总装车间，登上习近平总书记2014年5月10日曾经踏足的盾构机装配平台。

目之所及，世界首台绿色盾构机中铁1237号刚刚下线，它搭载了连续掘进技术、快速换模技术等。它正被加紧拆装，即将从这里启程去往意大利，西西里岛的高铁隧道建设正翘首以待这位重量级的中国朋友。在对面的TBM车间，中铁1294号土压平衡盾构机也已经通过验收顺利下线，设备开挖直径13.65米，是目前中国出口海外最大直径土压平衡盾构机。中铁1294号将被用于土耳其伊斯坦布尔Sariyer-Kilyos高速公路隧道建设。这些设备无一不使用了专利金奖技术"隧道联络通道用盾构机及其联络通道掘进方法"。

联络通道是两条隧道之间的横向通道，其主要作用是确保乘客的安全疏散、隧道排水以及防火和消防等。联络通道通常采用矿山法施工，并辅以冻结或注浆加固。这项中铁工程装备集团有限公司在2016年11月7日申请的专利，在 2020 年 7 月 14 日获得了第二十一届中国专利金奖。

这趟郑州之行，没有见到"隧道联络通道用盾构机及其联络通道掘进方法"专利金奖的第一署名人陈昆鹏。

2010 年 7 月，毕业于石家庄铁道大学工业设计专业的陈昆鹏入职中铁装备。始终拼搏奋斗于技术研发及创新技术开发一线的他，积累了丰富的盾构产品设计经验，主持创新开发完隧道联络通道技术后，又主持创新开发双层盾壳盾构技术，成功开拓中国台北市场，打破了日本的技术垄断。陈昆鹏还曾经作为课题负责人，主持完成首台绿色盾构机的关键技术的创新开发、研究及应用，并编制企业标准，主导行业绿色节能、低碳技术发展，创新技术利润超千万元。2011 年，陈昆鹏作为中铁装备首届"创新设计大赛"筹备人，开创装备创新大赛活动先河。2018 年，陈昆鹏在中国城市轨道交通关键技术论坛暨第 27 届地铁学术交流会上，作了题为《"一带一路"上的隧道装备之路》的演讲，语惊四座。

作为国际化资源池落实实施负责人，陈昆鹏以中铁装备海外战略发展为基，以投标、经营、项目管理、技术服务多元化能力提升为目标，组建国际化资源池，2022 年培养国际化人才 40 人，有效保障了中铁装备海外事业的稳步推进发展。

陈昆鹏目前常驻海外公司，未能谋面，遗憾错过。

华灯初上，"打造世界一流隧道掘进机研发和制造基地"18 个字闪着沉静、冷冽的光。极目远眺，恍惚间，眼前唯余中铁 1237 号与中铁 1294 号沿着"丝绸之路经济带"和"21 世纪海上丝绸之路"远去的背影。

一台台沉默的盾构机与 TBM 的确是当之无愧的大国重器。这时，方才真正理解了李建斌极力建议我们来郑州的深意。他是想告诉我们真正的大国重器是人，他们隐身在飞天神舟、潜海蛟龙、追风高铁、入地盾构背后，他们没有铜皮铁骨，却有着钢铁一般的意志，他们一代代传承赓续，谱写着一个又一个中国式传奇。

6．从中铁1号到雪域先锋号、领航号……

黄河清篇将要杀青时，已经是2024年1月19日了。那天傍晚，他暴走10公里后回家。云岭的天空黑得晚，西山落照，晚霞满天，天上祥云若吉象、若天马驰骋，凤翥九霄。倚在沙发上看《新闻联播》，电视屏上的头条新闻是党中央、国务院表彰"国家卓越工程师团队"，中铁装备盾构机创新研发团队名列其中。这是国家对盾构机创新团队的最大认可与肯定。

欣慰之余，他想到那天在郑州盾构机基地采访时，他们很自豪地说："从0到1，造中国自己的盾构机，我们用了6年，从1到1000，我们用了10年。"

2008年，经过6年的攻关和苦战，中国第一台拥有自主知识产权的复合式土压平衡盾构机中国中铁1号下线。盾构机专利的研发，涵盖了机械、力学、液压、电气等数十个技术领域，精密零部件上万个，单单一个控制系统就有2000多个控制点，拉动了一个强大的工业供应链。

十几年之间，中铁工程装备集团1400台盾构机下线，广泛运用于建设国内外的地铁、铁路、公路和市政、综合管廊、穿江越海隧道、矿山隧道以及地下停车场等，在国际上具有广泛影响的南水北调、大兴机场，世界运营里程最长的重载铁路浩吉铁路、亚洲第一长铁路隧道大瑞铁路高黎贡山隧道、粤港澳大湾区交通枢纽群等重大工程，都留下了中铁盾构机的知识产权专利技术推广成果。

2013年1月3日，中铁第一台出境的盾构机在郑州下线，越洋过海，抵达东南亚雨林，在马来西亚吉隆坡地铁工程中大显身手。

2016年7月，世界首创的马蹄形盾构机蒙华号在郑州下线，用于浩吉铁路白城隧道，成功地穿越天然气管道、供水管线、包茂高速公路、风积砂层等重大风险地带，较传统的矿山法施工效率提高了5倍，被评为"国际隧道协会2018年度技术创新项目"。

2021年6月11日，国产首台高原高寒大直径硬岩掘进机TBM雪域先锋号下线，也是世界首台双结构硬岩掘进机，开至雅鲁藏布江，用于高原高寒铁路建设。7月22日，习近平总书记到西藏考察，在林芝火车站察看了中铁装备雪域先锋号硬岩掘进机，勉励中铁人再接再厉，建设好这一世纪工程。随后，他们落实总书记的重要指示，成功研制了忠诚担当号等6台硬岩掘进机，用于高原铁路的建设。

2022年，李建斌和清华大学教授、博士等三人共同提出了一种钻爆法和掘进机法相结合的新型盾构机——掘爆机研究项目，申请了财政部的一项科技研发贷款，共3000万元，继续科技攻关。

专利是知识产权的核心，重在自主创新，唯创新者强，唯创造者进。手中握有一剑封喉的利器，才能在世界大格局的竞争中立于不败之地。联络通道是设置在两条隧道之间的一条通道，若一条隧道出了问题，行人和车辆可以通过联络通道转移到另一条隧道，因此有"逃生通道"之称。他们首创了洞中打洞的盾构机，获得了中国专利金奖。

会爬坡的盾构机，几千吨重的盾构机在39度的斜坡上，向上或向下施工，如何防滑，成了重中之重。中铁装备从爬山虎枝蔓中得到启示，发明了具有自主知识产权的专利技术，其灵感与船蛆异曲同工，解决了这一难题，并研制了国内首台大倾角TBM永宁号，在洛宁抽水蓄能电站建设中屡建奇功。

还有2021年制造的世界首台小转弯的TBM永兴号，总长仅为37米，比常规的 TBM 长度缩小了 80%，转弯半径只有 30 米，比常规 TBM 减少了 90%，并且在狭小的硐室空间完成组装、始发、掘进、转弯、到达、拆机等作业，掘进环境可以"回形针、螺旋式"在湛江穿海作业，大显神威。

许多的发明创造，都是受到了生活智慧灵感的启示，如：工程师逛博物馆，见一唐朝香囊，外表纵横圆转，内部平常，却设有机关巧智，从而悟出在复杂且狭小的空间对一些螺栓进行拆装的原理；从牙齿的正面、背面形状不同，悟出了刀盘不糊泥饼的原理。

最奇妙的是发明了全球首台竖着打的竖井 TBM，首次实现了动力下沉，打井不下井，这就是领航号。

紧盯世界一流，不断提升技术专利、知识产权的含金量，产品的质量和服务水平，获得了全球客户的尊重和认可。2016 年第一次出口以色列 6 台盾构机。2017 年出口阿联酋 2 台 11.05 米的盾构机。2018 年向日本、韩国和新加坡出口 5 台盾构机，盾构机产品也驶向了多哈。2019 年出口意大利、丹麦。现在中铁装备造的盾构机已经出口到了世界各地约 40 个国家和地区。

中国盾构机第一次出口到其发源地和制造地法国，法国地铁总裁惊呼，看到了中国的变化，简直不可思议，希望能把这些中国智慧用到法国的地铁建设中。

在黎巴嫩，中国铁建人研制的世界最小直径硬岩掘进机助力当地解决用水问题。竣工之日，居民拉着中国工程师的手说："来自中国的设备，中国的人，都做了了不起的事情。"

十年又十年，十年不同天。傲然向世界。2014 年，习近平总书记视察了中铁工程装备集团有限公司，殷殷嘱托中铁盾构人，加强关键技术攻关，抢占技术制高点。中铁装备从 2014 年至 2023 年新签合同额增长 470%，营业收入增长 322%，归属母公司的净利润增长 635%。中铁盾构已经成为强国梦的一个高地和坐标。

  数风流人物，还看东方。一条大河上下，黄河之水天上来。

文化沉思：强国行之黄河之水天上来

藏族神谕，黄河之水凤嘴流出

落下"夕阳芦荻"最后一个字时，他将毫笔搁于笔架上，"黄河清"一词的意境毕现于宣纸之上，由墨迹及惊涛，由盾构机及黄河历史、地理和文化，他从黄河入海口的秋风芦荻中，突然寻到了中铁1号盾构机为何降生于黄河岸边，这条母亲河与一个民族的繁衍与创造，黄河文明与强国梦之间隐藏着怎样未曾破译的密码。

黄河属于你，属于我，也属于他，可它从每个中国人的心灵上淌过，但只是一种意象，一个文明的音符。他是云南人，与黄河岸边人家长大的经历与感受完全不同，人家生于斯，长于斯，或一个岸上村庄，或一座河畔城郭，立高台之上，借一小轩窗，观黄河之水天上来，朝云暮雨，大河东去，看黄河入海流。像助手一样，喝着黄河水长大，有一种天然的亲近感。故她吟"夕阳芦荻"时，他便觉得好，比惯看秋月春风的诗人行走咏得更深切、独到。然，黄河于他，只是一个风陵渡，一个地理符号，一句李白的诗，一条华夏母亲肚皮上的妊娠纹。

能从母亲妊娠纹上找到黄河儿子的胎记吗？他寻找了漫漫五十载。可是黄河青山，对他只是一个青春幻影，一条青春版唐诗之河，一片独对大河的茫然。遥想当年，青春观河在洛阳，那是他入京后，第一次去九朝古都。"洛阳亲友如相问，一片冰心在玉壶。"洛阳城无亲人，只有一座兵城，在大唐徐懋功屯兵的徐家屯。那是一个春天，采访完成后，他提出要看看黄河，伊水终归黄河，但不在一个方向。驱车100多公里，去了孟津，第一次看到黄河，他欣喜若狂，近似孩童般地嬉戏，沐手，洗脸，掬一抔黄河水喝下。彼时，东风起，桐花落下，如彩蝶一样在河上盘旋，风乎舞雩，咏而归。

那他中年的大河呢？是一个个碎片，一朵朵黄河的浪花，拾之，掬之，观之，然后撒成一地水的珍珠。而立后，他不断上河，三年五载去一趟，或溯河而上，或沿河而下。四十不惑，究竟去了多少趟，他自己也数不清，山东、河南、陕西、山西、内蒙古、宁夏、甘肃、四川和青海，一段段上河去，一片片河滩穿越，一个个古渡与村庄靠近，切片似的解剖黄河。探源，从孟津开始。溯河而上，济源、三门峡、风陵渡、鹳雀楼、龙门、壶口、晋陕峡谷、榆林、河套、几字弯、塞上江南银川、中宁、沙坡头、靖远、白银、兰州、刘家峡，终于到了甘南的夏河与玛曲。于是当他一次次走过青藏高原，倚昆仑而抽长剑时，对黄河的正源，唯有遥远一瞥，黄河源头不可见兮，唯有想象。

壮年后，不应该是衰年吧，退休命令一下，四十四载零一个月的戎装一脱，吃皇粮写作的使命终结了。心情放松，放下，崇高不复存在，沉入尘埃，他策划了"山海经文学"丛书，因了军人情结，昆仑之恋，他不畏小个子，扛下了《昆仑山传》。河出昆仑，这一回得完成黄河源最后的拼图和成像，行走，贵德、共和、达日、称多、玛多、曲麻莱，环三江源绕了半个月，那天清晨出曲麻莱县城，一路向东向北，驶往昆仑山南麓。240公里，路况很差，搓板路，行车5个多小时，将近12时40分抵达约古宗列盆地，海拔4500米，吃点午餐，上山。行到长者与胡耀邦题的碑文前，看到碑上分别用藏文与中文书一行大字：黄河源头。旁边有数处泉眼，一泓涓流，汩汩，汪成一个小池塘，流成一条小沟，穿湿地而过，让人明白，黄河不让涓涓，终能成其大，奔流入海。藏人称风水甚好，十三座神山相拥。沟壑之上，山形恰似凤凰之首，黄河正源泉眼，从凤鸟嘴里流出。妙哉，妙哉！5个多小时的车程，最终完成了65岁的他的黄河拼图。

  转山，转水，不为朝拜，只为它的涓涓微澜。朝约古宗列盆地半坡上的泉眼而去，6月了，沼泽干枯，仍未返青，行走至海拔4600米处，有泉眼无数，像井水一样涌动。往上，再往上，行半小时，走到黄河真源前，他激动至极。千万里追寻，千万里远涉，就像朝圣的香客一样，三步一个长头，顶礼膜拜地走到黄河源头。而展现在他面前的泉眼，喷涌成一个小池塘，宽不过数丈，比家门口的池塘还小。正午的太阳从云罅里射了下来，他青春的影子，老者的影子，皆映在黄河的小池塘里。就像第一次在孟津见黄河一样，蹲下去，沐手，掬一抔于掌心，喝下去，然后蹲在泉眼边上，一勺勺装于瓶中。

  "看到了吗？这山是一只凤鸟，丹凤朝阳，清泉从凤眼和凤嘴流出。"陪同的藏族同胞说。多么瑰丽的想象，中华始祖鸟，其实就是一只凤鸟儿，筑巢昆仑，振翮而飞，航迹飞成一条大河，野马也，尘埃也，大鹏也。他从凤鸟处往下走，半山坡上看过去，昆仑云雨落凤眼，涓涓细流，流成了万千个星宿海，最终将入扎陵湖，鄂陵湖，望海。在黄河入海口，看大河入海，芦花白，他的鬓发如雪，如那一望无边的芦荻，最终将黄河最具地标的地段连成了一条线，一条大河奔流。通会之时，人书俱老，他应该是可以写这条大河了，揭示流淌在波光上的属于这个古族的生命律动的密码。

黄河之源，帝王钦定

  一条历史的大河在他的视野里浮现，河源何处，我们从哪里来，又将向何处去，人类一思考，佛陀就眯着眼睛笑。两千多年的时空中，对于黄河真源出于何处，如影如幻，是是非非。

  河源出昆仑，上下五千年，钦定黄河的帝王，分别是汉朝、元朝和清朝皇帝。第一个钦定河出昆仑的是汉武帝刘彻，他轻信了张骞之说。当年，张骞出使西域时，本任郎官，一个书生也。行前，想必是读过《山海经》《禹本纪》的，且老家又在汉中，自然熟悉西北山河地理。然，张骞一出国境，便被匈奴人截留，得间逃了出来，到了月氏。他想从南山，即新疆南界的山，从羌中归国，不幸又被匈奴捉住。彼在西域待了13年之久，到达了大宛、康居、月支和大夏诸国，出使时带了100多人，回来时仅剩下两个人。上朝晋见皇帝，他对汉武帝说："于阗之西，则水皆西流，注西海；其东水东流，注盐泽。盐泽潜行地下，其南则河源出焉。"意思是说，黄河从青海流出，其境内住的都是羌人，而汉人是寻不到源头的，而臣的冒险之旅竟然看到了更远的源头。张骞当着皇帝说河源在于阗南山，沿塔里木河，潜入罗布泊盐泽里边，地下潜行数千里，从青海冒出来了。回来的使者也这么说，汉武帝就钦定黄河源在于阗昆仑。站在朝堂一侧的司马迁瞠目结舌，有所质疑，故在写《史记·大宛列传》时，下笔很谨慎，说《禹本纪》称昆仑高2500余里，于阗南山没有这么高峻的山啊，间接地否定了汉武帝钦定河源出昆仑。班固著《汉书》，人虽未亲历西域，其兄班超在西域待超过31年，走遍天山，越过葱岭，他的地理知识对班固影响很大。因此，班固的《汉书·西域传》，对于阗南山仍称南山，绝口不提汉武帝的昆仑，显然是接受了司马迁的主张。

从西汉末至唐初，大约600年时间，华夏视黄河源出于阗，其实，差了十万八千里，纰缪矣。因为贞观九年，吐谷浑屡犯边关，李靖统兵出讨，侯君集为积石道行军总管。"靖等进至赤海，遇其天柱王部落，击大破之，遂历于河源。……侯君集与江夏王道宗趣南路登汉哭山，饮马乌海。……经途二千余里空虚之地，盛夏降霜，多积雪，其地乏水草，将士啖冰，马皆食雪，又达于柏梁，北望积石山，观河源之所出焉。"（《旧唐书·吐谷浑传》）此战，至少侯君集、李道宗这路兵马，到过柏海，即今扎陵湖、鄂陵湖。唐穆宗长庆元年，特派大理卿刘元鼎前去吐蕃作会盟使，返回时，他沿唐蕃古道，路经闷摩黎山（巴颜喀拉山），东距长安五千里，"河源其间，流澄缓下，稍合众流，色赤，行益远，它水并注则浊，故世举谓西戎地曰河湟"。

继刘元鼎后约460年，元世祖至元十七年，命都实为招讨使，佩金虎符，往求河源。都实既受命，是岁至河州……四月始抵河源，是冬还报，并图其城传位置以闻。其后翰林学士潘昂霄从都实之弟阔阔出处得其说，撰为《河源志》。

而真正查清黄河源却到了清代。乾隆四十七年，清高宗派侍卫阿必达寻访河源。阿必达走到了星宿海，回来报告乾隆皇帝，说星宿海西南有水名阿勒坦郭勒……入阿勒坦郭勒，回旋300余里，入星宿海，为黄河真源。乾隆闻之，大喜，令四库馆诸臣编写《河源纪略》。这个伟大的发现，一步步接近了黄河的真源。

往下走，伫立半坡上，凤鸟头上有九座经塔列列，阳光下闪闪发光。冥冥之中，人与神，人与河源感应，他不仅感应了昆仑的外世界，也梦入密世界，横亘于神山的九座坛城，在眼中展现。恍惚间，他读过的《山海经》《禹贡》《淮南子》的画面掠过脑际，因为信息量太大，搅成了一团。昆仑城阙在他的视野中渐次高巍。《水经注》上说："昆仑之山三级，下曰樊桐，一名板桐；二曰玄圃，一名阆风；上曰层城，一名天庭，是谓太帝之居。"《淮南子》上说："中有增城九重，其高万一千里，百一十四步二尺六寸，上有木禾，其修五寻。珠树、玉树、璇树、不死树在其西，沙棠、琅玕在其东，绛树在其南，碧树、瑶树在其北。"然而，一片冥思与感悟，被大历史学家顾颉刚一语道破："在中国的西面，有一座极高极大的神山，叫作昆仑，这是上帝在地面上的都城，远远望去有耀眼的光焰。走到跟前，有四条至六条大川潆洄盘绕，浩瀚奔腾，向四方流去。"

文明与专利的密码，诞生于大河两岸

中华民族就是从黄河源头起飞的一只、一群丹凤。

河出昆仑，凤起昆仑。这条大河边出了一个李建斌，和他率领的团队造出 1000 多台盾构机，一点也不突兀啊，只是凤鸟腾飞抖下的一片羽毛啊。与县里派来的藏族同胞往凤嘴走去，他仍在做无厘头的链接。下山，前边有凤来仪，凤鸣于经塔之上，他仿佛骑在一匹天马上，检阅千山暮雪，雪山列阵，万壑如海，每座雪峰都像身着白色铠甲的白袍小将，等着万山之祖的一声令下。视野里，楚玛尔河、沱沱河、通天河，像巨人的血管一样，分布于万里羌塘与可可西里之间，那些山岗、江河、大荒、牧场、沼泽，风景般地在风中凸显。

"昆仑墟，昆仑丘！"他心中惊呼。他蓦地想起 1935 年中央红军长征走完最后一程，过岷山时，毛泽东远眺昆仑，在马背上吟下了《念奴娇·昆仑》这首词：

横空出世，莽昆仑，阅尽人间春色。飞起玉龙三百万，搅得周天寒彻。夏日消溶，江河横溢，人或为鱼鳖。千秋功罪，谁人曾与评说？

而今我谓昆仑，不要这高，不要这多雪。安得倚天抽宝剑，把汝裁为三截？一截遗欧，一截赠美，一截还东国。太平世界，环球同此凉热。

仰望云下的昆仑，他心中默默地背了这首词。大河上下，顿失滔滔，一派豪放词风，有辛稼轩、岳武穆的壮怀激烈，更多了辛词和岳飞《满江红》没有的王者气象及上古正大，它将一代伟人对于北国大地，对于昆仑山和大河的期冀与梦想，皆付于大地与瑞雪。虽然当时红军仅剩下 7000 余人，但是毛泽东似乎已经预料到中国革命必然成功，一个人民的中国必然屹立于世界的东方，而他心心念念的太平世界，将三分寰宇，人类地球村的大势，将与昆仑丘的凉热一样。然而，为了那人间的春色永驻华夏，他期待着中国的复兴和崛起。

一个古族的大河啊，一个华夏文明的产床。天地玄黄，宇宙洪荒，伏羲画卦，一画开天。女娲补天，手握乾坤。炎黄二帝，孔子、孟子、老子、墨子、韩非子、孙子等思想巨匠，或倒骑青牛，或坐二乘车、四乘车，从这条大河里走了出来，从传说中的"河图""洛书"走了出来，《诗经》《易经》《道德经》《史记》都是蘸着黄河水研墨写成的。还有那些文人墨客，在大河边，在洛阳城、长安城，在大漠孤烟直的地方，写汉赋建安文章，吟唐诗宋词韵律铿锵。多了，《天工开物》，《清明上河图》，造纸术、印刷术、指南针、火药等四大发明，以至天象历法、农学、医学、水利等，中华文化的诸多元典都创造于这片大河两厢的皇天后土。

他看到一条光荣与梦想的黄河啊，涓涓细流，最终浩浩汤汤，哺育了中华民族，也孕育了中华文明。此乃一条文明之河，创造之河啊！

万里黄河一时清

黄河之水天上来，天上黄河是清的。择高台而观大河远，坐京畿而西北望，黄河像一只鹄立高枝的白鹭，望尽秋水，不见了鄂陵湖、扎陵湖、星宿海的烟雨，唯有念想。心心念念，念兹在兹。此去经年，他在图文与想象中，亲近那片西极圣境。拼图，完成青春岁月想象的大河，走近，融入这条历史之河。

壮年了。剑客暮年，壮心不已，只想观万里黄河一时清，又不断迂回接近。不为瞻望，只为抚摸她的玉指，碧水冰肌。他从四川阿坝州若尔盖县，甘南州玛曲县，两路向心，渐次接近久治县境，黑青色冷山在望，却止于黄河第一弯，一派穹低平野阔、月出大河流的壮观。看一下路程，此离星宿海不过几百余里，若循黄河而上，可抵神往之地。然，蓦然转身，环若尔盖草地巡弋，过班佑河，穿过郎木寺，万里黄河贵德清，达日银河奔来眼底。

那天晚上，抵达日县里，千山夜暮，次日朝雨浥轻尘，黄河青山芳草青青，只是白雾如帷幔，笼罩了大河上下，一片片寒山终不见。上午10时，他从狮龙宫出来后，沿黄河岸边返程，到离县城不远山脚下，盘旋而上。在那东山顶上建有达日县观景台，向西，可观黄河之水天上来，涓涓细流终成大河；向东，可一睹达日黄河百条溪流归一河的盛景。绕达日县城一隅，流向远方；向南北环顾，则可见空山绿两岸，油画般的景色。此时，他淹没于浓雾中，仅仅凭地理方位遐想。毕竟，这条大河迷迷茫茫，不见那或清或浑的黄河水东流去，或者惊涛拍岸的黄河浪花。

黄河清，圣人出。等到大河水碧时，那一刻，他伫立于观景台上，等待。不时仰首望天，一片白雾迷茫于天际。近观，山脊筑为高台，建有一座白塔与煨桑台，各占一角。他在看台上踯躅良久，时针已经指向上午10点半，仍不见黄河水道露出河床，浓雾散尽，青山重现。等吧，不见黄河心不死，不看雾散人不归。彼时，有一辆小车驶了上来，在煨桑台前戛然停下，走下一对父子，从后备厢中拿出扁柏青枝与一摞摞经文纸，于台前祭祀天地故人，绕着煨桑台，转经，呢喃而诵六字真言，时桑烟袅袅，一柱冲向天空，那对父子朝天一抛经文，或红、或白、或灰、或黄，顿时，像一群神鸟盘旋于经塔之上。刹那间，风掠白雾散，县城一隅的天际，露出一轮白白的太阳，欲吞噬浓雾，重现黄河清波。莫道黄河青山老，只待观河人。将近中午，太阳钻出雾霾，温度升了起来。大河上云雾次第散尽，达日县城边的黄河掀起了盖头，渐渐清晰起来。百川归流，千曲归于一河，浩浩汤汤，形成之字般的河流，清澈如绸带，飘在河谷里。远处，两岸寒山葱郁，四瓣莲花盛开，一幅吉祥八宝天河画奔流于眼前。

与风马旗心祈一愿，最后打望一眼雪山冰川，登车。一路上，黄河青山不时惊现于车子两厢，青绿，满眼青绿至此，极养眼。空山无树，远芳侵旷野，小花开得正盛，山岭的曲线，宛如天鹅绒一般。凝视着大河清波，他知道几个小时后，黄河水将流至玛曲县草原，与他几年前遗落于此的气息、体温、旅痕融为一体。而他梦中的天神花园呢？！

天空如此灿然，照着黄河真源的清澄。他蓦然想起"黄河万里一时清"的诗句，是他少年时读明清言情小说《平山冷燕》所记，诗出罗贯中。这并非老百姓祈祷好日子的偈语。《尔雅·释水》云："河出昆仑墟，色白。所渠并千七百一川，色黄。"行走东昆仑，黄河上游，皆青蓝蓝的天，清凌凌的水，照见每个行者的元气与文心。那天，他坐的吉普如一匹白骏马，往河那边驰骋，过黄河大桥，青野、碧天、彩云、金塔，皆映于水中央。一夜之缘的达日县城，在倒车镜里渐行渐远。他隔窗远眺，前方青山坡，彩旗飘飘，赤橙黄绿青蓝紫，七色风马旗，插成一个金塔，嵌于半山腰。再往上，青山一片红，山脊经幡猎猎，幻化成风，吹过来巨大的三角形红海洋。一片风马旗，一座金塔，一个如意宝瓶，一块六字真言，在那高高的山岗之下，变成护河山神。将别，他双手合十，向车后渐远的黄河雷神、风神、雨神，还有山神默默心语，就此别过，向神往已久的巴颜喀拉驶去。

壮哉，河出莽昆仑，达日大河湾，堪称天下第一曲。魂牵梦绕半世，终得一见，他将溯河而上，直抵河源卡日曲、约古宗列曲。汩汩细流，汇成大河滔滔，竟然如此壮观，令他心生敬畏。心静，则起诗境，只待黄河清，那大河缘，属于他，也属于你的历史之河，不，其实是一条众生之河。

蓦然回首，烟雨处就是人间，是绕九州的繁衍之河啊。烟火尽头，芄野惊现，昆仑墟，西王母住在昆仑墟上，《山海经》说，穆天子见她遂生恋情，缠绵不归，有男欢女爱，才有婚床、产床，才有牛羊成群、男耕女织。前方灶头，有我的黄铜茶炊。青海高原车驶过，高原与长河隆起，隐入烟尘，他想起了青海苦吟的诗人昌耀，他为何俯身于这条慈航的大河，不离不弃？这河，是华夏的摇篮，斯山，是中华的祖脉啊。西戎、羝羌、吐蕃、吐谷浑游牧于斯，周人、秦人是最早沿着这条大河融入华夏的，一条众生之河，繁衍之河，这是一条中华民族命运共同体的大河。

该到黄河源了，是玛多，是紫山（巴颜喀拉），是柏海（鄂陵湖），一代赞普松赞干布带着迎亲仪仗队在那里等待多时了，望穿秋水。

那个上午，太阳高照，玛多县天空蓝光闪烁，胜却青藏天空的哈达蓝，烟岚浮冉。他听到巴颜喀拉和阿尼玛卿的心跳，汉族与藏族和谐的脉动。唯见水袖空抛，锅庄舞脚步踢踏，中原祈雨的鼓点时断时续。经过大唐文明春风雨润，还有梵呗嘹亮，长号归化过的苍生，杀戮化作虔诚，高原守望，成为一种初心和执念，一种生活方式？！他问天问地，亦问自己。车至前方，与那片蓝色的海将近，他终于看清了大河之状。

爱如电，兄弟情，雪域高原上，汉族与藏族、门巴族、珞巴族、回族以及夏尔巴人、达曼人，就像石榴籽一样，紧紧地拥抱在一起，谁也离不开谁，万年如斯，千载如斯，百年依然。

磅礴的创造力从何处而来

"风在吼，马在叫，黄河在咆哮！河西山冈万丈高……"这是他所熟悉的黄河谣，也是他成长的语境。他从这首歌开始，一点点地走近黄河，开始读懂这条摆动之河，脱缰的野马之河，更是一条无拘无束的创造之河。伟人、圣人、士子在它的面前，唯生膜拜，唯起悲悯，唯起敬畏，这条桀骜不驯的大河。

那天傍晚，从约古宗列归曲麻莱县城，一路黄河支流小溪相伴，河水淙淙，颠簸返程，将在晚上9点半抵达曲麻莱，黄昏四野，涓流和涛声依旧。他从黄河岸边走过，千山暮云，斜阳归处，有一个人骑马向黄河走来，那是湖南韶山冲的教书先生毛润之吧。

毛泽东一生雄才大略，气吞山河，无论政治军事，都写下了一系列的大手笔，可是在黄河面前，却变得小心翼翼。1952年10月，秋色渐浓，天凉了，毛泽东第一次考察黄河，专列南行，第一站是济南泺口大坝，然后经停徐州，看黄河故道，转至兰考东坝头，开封柳园口，面对着一条悬河，老人家坐在郑州邙山之顶，久久凝视着这条大河，抽了一支烟，却未说一句惊世之语。在车上，他像讲家常一样，交代河南省及黄委会的负责人：一定要把黄河的事情办好！

一句非常地道的大白话！东方伟人意气风发，也曾俯瞰雪野，写下震古烁今的《沁园春·雪》，也曾在延安的窑洞中发出惊人的窑洞对。面对黄河，难道狂放与豪情不在了吗？非也。坐在邙山之顶，独对大河，对一条摆动之河，狂涛不羁之河，毛泽东心中也充满了敬畏之情。

熟悉黄河历史的人，都在它面前小心翼翼，如履薄冰。摆动的黄河有时就像一匹野马，到了中下游，任意改变方向，祸害生民，且"多发生在山东和河南，左可以威胁河北，右可以残害苏、皖"。或夺淮入海，多次夺颍、涡河等，与淮河合流。在清顺治、康熙年间，大约决北岸者十之九，决南岸者十之一。翁同龢等疏："或谓山东数被水害，遂以河南行为幸……自金章宗后河虽分流，有明一代北决者十四，南决者五，我朝顺、康以来，北决者十九，南决者十一。"大致是说当时北决的次数比南决多。翁同龢是光绪的老师，江苏常熟人，他看到的现象很明确。大河喜欢在华北大平原左右摆动，向北最远处到了天津，向海河方向横流；向南最远到江淮，夺淮河入黄海汇长江。

这就是一条不安分的母亲河，巨龙飞天，野马踏尘，任性也，狂放也，自从盘古开天地，截至康熙三十六年，黄河曾发生五次大变局。

清初学者胡渭，在他的治水之皇皇大作《禹贡锥指》里这样写道：

河自禹告成之后，下迄元、明，凡五大变，而暂决复塞者不与焉。

一、周定王五年河徙，自宿胥口东行漯川，至长寿津与漯别行，而东北合漳水，至章武入海，《水经》所称大河故渎者是也。

二、王莽始建国三年河决魏郡，泛清河、平原、济南，至千乘入海，后汉永平中，王景修之，遂为大河之经流《水经》所称河水者是也。

三、宋仁宗时商胡决河，分为二派：北流合永济渠至乾宁军（今青县）入海，东流合马颊河至无棣县（今海丰）入海，二流迭为开闭，《宋史·河渠志》所载是也。

四、金章宗明昌五年（实宋光宗之绍熙五年）河决阳武故堤，灌封丘而东，注梁山泊，分为二派，一由北清河（即大清河）入海，一由南清河（即泗水）入淮是也。

五、元世祖至元中河徙出阳武县南，新乡之流绝，二十六年会通河成，北派渐微。及至明弘治中筑断黄陵冈支渠，遂以一淮受全河水是也。

俱往矣，通晓治河史的毛泽东，对于黄河有一种莫名的敬畏，心心念念，黄河所系也。

7年后，1959年4月5日，在上海召开的中共八届七中全会上，毛泽东提出，他想沿黄河、长江进行考察，说：从黄河口子沿河而上，搞一班人做警卫，搞个地质学家，搞个生物学家，或者搞个文学家，只准骑马，不准坐卡车，更不准坐火车、汽车，就是骑马，骑骑走走，走走骑骑，一起往昆仑山，然后到猪八戒去过的那个通天河，翻到长江上游，然后沿江而下，从金沙江到崇明岛为止。我有这个志向，我现在开支票，但是哪一年兑现不晓得。我很想学徐霞客。

毛泽东学徐霞客的惊人一笔，惜未成真。1964年夏，中央警卫局将战马牵至了北戴河，毛泽东试骑，由警卫扶着，跃上马背走了好几圈，春行，还是夏天出发，定好了1965年春成行。但是，1964年8月初，突发"北部湾事件"，美国入侵越南。6日晨，毛泽东遗憾地说："要打仗了，我的行动得重新考虑。黄河这次是去不成了。"

那天他伫立在约古宗列曲凤嘴之前，看着从上边半坡上流出的溪流，汇作一条小河，奔涌向前，掠过盆地。他在想，毛泽东在黄河面前为何如此谨慎，骑马，驮上两箱子书，边往上行，边考察大河两岸的民情，思考治河之道。

毛泽东真的实现了骑马走江河，该是什么样子？

李建斌生于河之北，盾构机造于河之南。始于洛阳桐花开时，成于新乡，最终落户郑州，中铁盾构机傍河而生，倚河而兴。这条河给了他什么样的启示和力量？

去年，在采访完了中铁盾构机的专利金奖获得者李建斌后，他去了水泊梁山采访梁山港，欲看看百年前黄河在河南兰阳（今兰考）铜瓦厢，穿运河北上夹河，夺大清河经张秋、鱼山、东阿，从利津入渤海，是否安澜？站在梁山夺运河处，此岸鲁地，彼岸台前，运河之船不再驶运河水脊汶上南旺镇，从此船楫不入北京城。两个月后，他又去了巴颜喀拉，河出昆仑，他入三江源腹地，走到黄河正源处，从约古宗列曲和卡日曲两个正源，来远眺这条大河的蠕动和创造之力。

　　青海地处青藏高原腹地，是长江、黄河、澜沧江的发源地，每年向下游输送清洁水逾 600 亿立方米，被誉为"三江之源""中华水塔"。

　　两次到青海考察，习近平总书记都对生态保护作出重要指示。2016 年 8 月，习近平总书记强调："青海最大的价值在生态、最大的责任在生态、最大的潜力也在生态。"2021 年 6 月，习近平总书记强调："保护好青海生态环境，是'国之大者'。要牢固树立绿水青山就是金山银山理念，切实保护好地球第三极生态。"

　　大河　凤鸟　涓流

　　将近傍晚，斜阳寒山，他无暇下车，行进中，极目车窗外的山野，积石山上插了不少风马旗，独成一道风景，经幡沿山坡横插一排，挂在石峡上，山脊上却无踪影，绕成一座经幡山。进藏大道上，藏族人民喜欢在神山垭口处，插成经幡篷，雪风掠，风吟吉祥，将六字真言祈语，沿天神之梯，送往天上宫阙，与上天通灵，佑苍生平安。

　　雪落空山幽，雾失古渡。自古以来，唐蕃古道过黄河源，只有两个古渡，高原之旅，最忌走回头路。若车队调头，走国道，离那夜宿的玛多县城会多绕出二三百公里，在阿尼玛卿与巴颜喀拉行走多年，熟悉地形地貌，他说从达日穿越甘德、玛沁、玛多一隅，至花石峡，是最近的一条路。

　　那天中午，车队沿黄河岸边走了二三十公里，便进入沙石路，他从车窗玻璃看过去，茫茫一片大荒啊。彼时，已经 8 月立秋了，雪风至，秋草黄，那一片山坡上，不见牦牛在吃草，只有云彩拂过的雨痕。他有点遗憾，问保障领队王东，这是什么路？为县道，省道？车子好像向北行。车子一路风尘，沿省道疾驶，前面的车提速，扬起沙尘，卷起一条黄龙，鲜有青海高车驶来。他看路边的指示牌，不时有乡镇村名标识其上：先过甘德县上贡麻乡，再驶入玛沁县的当洛乡，一路向北，向西，只见牌子列列，远村藏居不知乡关何处，偶尔遇见几匹老马，拴着缰绳，流连于穹窿下，孤独旷野不知道能否找到回家的路。半山坡上，黑牦牛逐白云而走，亘古的静寂，只有骑着摩托跟在牦牛背后的牧女默默独享。青海长云，芜野苍茫，永远的寂寞，属于这条大河与两岸青山。因为在这里，河神操控了万物生灵与大地的命运。

大河寒山远，车子的左前方惊现黄河一片天，他坐的车随波而舞，头不时撞击车顶篷。铁马变成战马，进藏经历告诉他，海拔升至4500米左右了，已经入冻土路段，寒冰夏融冬凝，油路变形了，如风中飘浮的黑绸带，波浪向前，车子在晃荡，犹如大海行舟一般。这是他第一次从陆路进玉树，每段驿路，每位遣使留下的地理志他都读过，并在梦中走过。唐穆宗长庆二年，长安城兴唐寺唐蕃会盟后，大理卿、御史大夫刘元鼎出使逻些（拉萨）返回经过此地，曾这样描述："河之上流……水益狭，春可涉，秋夏乃胜舟，其南三百里三山，中高而四下，曰紫山，直大羊同国，古所谓昆仑者也，虏曰闷摩黎山。"

风拂经幡，西风烈，从玛多大荒原吹过来，风中，大河静静地流向远方。可是，风在吼，从远逝的马蹄声中，他仿佛听到文成公主和亲的驼铃声，摇醒洪荒，抑或大唐遣天竺使王玄策、遣吐蕃使李之芳、刘元鼎策马而去的蹄声。

数日后出曲麻莱新城，雾散城郭，一条大河惊现眼前，夺目而去。望断黄河青山，两岸开阔至极，云从昆仑飘过来，水从云上落下来，数十条溪水一河揽，清波荡漾。他知道河出昆仑，一源在卡日曲，一源在约古宗列曲，皆为涓涓细流，一点一滴，一沟一渠，细流汇集成沟、成溪、成河、成湖，入星宿海。若夜间投目看过去，星空好深邃，一怀拿云志，犹如七星北斗一样，向下，抓起星星般的湖泊一片。

宇宙一天星，高原一片海。约古宗列曲、卡日曲的沼泽之井，细流潺潺，因了大河不让珍珠之泉的气魄，汇成了星宿海这样一片万千星星点点的湖泊。天上一颗星，地上一个人，银河一天星，地球皆众生。李建斌团队的每个人，其实都是一颗无名之星，可是汇在一起，就像星宿海一样闪烁啊。

那个秋天，他伫立于黄河入海口，远眺浩浩汤汤的黄河，不再澎湃，静静地，在夕阳下融入渤海。历史的暮霭散尽，晚云波如镜，野渡河横舟。唐蕃驿道上驼铃声早已从风中消失，谁还会再来喊人过渡呢？其实早已经没有过渡的人。他朝着高原望过去，大荒无边，不见山垭插风马旗，不见河谷搭黑牦牛帐篷。八十多里路云和月，唯有雪风呜呜，一时天低云涌，一时雪峰列列。大河迤逦，九十九道弯啊，像丝绸之舞一样拂过华夏，在岁月中飘浮了千万年。

在黄河流域生态保护和高质量发展座谈会上，习近平总书记指出，"要深入挖掘黄河文化蕴含的时代价值，讲好'黄河故事'，延续历史文脉，坚定文化自信，为实现中华民族伟大复兴的中国梦凝聚精神力量"。

黄河与芦荻、夕阳为伴，电网铁架上筑巢的白鹭，守望着孤零零的铁柱，在野风中守望百年。

天上飞来一只仙鹤，是从约古宗列曲飞来的凤鸟吗？泉水从凤眼、凤嘴而出，汇成清波，裹挟洪波涌起，其流淌之状，就是凤鸟飞翔的轨迹。

原来华夏就是一只凤鸟啊。它长长的凤羽，就是那 1400 台盾构机排成的长队。

中卷 潇湘神

潇湘神·湘江

湘水流,湘水流。九歌魂断楚人休。

阅尽两湖生百态,千年风雨岳阳楼。

第二十二届
中国专利金奖
（2020 年）

专利号
ZL201310642578.2

专利名称
臂架振动控制方法、控制装置、控制系统以及工程机械

专利权人
中联重科股份有限公司

发明人
曾 光 付 玲

南疆月，湘江潮

"强国行"湖南第一站是中联重科。"臂架振动控制方法、控制装置、控制系统以及工程机械"专利的发明人有两位，排名第一的是目前担任中科云谷科技有限公司总经理的曾光。

对接时手续烦琐，但结果是好的。中联重科党委委员、副总裁、总工程师、研究院院长付玲女士不但接受采访，还亲自带领采访组参观并现场解说。

在采访开始前，我们首先从付玲的助手口中听到了一个团结、协作、友爱、互信的故事。付玲与曾光既是工作伙伴，又是科研搭档。在"臂架振动控制方法、控制装置、控制系统以及工程机械"发明专利署名时，做出重要贡献的付玲与曾光互相谦让。在接受媒体与作家采访时，曾光与付玲仍互相谦让。

坐在导览车上，穿梭在中联智慧产业城园区内，从备料、焊接、机加、涂装、装配到调试的挖掘机全流程智能制造工厂，装配车间小到螺丝钉的原材料运输都是由AGV（自动导向车）来完成的，上千平方米厂房内仅需要几名工作人员进行程序确认。

在中联智慧产业城，平均每6分钟可下线一台挖掘机，每7.5分钟生产一台高空作业机械，每18分钟制造一辆汽车起重机，每30分钟打造一台臂架泵车。以中联智慧产业城为基点，中联重科的智能制造囊括了工厂设计、产品研发、工艺设计、计划调度、生产作业、仓储配送、质量管理、设备管理、营销管理、售后服务等各关键环节。通过中联智慧产业城的"思考""指挥"和"调度"，中联重科智能工厂的产品质量一次性交检合格率达98.5%，综合自动化率达85%，生产数据采集率达90%。

炎炎烈日下，中联重科自主研发制造的滑移装载机"跳"起了华尔兹，重型挖掘机表演叠高脚杯、穿针引线，这些动作不仅考验机手的操作能力，更多的是验证机械液压系统的稳定性和精准度。

付玲的语气是自豪的，昂扬的，她说："中联智慧产业城是集公司研发之大成，创新、规划了150余项引领行业的智能制造全流程关键技术，已完成70余项关键技术在智能产线的应用，截至目前，智能产线申请专利370多件，授权170多件。"

这座中联智慧产业城，汇聚了中联重科8个全球领先的灯塔工厂、300条智能化生产线、8大国家级科研创新平台和1个国际标准秘书处。正在建设中的中联智慧产业园混凝土泵送机械园区，未来还将应用视觉识别、AI决策、激光扫描、3D建模等先进技术，实现关键工序自动化率超90%，关键工序数据采集率达100%的目标。中联智慧产业城全面建成后将成为全球规模最大、品种最全的工程机械综合产业基地，也将成为全球领先的高效之厂、生态之园、智慧之城。

何为灯塔工厂？

灯塔工厂项目由达沃斯世界经济论坛与管理咨询公司麦肯锡合作开展遴选，被誉为"世界上最先进的工厂"，具有榜样意义的"数字化制造"和"全球化4.0"示范者，代表当今全球制造业领域智能制造和数字化最高水平。截至2023年12月，全球灯塔工厂共有153座，其中中国拥有62座。

2023年，美国卡特研究中心将中联重科的智慧产业城列为研究课题，探讨未来中联智慧产业城建成之后会对世界工程机械制造产生怎样的影响。

参观完毕，在中联智慧产业城会议室，工作人员播放了一部中联重科的纪录片《行无止，疆无界》。

1992年，中联重科的前身中联建设机械产业公司在长沙成立。"中联"二字，一是代表着企业划归原建设部管理，二是要凝聚力量打造产业集群。这时使用的标识含有三个圆圈，它们象征着科工贸三者一体的现代化目标。

在1999年完成股份制改造后，企业更名为中联重工科技发展股份有限公司，同时将标识进行拓展和延伸，"Z"形图标中间五条极具科技感的光束表达了对高新技术产业化的追求。

2000年，中联重科成功上市，开始使用英文标识"ZOOMLION"。"ZOOMLION"意为"呼啸的狮子"，体现了中联重科这一"东方雄狮"迈向世界的实力和雄心。同时，发布了首套企业视觉识别系统，也就是大家熟悉的蓝白配色——沉稳、睿智的"科技蓝"是对中联重科科研院所血统的注解。

2008年，中联重科收购了意大利混凝土机械公司CIFA，两年后推出了由中欧设计团队共同研制的白橙涂装。涂装是将涂料涂覆在物体表面的工艺，主要用于保护物体表面免受环境因素（如光、雨、露和水）的侵蚀，同时也可以提供装饰效果和赋予物体特定的功能性。绚烂的白色与橙色，一度成为中联重科产品的标志色。

2015年4月15日，长沙，中国装备制造业龙头中联重科产品全新涂装发布会在麓谷工业园隆重举行。代表着中联重科极致思维的全新涂装主题色——星耀灰、砂砾灰、极光绿，惊艳亮相、华丽登场，吹响了中联重科向高端智能服务型制造业转型升级的号角。

9分半钟内，星耀灰、砂砾灰、极光绿三种颜色交相辉映，回顾总结了中联重科半个多世纪的创业史、奋斗史和创新史："连海陆，越天堑，驻极地，上高原，机械制造延伸人类体力与智力，承载人类文明的高度。这里是中国工程机械的技术发源地，从发端北京到扎根三湘，一路筚路蓝缕、躬身力行，始终践行产业报国、科技兴国，推动中国工程机械从小到大、从弱到强，以赤诚之心献礼新时代。"

1. 星耀灰

星耀灰，深邃、沉稳、神秘，犹如夜空中闪烁的星星，散发着独特的光彩。富有金属质感的深度灰，如同星空般闪耀，代表卓越和未来，旨在表现中联重科机械产品的现代感、科技感。

每次看到星耀灰，付玲都会想起记忆中新疆的夜空。一说起新疆，大部分人眼前浮现的是戈壁茫茫、大漠孤烟，苍凉，孤寂。付玲与他们不一样，她心中的新疆是一片希望的田野。

付玲兄妹四人都是在新疆出生的，在考上大学之前，付玲没有离开过新疆阿克苏机耕二队一步。哥哥、妹妹也都是如此。大哥是阿克苏 1979 年的文科状元，也是阿克苏地区第一个考到北京的大学生。继哥哥考上大学之后，付家老二付玲考上了沈阳建筑工程学院。没过几年，付家最小的女儿考取了中国地质大学。付家出了三个大学生，开创了机耕二队家属区的纪录。

付玲祖籍湖北丹江口。小时候每每说起老家，父亲就说天底下最好吃的鱼就在他们老家丹江口，翘嘴鲌啊、鳙鱼啊、鳡鱼啊、银鱼啊，还有一种没有名字的小野鱼，抹上盐巴晒成干，吃的时候在锅里干煸，煸得焦黄焦黄的，咬一口，焦香酥脆，咸鲜可口。父亲说得热闹，把家里三个孩子的馋虫勾得足足的。可惜啊，只能听一听罢了，根本吃不到。

父亲比母亲大两岁，1960 年结婚后，他们响应国家的支边号召，拿着一张薄薄的"支边批准书"，从湖北丹江口出发踏上了西行的路，成为新疆生产建设兵团的一员。

1949年新疆和平解放时，当地经济是以农牧业为主体的自然经济，生产力水平低下，生产方式落后。

1954年10月，中央政府下令组建"中国人民解放军新疆军区生产建设兵团"。兵团由此开始正规化国营农牧场的建设。当时，兵团总人口17.55万。此后，全国各地大批优秀青壮年、复转军人、知识分子、科技人员加入兵团行列，投身新疆建设。

从1956年起，河南、江苏、湖南、湖北、安徽等地的青年陆续奔赴新疆生产建设兵团。1963年至1966年，国家又动员了京、津、浙、沪等地12万名支边青年进疆。来自全国各地的支边青年，怀揣一颗赤诚的心来到新疆，把自己的青春和热血奉献给了新疆这片土地。付玲的父母就是这十几万热血支边青年中的一分子。

人人都说江南好，
我说边疆赛江南，哎来来来。
……
林带千百里，
万古荒原变良田，啊呀勒。
渠水滚滚流，
红旗飘处绿浪翻，绿呀绿浪翻。
汽车飞奔烟尘卷，
棉似海来粮如山，
……

这首《边疆处处赛江南》，是 1965 年八一电影制片厂摄制的纪录片《军垦战歌》的插曲之一，也是 1967 年出生的付玲从小听到大，不用学就会唱的一首歌，还有另外两首《要把沙漠变良田》《中华儿女志在四方》，也是付玲从小耳熟能详的歌。

父亲说，他们刚到新疆的时候，兵团的条件非常艰苦，生产工具主要是坎土曼，生产力就是马和人。坎土曼是新疆地区的一种铁制农具，是维吾尔族的主要农具之一，形状类似于锄头，但头部形状更像铁锹，适用于新疆干旱且沙土地较多的地理环境，主要用于锄地、挖土等农活。来疆支援的青年们最早住的是"地窝子"，后来才慢慢住上土房子。随着生活条件不断改善，土房子逐渐被苏式平房取代。勤劳的兵团家属还会在房前屋后栽植花草树木，抑或种瓜点豆。

许多年了，每次付玲梦回新疆，总会看到那条"农业的根本出路在于机械化"的宋体美术字标语，大红油漆刷在墙上，再用黄漆描边，强化字体的立体效果。这条标语在当年的机耕二队随处可见。

新中国成立初期，在国家一穷二白的情况下，早在"一五"时期的 156 个项目中，就有洛阳第一拖拉机厂，1958 年生产出我国第一台东方红-54 型履带式拖拉机。随后，在全国各地先后建成拖拉机制造厂近 20 座。这些拖拉机制造厂和动力机械厂，形成了中国拖拉机工业的基础。

1959 年 4 月 29 日，毛主席提出了"农业的根本出路在于机械化"这一重要指示，并提出了创制新式农具的科学方法。在全国统一规划下，各省、市、县先后建成农业机械制造厂和农机修造厂。在农机生产体系建设过程中，国家开始布局农机科研、管理体系和产品供销体系。在改革开放前，中国已建成了从科研、鉴定、生产、供销、管理、修理到使用维护等功能齐全的一整套农机体系。可以说，农机工业是中国最齐全的一个工业体系。

新疆生产建设兵团农场的机械化程度，在当时的中国农业机械化中遥遥领先。直到1984年，付玲考上沈阳建筑工程学院的那一年，每年都会有新式农业机械在付玲身边驶过，广阔的原野上机器轰鸣，农业机械的身影来回穿梭。

与从小玩沙包、丢手绢长大的女孩子不同，付玲小时候的玩具要庞大得多，机耕队的各式农业机械就是她的大玩具。哥哥们会带着付玲在履带式拖拉机、康拜因（联合收割机）上爬上爬下，蜷缩在驾驶室、原料输送管或废物输送管窄小的空间里捉迷藏。有时候会沾染一身油污，更多的时候则会刚刚蹭蹭受点小伤，也不敢吭声，左右是因为贪玩才弄脏了衣服，受了伤，母亲知道了真相，少不得又是一顿数落。衣服脏了赶紧偷偷换下来清洗干净，受了伤就自己抹点紫药水，还得遮掩好，省得再挨骂。

付玲稍大一点就帮着家里干活。早上天蒙蒙亮，晨露晶莹，父亲、母亲就带着大哥、二哥还有付玲去拾棉花，妹妹年幼，暂且在家。去拾棉花的时候，兄妹三人都背着书包，等差不多到了时间，就直接从地里去学校上学。上午10点上课，下午2点放学；下午4点上课，晚上7点放学。放了学再从学校直接去棉田继续干活，晚上10点，田野里一片漆黑，什么也看不见了才打着手电筒回家。一家人忙忙活活吃完饭，凌晨2点才各自歇息。

付玲喜欢棉花。棉花的一生开两次花，是一种有两个花季的植物。第一次盛放是花铃期的生殖花，初开的花朵是姜黄色，像一个小喇叭。随着光照，黄色的花朵会慢慢变成粉色，授粉后颜色会变得更加艳丽，从粉红变成玫红。花落时，青青的棉铃便初现人间。第二次绽放的则是产棉期的棉絮花，除了人工培育的彩色棉，天然的未经人工干预的棉花洁白似雪，忽如一夜春风来，千株万株棉花开。

第二次开花的棉花，完全是一副母亲的仪态。她身形枯槁，通体上下没有一丝丰盈的绿色生机，骨瘦形销，用尽所有的能量绽放生命最后的绚烂。洁白的棉花是柔软的，包裹着硬硬的棉籽。昔日的青青棉桃，如今瘦削、坚毅如刀，她托举着一朵朵饱满的棉絮花，稳健无言。

新疆的棉花，一眼望不到头。拾棉花的父亲与母亲累弯了腰。他们没有休憩，不像孩子们有始无终，棉花不败，劳作不息。

太阳升起来了，差不多到上学的时间了。没有上过一天学的母亲，对孩子们的要求只有一个：好好读书。除了二哥实在是对读书没有感觉，中学毕业去当了兵之外，付玲与大哥、小妹都在母亲的千叮咛万嘱咐中，陆续考上心仪的大学，远离了新疆的土地。

瘦小的母亲弯腰劳作时，身形更加矮小，几乎就是一株棉花。付玲一步三回头，看着渐渐与棉花融为一体的母亲，心里不是个滋味。机耕队每年都会增加一两台新机械，农业自动化程度越来越高，但一直没有出现自动采棉机，而自动采棉机却是付玲最期待的一台机械。她抚摸着母亲被棉桃扎得千疮百孔的手，在心中发誓："等我将来上了大学，就造一台能自动采摘棉花的机器，这样妈妈就不用这么辛苦了。"

兵团的每个连部都有小学，学校的规模一般不大。等到了中学阶段，就得去团部所在地读书。地方不算近，也不算远，骑自行车半个多小时，走路的话就得一个多小时。初中、高中付玲都没有选择住宿，每天都回家。大哥考上大学离开新疆之后，二哥就用自行车载着付玲一起上学。家里只有一辆自行车，父母要用的时候，二哥跟付玲只能跑步去学校。

从付玲家所在的连队到团部，有一条小路，穿过沙漠，穿过田埂，广袤的原野，属于付玲，属于空中飞翔的黄毛喜鹊、柳莺、鹤鹑、鹰和环颈雉，属于地上爬行的蟾蜍、牛蛙、蜥蜴、林蛙和沙蜥，也属于地上奔跑的马鹿、兔狲、鹅喉羚、赤狐、野猪、狼、草兔和塔里木兔。新疆大地上的动物不怕人，付玲曾经与孤狼狭路相逢过，也曾经在无垠的旷野里与狐狸追逐。

从小到大，付玲都觉得新疆的土地很神奇，就像美国女作家玛格丽特·米切尔笔下《飘》的主人公斯嘉丽的塔拉庄园一样，塔拉庄园是斯嘉丽的精神家园，是她的力量源泉，新疆也是付玲的力量源泉。之所以能元气满满地从事机械研发与制造，与她从出生就开始汲取这片土地的能量正相关。除了要感谢土地的馈赠，还要感谢从小学到中学辛勤哺育的老师们，新疆生产建设兵团小学、中学的老师基本都是上海来的支边青年，他们像一支支红烛，燃烧自己，照亮了他人的成才之路。

付玲收到沈阳建筑工程学院机械系起重运输与工程机械专业的录取通知书时，已经过了上面规定的报到时间。这封从东北发出的信函，一路辗转，在路上耽搁了许久。没办法，谁让祖国幅员如此辽阔呢！

要离开家乡了，这是付玲第一次离开阿克苏。父亲帮她联系了一辆拉石子的大货车，从阿克苏颠簸到吐鲁番。跟付玲一起考取沈阳建筑工程学院的还有一个男同学，两个人做伴一起北上。

2．砂砾灰

砂砾灰，象征城市文明。砂砾是自然赐予人类的建筑原料，孩童用沙砾堆砌梦想，而装备制造产品将梦想变为现实，构筑梦想最温暖的"家园"。

砂砾灰是极简主义色彩的代表之一，也是付玲最喜欢的颜色。实际上，付玲喜欢的是这个颜色中的"砂砾"二字。没有经历过砂砾打磨的人，与没有在长夜痛哭过的人一样，都不足以谈人生。

新疆吐鲁番开往北京的火车上，一男一女两个高中生模样的人从上车就一直站在车厢的过道里。女生一脸刚毅，男生的眼睛和鼻头都有点泛红，一副刚哭过的模样。没错，他是刚刚哭过，从他们一起从阿克苏出发，他已经哭了好几回了。

这两个高中生正是付玲与她的同学。刚开始的时候，付玲还觉得同学流泪是对新疆的眷恋与不舍。看着同学掉泪，她还在反思自己为何远离亲人与家乡没有眼泪，反而有对崭新生活的向往与憧憬，有期待，有想象，就是没有眼泪。哪怕与父母和小妹挥别的瞬间，也没有流泪的冲动。但同学一路都在间歇性地哭哭啼啼，让付玲不胜其烦。"男儿有泪不轻弹！你别动不动就哭好不好！"

在吐鲁番火车站，付玲本来想让男同学去买票，看他一脸的怯懦，叹口气，交代他看好行李，自己挤进人群排队买票去了。上了车，没有座，只能站着。同学站累了，也会泫然而泣，抽抽搭搭地掉眼泪。他们从吐鲁番一路站到西安，才占到了座位。书包里有馕和鸡蛋，列车员来回送水，付玲先给同学接满，再把自己的水壶拿出来接水。想起出发时，母亲还冲着男同学说："麻烦你路上多照顾照顾付玲。""唉，他还照顾我呢，他连自己都照顾不好。"

从小学到高中，付玲一直是班长，有时候还兼任学习委员，有她在的班级，班主任老师要少操很多心。高考时，是付玲带队，各种事项安排得明明白白，把同学们送进考场之后，她才拿好文具进了考场，把别的学校带队来考试的老师看得目瞪口呆。

三天四夜到了北京。彼时大哥已经在北京师范大学工作了。有了哥哥的帮衬，付玲无须再亲力亲为。哥哥给他们准备了水果和食物，帮他们买了票，送他们上火车。看着车窗外徐徐后退的哥哥，付玲的眼泪流了下来。这一刻，她想明白了自己为何离开新疆时没有流泪，是因为知道哥哥在北京站等待她。而这一次挥别继续北上，前方等待她的是全然的陌生。

流泪只是一瞬间。付玲很快就擦干了泪水。如果哭泣有用，还需要努力与奋斗吗？新疆干旱少雨，在新疆大地上长大的孩子，是胡杨，而非杨柳。

火车停靠沈阳站台的时候已是半夜时分。付玲带着同学大包小包地把行李从车上运下来，等他们一路打听，到达沈阳建筑工程学院时，已经是凌晨三四点钟。学校大门紧闭，院子里漆黑一团，传达室也没有亮灯。付玲做主没有上前敲门叨扰，他们把行李和铺盖卷堆在一起，席地而坐。虽然进不去校园，但已然到达目的地的喜悦让他们彻底放松了下来。

1984年的沈阳建筑工程学院的门口有早市，那时候马车还能进城。半梦半醒之间的付玲听到了清脆的马蹄声，蒙眬间，她想：这是在新疆，还是在沈阳？

"你们是来报到的学生吗？"一声询问把迷迷糊糊的付玲彻底唤醒了。

"是，我们是，我们从新疆来的。"

"哎哟！老远了！你们来得有点晚哪，都开学老久了。你们咋就睡在这里呢？为啥不敲门喊我啊？"沈阳建筑工程学院的门卫很热情，帮着付玲和她的同学搬行李。

军训已经结束，而且也已经开课小半个月了。付玲的班主任和同学都以为她不来了。校方设想了很多种可能，唯一漏算的是录取通知书在路上的艰难险阻。虽然是逾期报到，但情有可原。

付玲的入学成绩在班上倒数第三，倒数第一来自青海，倒数第二、第三都来自新疆。青海的同学比付玲他们来得早，不但赶上了军训，还比付玲多上了小半个月的课。

坐在教室里，付玲像听天书一样。数学、物理、化学根本听不懂。老师说有一部分知识在高中阶段应该涉猎过，但付玲回想了一下，她以前绝对没学过。语文、英语相对还好一些，尤其是英语，虽然发音不标准，但付玲掌握的词汇量还是挺大的，基础挺扎实的。老师表扬她的时候，付玲在心底对自己说："其实更应该表扬我家的小羊。"

小羊是付玲的宠物，别人养狗，她养了一只小羊。小羊会跟她捉迷藏，也会送她去上学。尤其是付玲在连部上小学的时候，小羊总是会把她送到学校门口，自己再一路撒欢地跑回家。母亲说，每当付玲快回到家的时候，小羊自己就会从羊圈里跑出来，站在大门口等待它的小主人。放羊的时候，付玲就会背单词，她还会给小羊读英语听。小羊"咩咩"地叫着"表扬"付玲，恬静的眼神让她心生安定。

大学四年，付玲只回过一次新疆。"咩咩"叫的小羊也变成了一只老羊。不回家的付玲，偶尔去北京大哥家暂住几天，大部分时间待在学校里学习。

大哥是付玲的榜样，无论学习还是品行。1979年大哥考上北京师范大学那年，家里穷得连去北京的路费都没有。父亲出去借钱，借了好几家，也没凑齐。付玲记得很清楚，那是夏天，天上一轮明月，母亲切了一个西瓜。一家人围着桌子，大哥"吭哧吭哧"吃完了一块瓜，说："实在凑不齐钱，我就不去北京上学了，我去当兵也行。"

"啪！"奶奶把一块没吃完的西瓜生生砸在大孙子身上，鲜红的果汁四溅开来。奶奶的声音是愤怒的："不许说丧气话！大学必须要上。"

那天晚上大哥流泪了。后来大哥没让奶奶失望，他以优异的成绩留在了北京师范大学工作，后来又步入了政坛。"奶奶的半块西瓜"成为付玲兄妹激励自己认真对待学业的动力，哪怕落后，也从来不放弃，只要还有一丝希望就竭尽所能去努力争取。

开学倒数第三名的付玲，第二学期就跃进了班级前十名，虽然数学成绩不算太理想，只徘徊在及格线上，但大学四年付玲没挂过一次科。在班里，付玲不是学习最好的那个，但她是最努力的那个。

除了学习刻苦，成绩名列前茅之外，付玲还是运动场上的健儿，她是沈阳建筑工程学院机械系篮球队的队长。身高1.75米的付玲是当仁不让的中锋。中锋是一个球队的中心人物，无论进攻还是防守，都是球队的枢纽。作为禁区内的"擎天柱"，付玲不仅抢夺篮板球的能力有目共睹，封堵阻攻、盖帽也是家常便饭。

1988年，付玲从沈阳建筑工程学院毕业，获起重运输与工程机械学士学位，被分配到机械部天津工程机械研究所工作。在天津工程机械研究所，日子充实而简单，付玲对中国工程机械行业实际状况有了全面深入的了解，国产工程机械与世界先进水平之间的差距令人咋舌。那不是几年的差距，而是鸿沟、天堑一样无法逾越的几十年的代差。抱着为中国工程机械行业赢取世界尊重的宏愿，付玲决定考研。

1993年，付玲考取了吉林工业大学的工程机械研究生，并进一步深造，在中国最早有工程机械博士学位授予权的吉林工业大学获得了工学博士学位。付玲也是中国第一位本、硕、博三个阶段专业都在工程机械领域的工学女博士。1999年底，付玲应邀前往中国农业大学农业工程学院博士后工作站参与工业车辆研究。

付玲进京的消息传回新疆，家里人都替她高兴。老付家四个孩子，两个在北京，这是多大的荣耀啊！

2002年，付玲即将完成在中国农业大学农业工程学院博士后工作站的研究工作。这年年初，付玲应邀去长沙建设机械研究院（简称长沙建机院）参加一个起重机械的专项研讨会。对于长沙，对于长沙建机院，付玲一直心存向往。

万丈高楼平地起，哪里有建设，哪里就有起重机。1957年，长沙建机院设计了新中国第一台缆索起重机；1967年，长沙建机院和徐州重型机械厂联合研制了第一台 10 吨液压伸缩臂汽车起重机；1972 年，为了满足北京饭店高层建筑施工需要，长沙建机院与北京建工所联合开发设计了第一台 QT160 附着式水平臂小车变幅塔机。长沙建机院的三个"第一台"奠定了它在中国起重机业界的地位。

那是付玲第一次在公众场合见到中联重科董事长詹纯新。会上，詹纯新的发言几度让付玲陷入深深的思考。

第一天，与会人员参观了中联重科，公司最醒目的地方写着："淘汰你的人不是你的竞争者，而是你自己。"这句话，詹纯新在研讨会发言时也说过，还重复了好几遍，当时听来振聋发聩，但当它被粉刷在墙上，被人凝视、仰望时，带给观者的震撼更加触动灵魂。

第二天，付玲便去了三一重工。早在她来长沙之前，三一重工已经向付玲发出邀请。这趟长沙之行，参加会议是一方面，去三一重工面谈才是付玲此行更重要的目的。

在三一重工，付玲见到了三一集团董事、执行总裁兼总工程师易小刚。易总在 1995 年 6 月从机械工业部北京机械工业自动化研究所来到湖南，彼时正值三一重工的初创期。同样是从北京过来，相似的经历让他们惺惺相惜。易总觉得付玲如果加入三一集团，一定会大有作为。关于工作，双方聊得很投契，一切顺利。

返回酒店的路上，付玲给她的博导打了一个电话。电话那端的老师说："你先别着急入职三一重工，我给中联重科老詹打个电话，你去他那里拜访一下再做决定。"

付玲与中联重科的缘分，就在博导那一句无心插柳的建议下开始了。

那天，付玲再次去了中联重科，见到了詹纯新。詹纯新的办公室更像是一间书房，桌子上、座椅上、茶几上、地上……目力所及之处，除了书，还是书。

相见欢，相谈更欢。詹纯新说："你有多大能力，我就给你提供多大的舞台。不过，我们这边能给你的薪酬恐怕连三一重工的一半都不到……"

"没事。薪资不是全部。我来！"付玲没提任何条件就做了决定，加入中联重科。当她给自己的导师打电话时，电话那头的导师沉默了许久才说话："老师没看错你，你是我学生。情怀要比钱更重要。"

3. 极光绿

极光绿：来源于地球南北纬度67°附近特有的极光景象，将极光绿作为新涂装的元素，展现"青绿中国"的极致理念，象征着中联重科蓬勃的生命力和成长力。

第一眼看到极光绿色卡，付玲眼前一亮，哦，这是绿色的原野吗？是大地母亲的生命之色。她知道，每天都有喷涂着极光绿的中联重科各式机械从湘江之畔出发，奔赴新疆，参与南疆的高质量发展。

从某种程度上来说，长沙建设机械研究院是中联重科的"母体"，前者完美地孵化了后者。

1956年，建筑工程部机械施工总局设计室在北京成立，其后几十年，由一个规模不大的设计室发展成为面向全国、专业齐全的建筑机械和城市车辆综合科研机构。

1973年，建筑工程部机械施工总局设计室迁至长沙，更名为长沙建设机械研究院。建机院设起重机械、混凝土机械、路桥机械、城建环保和城市车辆5个研究所，主要从事起重机械、混凝土机械、压实机械、路面机械、桩工机械、铲土运输机械、环卫机械以及专用零部件的研究、开发、推广以及标准制修订，开展行业活动和学术交流，在塔机钢结构设计计算、混凝土搅拌与输送等领域形成优势，技术水平国内领先，部分技术达到国际领先水平。当时的国家建筑城建机械质量监督检验中心、建设部商品混凝土机械工程技术研究中心和中国建设机械协会的 12 个专业委员会秘书处均设在长沙建机院。

当年的长沙建机院，以雄厚的技术力量、先进的试验装备以及济济的人才优势，推动了行业科技进步和产品升级。

作为中国创立最早的、集建设机械科研开发和行业技术于一体的应用型研究院，长沙建机院支撑着当时中国 70% 的工程机械企业走上了健康发展之路，被誉为中国工程机械行业的技术发源地。

1992 年 9 月 28 日，时任长沙建设机械研究院副院长的詹纯新带领 7 名技术人员，借款 50 万元组建了中联建设机械产业公司，开始探索科研院所市场化之路。2000 年 10 月 12 日，"中联重科"5000 万股 A 股股票在深交所上市，铸就了中联重科的科技之源。从中联建设机械产业公司到中联重科股份有限公司，长沙建设机械研究院完成了从传统的科研院所到国际化的高端装备制造企业的历史性蝶变。中联重科不仅作为研发主体以技术创新推动产品研发，驱动企业飞速发展，还传承了国有科研院所的使命和责任，对行业前瞻性、基础性的技术难题进行了重点攻克，引领带动了中国工程机械行业的振兴。

中联重科成立后的第二年，通过市场化生存发展的新路径，生产出中国第一代独立研发的混凝土输送泵。这项技术一举打破了混凝土输送泵进口和仿制研发的局面。这一年，公司实现产值 400 万元、利税 230 万元，彰显改革成效。中联重科被科技部称赞是"传统科研院所改制的成功典范"。

2002 年 6 月，付玲离开北京，来到湘江畔的长沙，办理了中联重科的入职手续，成为中联重科引进的第一位博士。6年后，中联重科高端人才又迎来了第二位毕业于华中科技大学的工学博士。

付玲入职的第二年，就组建团队承担了沥青再生设备的研发。

沥青再生设备是对旧沥青再生利用的生产设备，将旧沥青路面混合料进行回收、加热、破碎、筛分后，与再生剂、新沥青、新集料等按一定比例重新拌和成新混合料，重新铺设到路面。对沥青路面的再生利用，可以节约大量的沥青、砂石等原材料，有利于处理废料、保护环境。再生设备类别包括沥青厂拌热再生、沥青厂拌冷再生、沥青就地热再生和沥青就地冷再生。

付玲承担的是沥青就地热再生成套设备的研发、制造。当时，国外一套这样的设备售价在三四千万元人民币。最省时省力的做法是购买国外先进设备消化吸收再创新。

"不，没必要浪费那个钱，我们可以自主研发。"节约意识是付玲从大学时代就养成的。她上大学的年代，只需要自己承担学费，生活费每个月学校都会有饭票、菜票补贴。付玲不看电影，不乱买东西。洗头，同宿舍爱美的同学已经开始用洗发香波，而她仍然在用海鸥洗发膏。一盒蛤蜊油既能当擦脸油也能用作擦手油。节约意识一旦养成就会如影随形，很难拔除。

使用工程机械的目的是提高工程建设的效率和质量，本质是解决问题。付玲的思路就是从解决问题的角度去创新，到施工的第一现场去发现问题，从而找到最佳的解决方案。创新是有风险的。最大的风险不是失败，而是浪费，浪费人力、物力、财力，做了无用功。

如何规避设计研发风险，既能保证效果又能控制研发成本呢？付玲将有限元分析法引入到自己的工程机械设备研发中。

有限元分析法是工程师用来解决工程问题的工具之一，是用较简单的问题代替复杂问题后再求解。有限元分析法是应力和结构分析最常用的工具，可以用于工程机械设计，计算机辅助制图和工程模拟服务，结构分析，模态分析，固体力学，模具流动分析，疲劳和断裂力学、热和电分析以及金属板成形分析。通过正确应用有限元分析法，可以在仿真模型而不是物理原型上，有效地执行设计迭代，可以沿着构建和测试路线看到以往看不到的东西。

2003年盛夏，整个长沙如同开了锅的笼屉，热气腾腾，蒸得人喘不上来气。付玲带着项目组盯守在施工现场，每天30多摄氏度的高温，再靠近200多摄氏度的设备，体感温度比天气预报的温度至少要高出十几摄氏度。在施工现场站上15分钟，汗水就能把衣服从上到下全部浸透。在工地上驻守了两个月，团队拿到了第一手的数据与资料。8个月之后，付玲团队就开发出了拥有自主知识产权的热风循环式热再生加热机，与国外同类产品相比可节约燃料约38%，实现了加热沥青路面时无烟气、无污染，环保性高的目标，达到了国际先进水平，填补了国内空白。

2005年，付玲的课题组承担开发自行式工程机械中结构及原理最为复杂的热再生成套设备之一的复拌机，付玲又带领项目组，用同样的工作方法，以热再生施工现场为基地，用数据说话，以解决问题为先导，耗时一年，开发出了世界上第一台热风循环加热综合式复拌机——中联LR4500型复拌机，解决了许多国外机型在国内热再生施工中存在的问题。此后，许多先进设备研发成功：

中国首台3000吨级超大吨位履带式起重机ZCC3200NP

全球臂架最长、泵送能力最强101米碳纤维臂架泵车

全球最大吨位全地面起重机ZAT24000H

全球首台万吨米级塔机W12000-450

全球最大塔式起重机R20000-720

……

这一台台全球领先设备研发制造的背后，都有付玲的身影，她用自己的行动改变了长期以来机械制造领域以男性为主流的认知和评价。中联重科的平台成全了付玲，付玲也让中联重科更加星光闪耀。平台与个人，从来都是双向奔赴，相互成全。

2012年，付玲代表中国起重机行业，舌战群雄，经过多轮激烈竞争，才使得国际标准化组织起重机技术委员会（ISO/TC96）秘书处由英国落户中国中联重科，这是中国工程机械行业独立承担的第一个国际标准化组织秘书处，大幅提升了中国工程机械行业在国际标准上的话语权。

2012年7月，ISO/TC96秘书处正式由英国迁往中国长沙，中联重科成为秘书单位，由付玲主持秘书处工作。

2012年8月，中国首个工程机械电磁兼容安全标准正式发布，标志着工程机械产品出口认证时电磁兼容测试全部依靠欧美标准的状况被打破。电磁兼容标准的出台，也是付玲积极争取并指导实施的"工程机械关键电气零部件电磁兼容能力研究""973计划"课题的成果。与此同时，在中联重科，大型工程机械上的用钢强度已达到960兆至1100兆帕，而中国国家标准仅对460兆帕以下强度的钢结构有设计标准，国外高强钢结构的设计标准对中国又是封锁的。在另一项名为"起重机超高强钢臂架冷弯成型技术基础研究"的国家"973计划"课题中，付玲作为课题负责人围绕高强钢结构的稳定性、疲劳特性展开研究，建立了达到国际水平的工程机械超高强钢设计及制造的企业设计标准，打破了高强钢结构国际设计标准的封锁。

"臂架振动控制方法、控制装置、控制系统以及工程机械"于2013年12月3日申请了专利，2021年6月25日，获得了第二十二届中国专利金奖。

自付玲担任ISO/TC96秘书长以来，中国提案实现从无到有，提案覆盖面越来越广，已有7项国际标准提案获批，仅中联重科就已发布国际标准3

项。作为ISO/TC96秘书长，付玲高质高效的工作赢得了ISO/TC96专家的高度赞赏。中央电视台《焦点访谈》节目还专门邀请她去录制了一期节目。

从2010年起，付玲开始担任中联重科研究院副院长，她带领中联重科研发团队建立或完善了流动式起重机技术国家地方联合工程研究中心、现代农业装备国家地方联合工程研究中心、建设机械关键技术国家重点实验室、国家混凝土机械工程技术研究中心等六位一体的高端创新体系，显著提升了企业的研发效率和研发质量。同时创造了中联重科年申请专利最高1800件的业内奇迹，2015年取得年授权发明专利国内前八、行业第一的成绩（758件）。

截至2023年6月，中联重科累计申请专利15000多件，其中发明专利6000多件；在年度发明专利授权量、有效发明专利数量等专利布局方面，中联重科获得六个行业第一。中联重科拥有建设机械关键技术国家重点实验室、国家级企业技术中心等六大国家级创新平台，是国际标准化组织（ISO）投票成员单位，2个分技术委员会的国内归口单位（ISO/TC96/SC6流动式起重机，ISO/TC96/SC7塔式起重机），是中国工程机械行业第一个国际标准化秘书处——国际标准化组织起重机技术委员会秘书处，主导、参与制修订17项国际标准、逾300项国家和行业标准。

在2021年发布的全球工程机械制造商50强榜单中，中联重科跃升至全球第5名。时至今日，中联重科建筑起重机械市场占有率稳居行业第一，混凝土机械以及汽车起重机械市场占有率在行业数一数二。

2014年3月，付玲当选长沙市"十大最美女性人物"。消息传来，付玲欣然接受，坦然受之。虽然付玲知道自己外貌平平，但她的欣然与坦然来自对"最美女性"一词的引申与外延。美，是多元的，有容貌秀丽之美，有灵魂高洁之美，更有果敢坚毅的奉献之美。时代在进步，容貌早已不再是评价女性美的唯一标准，女性作为独立的个体，在人生的不同阶段会呈现不同的美。这份美，外界的肯定固然重要，但自我的认可才是最根本之所在。

付玲，沐浴在南疆月色下的美丽灵魂，驻留在了湘江畔。江上明月共潮生，她将会掀起怎样的湘江潮？

一直忙于事业的付玲，错过了女性的最佳生育期。她相信现代医学的能力，做了专业的健康评估，结果出来之后，甚至连医生都惊叹于付玲身体的年轻态。也许，少年时在新疆大地上的辛勤劳作，年轻时挥洒在篮球场上的汗水，都是付玲为自己50岁还能保持健康的生命底色在蓄能。

2016年，近50岁的付玲如愿怀孕。身体康健的她没有出现特别大的妊娠反应，情绪稳定，无过激的孕吐。她照常工作，上班、下班，只是遵医嘱不熬夜、不加班。宝宝的预产期在2017年7月19日，星期三。7月15日（周六）、16日（周日），付玲挺着孕肚在公司开了一天半的会。周日上午，会议结束，付玲去向董事长请假："下午的会议我不参加了，请个假，我要去生孩子了！"

董事长看着付玲，又心疼又无奈。这样的事情，只会发生在付玲身上，也只能发生在付玲身上。17日住院，18日检查，19日剖宫产。女儿的到来，让付玲觉得原来生活还有如此美好的另一面。产假她只休了31天。孩子满月，付玲就回归到工作状态，因为她还要"再生一个孩子"。

2018年，投资千亿元、占地近万亩、产值过千亿元的中联智慧产业城项目上马，付玲团队承担工艺规划总体设计及建设实施，她是项目技术负责人。

中联智慧产业城作为付玲的"另一个孩子"，分走了女儿一半的母爱。

女儿偷偷问她："妈妈，我能有两个妈妈吗？你不在家的时候，我能对小欧阿姨叫妈妈吗？"

小欧是付玲请来照顾孩子的家政阿姨。女儿第一次这样说的时候，付玲心里惊了一下。家里人笑着打趣，迅速转移了话题。

那天，付玲在开车上班的路上，听着悠扬、舒缓的车载音乐，回想起女儿的话，她哭了一路。付玲从不在公众面前掉眼泪，她的车，那独立的私密的不到 10 平方米的空间，是付玲允许自己袒露软弱、尽情发泄情绪的地方。眼泪不是海洋，只是一个蓄能的水池，拧开倾倒的阀门，一次性宣泄完毕。从家到公司的距离，足够眼泪干涸，笑容重新浮现。"淘汰你的人不是你的竞争者，而是你自己。"打败一个人的从来不是外部力量，而是自己内心的崩溃与坍塌。

2018 年 4 月 26 日，在第 18 个世界知识产权日当天，由中国知识产权报社主办的"寻找创新的她"创新女性评选活动也揭晓了最终获奖者名单，付玲与中国中医科学院首席科学家屠呦呦、格力电器董事长兼总裁董明珠等 10 人共同入选。付玲，一朵绽放在中国先进装备制造领域的"钢铁玫瑰"，星耀全场。

采访结束，我与付玲合影留念。她看着我的眼睛，说："下次见面，我不见得还会记得你。你别介意！我的脑容量有限，与工作相关的部分会不断扩容，其他的记忆会不断自动删除。如果我不记得你了，请你一定不要介意。"

长沙一别，转眼已是 2024 年。2 月 9 日除夕之夜，中央电视台龙年春晚如约而至。本届春晚设置了辽宁沈阳、湖南长沙、陕西西安和新疆喀什四个分会场。

时间接近零点，湖南长沙分会场的节目《都实现》终于亮相了。之所以对这个节目心存期待，是因为我知道其中一首歌《星辰大海》要在中联重科智慧产业城现场演唱。

除夕之夜的中联重科智慧产业城土方机械园内，中联重科数十台泵车、起重机展臂傲立舞台后方两侧，两台泵车在30米的高空用臂架组成一个巨大爱心，两百多台挖掘机依次排开，数十台高空作业平台举臂林立，蔚为壮观。两台装载机随歌舞动，一粉一绿，活泼可爱。有了舞台与灯光的加持，比去年夏天看它们在露天水泥地上舞蹈时，更加俏皮、灵动。

趁现在还有期待，
会不会我们的爱，
会被风吹向大海，
不再回来。
每当你向我走来，
告诉我星辰大海……

歌手歌声落下，中联重科装载机的机手从驾驶室里走出来，他对着镜头说："这里做得蛮好的嘛！"去年夏天无缘得见机手的庐山真面目，却在今夜的电视荧屏上一睹了真容。

舞台现场的所有人对着镜头齐声高喊："我们造的！"这一夜，极光绿辉映湘江两岸。

"我们"是中联重科，"我们"是长沙。中联重科亮相龙年春晚，是长沙制造的高光时刻，是长沙作为"工程机械之都"的底气与实力，更是中国创造的无上荣耀。

电视机前的我看得心潮起伏，热泪盈眶。此时此刻，在湘江之畔，也在电视机前看春晚的付玲，不知是否也泪流满面？

第十六届
中国专利金奖
（2014 年）

专利号
ZL201010235138.1

专利名称
一种液压油缸及液压缓冲系统、挖掘机和混凝土泵车

专利权人
三一重工股份有限公司

发明人
易小刚　刘永东　陈兵兵

重中之重

与三一集团的易小刚、刘永东约了下午 3 点钟在湘江边的"喝杯好茶"见面。

然,事与愿违,三一集团董事、执行总裁兼总工程师易小刚突然接到紧急出差任务,来不了了。能过来的只有三一集团中兴液压件有限公司总经理兼研究院院长刘永东。

采访就是个缘分,是一种心与心的抵达。有缘千里来相会,无缘对面不相逢。彼此陌生的两个人,因缘际会,一来二去交谈时,有交流,也有碰撞。作家与采访对象,可能会因此成为长长久久的朋友,也有可能此生再无相见的机会。每一个人都是一本书,或厚或薄,或深或浅,或明媚或暗淡,或急匆匆、兴冲冲或慢吞吞、冷冰冰。这样鲜活的书读得多了,自然就明心见性。见天地,见众生,见自己。

1. 工号 00334

刘永东填写工作履历的时候,如果想写得简单一点就直接写:1998 年至今,三一集团。如果想写得详细一些,那就再把这些年待过的部门一一罗列上去。

刘永东记忆里的 1998 年,有那英、王菲的《相约一九九八》:

来吧,来吧,

相约一九九八，

相约在甜美的春风里，

相约那永远的青春年华……

在刘永东1998年的记忆里，最深刻的当数他从湘潭大学机械工艺与设备专业毕业，入职三一集团。其实，刘永东最初的就业协议签的是广东东莞的一家台资企业。他的大部分同学都南下去了广东。广东对湖南人才的虹吸效应早就开始了，那些年愈演愈烈。即便是长株潭城市群的经济体量逐年提升，已成湖南发展的核心增长极，也依然抵不过珠三角对湖南高端人才的吸引。当然也有例外，刘永东就是这个例外中的一分子。

刘永东祖籍湖南永州，就是柳宗元笔下"永州之野产异蛇：黑质而白章，触草木尽死；以啮人，无御之者"的永州。父亲是湘运公司的职工，售票员，大部分时间待在车上。母亲在一家国营饭店上班，越到饭点越忙活。刘永东从小是跟着爷爷奶奶长大的。

爷爷是刘永东从小到大最崇拜的人。爷爷出生在旧社会，新中国成立前参军入伍，成了一名铁道兵，后来转业到了铁路上工作。脱下军装，换上了铁路制服。爷爷在当兵前读过私塾，毛笔字写得气派又潇洒。每年过年，爷爷都会买来红纸，一张张仔细地用刀子裁开，长条写联，正方形的写"福"字。爷爷写字的姿势帅气极了，挥毫间，一副副红彤彤的春联就写好了。不但写自己家的，左邻右舍的春联也被爷爷承包了。只要有人上门讨要春联，爷爷决计不会让人家空手而归。有时候红纸用完了，还得去买好几回呢。但爷爷高兴，买再多红纸，他也高兴。

除了写书法，爷爷还好读书。家里藏书很多，还有纸张泛黄的竖版的线装书。刘永东认识的为数不多的繁体字，就是翻爷爷那些旧书时认识的。上小学的时候，刘永东就已经读完了爷爷收藏的四大名著中的《三国演义》《水浒传》和《西游记》，《红楼梦》刘永东看不进去，一看见贾宝玉出场就心烦，索性不去读它。他最喜欢的还是《三国演义》，读了好几遍，也买了小人书，故事形象生动，每一个人物都栩栩如生。电视剧《三国演义》已经翻拍过好多遍，从第一个版本开始，刘永东就一直追剧。每一个版本，他都会下载到电脑上。上学的时候没时间看，工作之后太忙，偶尔忙里偷闲看上一两集过过瘾，也觉得心满意足。

爱阅读的刘永东，从小学到高中，文科成绩都是拔尖的。尤其是政治和历史，经常满分。高中分班选科，当时的班主任是历史老师，苦口婆心地劝了又劝，就想把刘永东留在文科班。多年之后，认真想想，当时如果听了班主任的建议，考上北大中文系可能有点悬，但是考上中国人民大学、复旦大学、南开大学、武汉大学还是很有希望的。但当年，一意孤行的刘永东还是选择了理科。高考时，填报了三个志愿：武汉测绘学院、湖南大学、湘潭大学。最终，他的分数只够上了他以为的保底的湘潭大学。

大学时光，美好而又匆匆。大三下学期，刘永东早早就与广东一家公司签了就业协议。没有求职压力的他陪着一个宿舍的同学从湘潭到长沙求职。同学的目标是三一集团。

"既然来了，你也投一份吧！反正就是填个表，又不费事。"同学怕刘永东陪着他等得着急，索性让他也求个职。

"行吧。反正闲着也是闲着。"刘永东也领了一份表格。他没有求职压力，所以写得就很轻松，自己没怎么当回事，填完就把这档子事抛之脑后了。

临近毕业，刘永东起了兴致，跟着老师学编程，主要还是为了顺便打会儿电脑游戏。电脑自带的游戏只有空当接龙和扫雷，翻来覆去地玩，早已意兴阑珊。觉得没意思的刘永东就提前回了宿舍。刚进门，就听有人在楼道里喊："刘永东，你电话！"

接到三一集团的复试通知，刘永东大脑宕机 30 秒。"没搞错吧？我进复试了？"

"你是刘永东吗？"

"我是。"

"那就没错。后天下午到公司来面试吧！别迟到。"

果真是有心栽花花不开，无心插柳柳成荫。同宿舍一心想要入职三一集团的哥们儿没有收到复试通知，已经签了就业协议的刘永东反而意外入围。他本来是陪着同学去，谁想到却是这样一个结果。刘永东其实不想去复试。同学说："去吧！挺好的机会，浪费了可惜。"

其实同班同学投档三一集团的不在少数，但机械工艺与设备专业却只有刘永东进入了复试，同一届另外一个专业还有一个幸运儿。

那天去现场面试的有十几个人。面试官是易小刚，当时他的职务是分管研发的副总经理。

易总那天出的第一个题目是开电脑。1998 年，电脑还未普及，那时候的计算机对大多数人来说都是陌生的。

排在刘永东前面的是一个女生。她脸涨得通红，左看看、右瞧瞧，就是找不到电脑的开关在哪里。她只顾着看桌子上的显示器，从来没想到开关的玄机其实是在桌子下面的电脑主机上。刘永东那段时间天天跟在编程老师屁股后头，对电脑不说了如指掌，至少不陌生。看着那个急得快哭了的女生，刘永东走上前去，"啪"的一下，帮她打开了电脑开关。

刘永东的英雄救美，易小刚看在眼里，他朝着刘永东微微点了一下头。除了开电脑，面试当天还有一个细节，刘永东记得很清楚。那一年的易小刚只有 35 岁。在刘永东的想象中，那么大一个公司的副总应该是老成稳重的，至少也得是个中年人，没想到会这么年轻。易小刚只是简单跟刘永东聊了几句后，就直接问他："你什么时候能来上班？"

"等我毕业吧！"刘永东回答得很干脆，但他心里却在想："这就录用我了？咋不多问我几个问题？我可是认真准备的。"

"好，那就毕业后赶紧过来吧！"易小刚一句话结束了面试。

没过多久，刘永东就收到了三一集团正式的录用通知书。他是那天面试的15人中唯一一个被录用的。

1998年7月12日，刘永东到三一集团报到。当天，他拿到了自己的工号牌：00334。1998年，刘永东成为三一集团的第334名员工。

之所以记得如此清楚，是因为那天是1998年法国世界杯的决赛，法国3∶0击败巴西。刘永东错过了他最喜欢的球星齐达内的巅峰时刻。

2．踏着时代的行板

时至今日，也经常有人问刘永东："你们三一集团的'三一'是什么？哪三个一啊？"

"创建一流企业，造就一流人才，做出一流贡献。"刘永东张口就来。这是三一集团的企业愿景，是每一个三一人必须应知应会的。

其实，关于"三一"还有另外一种解读：一个人、一家企业和一个时代。

这一个人，当仁不让就是梁稳根。没有梁稳根，这个世界上就没有后来的各种"三一奇迹"。

梁稳根在1988年以前叫梁永根，他这一辈的辈分用字是"永"。

1983年，从中南矿冶学院材料专业毕业的梁永根，被分配到湖南娄底涟源市洪源机械厂，在这家原兵器工业部下属的工厂里，梁永根最大的收获就是遇到了唐修国、袁金华、毛中吾这三个志同道合的小伙伴。

洪源机械厂作为一家老厂，遍体沉疴，在厂长的支持下，梁永根与小伙伴们使出浑身解数进行改革，奈何积重难返，工厂并没有真正实质性的改变。最终，梁永根、唐修国、袁金华、毛中吾辞职出走，开始创业。他们的思路也很直接，既然无法拯救一个旧细胞，不如另起炉灶，创造一片新天地。人类因梦想而伟大，当时四个人的梦想是开垦一片"中国经济试验田"。

梁永根、唐修国、袁金华、毛中吾，四个人无一例外都是依靠知识改变命运，通过高考实现"鲤鱼跃龙门"离开土地的农家子弟，从农业户口转为非农业户口，进入国营单位，端上了铁饭碗。当时工厂效益不好，但总归有收入，撑不着，却也饿不着。四个人辞职的时候，厂长一再挽留，未果，便扣下了他们的人事档案和户口。当时梁永根他们觉得这是一种刁难，多年之后，从另一个角度思考一下，这又何尝不是一种留有余地的保护？等他们撞了南墙头破血流时，找人说合说合，低个头、认个错，没准还能回到工厂。其实在他们创业最艰难的时候，厂长曾经试图将他们"招安"回厂，只不过被意气风发不干出点名堂绝不收手的他们一口回绝了。

辞职的事情，他们都没跟家里人商量，是一意孤行的破釜沉舟。每个人都承受了来自家庭的不同程度的责骂与发难。

梁永根点子多，是"创业四人团"的主心骨，其他三人唯他马首是瞻。挥斥方遒的年纪，看什么都是机会。梁永根提出了"三个十"的思路，即熟悉十个行业，拿出十个方案，做出十张图纸。

理想很丰满，可惜现实太骨感。

一开始，他们想把内蒙古的羊贩到长沙。兵分两路，毛中吾一个人去了内蒙古，其余的人在长沙拓展市场。发现情形不对，他们赶紧给毛中吾发电报：羊不要，毛回。后来他们还代理过酒水，生产过玻璃纤维……可无论哪一个行业，明明人家做得挺好的，到他们这里就举步维艰。"老梁，难不成非得凑够你说的十个行业吗？"

多年之后，几个人回忆起当初起步时的各种糗事与窘状，会欣慰于他们及时止损的果敢，以及屡战屡败、屡败屡战的勇气。

现实是没有等到他们"熟悉十个行业"，他们就已经挖到了第一桶金。

1986年，焊接材料在市场上供不应求。这是商机，得抓住！梁永根、唐修国、袁金华、毛中吾四个人大学学的都是材料专业，加工流程、工艺、成本，一看就懂，手到擒来。厚着脸皮东拼西凑了6万元钱做启动资金，麻雀虽小五脏俱全的焊接材料厂就在涟源市茅塘镇道童村点火开工了。星星之火，可以燎原，1989年，发展势头迅猛的涟源茅塘焊接材料厂已经走出茅塘镇，在涟源市成立了"涟源焊接材料厂"。这时的梁永根已经把名字中的"永"字改为了"稳"字。含义嘛，就是字面意思：事业稳定，做人稳重。

蓬勃发展的涟源焊接材料厂热闹非凡。大门口贴了一副对联，也是梁稳根的办厂宗旨，上联：创建一流企业，下联：造就一流人才。时任湖南省委书记的熊清泉来厂考察，看到门口这副对联说："我给你加个横批吧！做出一流贡献。"从此，"创建一流企业，造就一流人才，做出一流贡献"变成了涟源焊接材料厂的企业愿景。1991年，涟源焊接材料厂的产值首次突破1亿元，正式更名为湖南省三一集团有限公司。

随着湖南益阳市拖拉机厂厂长向文波加入三一集团，梁稳根开始思考企业是否该进行战略调整。向文波，这位后来被称为"三一战略第一人"的合伙人，是公司战略调整期梁稳根最大的支持者。

1992年，三一集团提出了"双进战略"，即进入湖南中心城市长沙，进入大行业装备制造业。首先进入的是工程机械制造业。1994年，三一重工落户长沙星沙镇，开始混凝土泵送产品的生产与制造，从材料行业进入国家支柱性产业。三一集团集中优势力量研发拖泵，研制出中国第一台开式混凝土拖泵，但故障频出。最大的技术障碍是拖泵的核心部件集流阀组，而集流阀组制造技术一直被国外企业所掌控。当时三一的出路是，要么像大多数中国企业一样选择进口，要么对集流阀组进行自主设计。

易小刚就是在这个时候加入的三一集团。易小刚是湖南武冈人，当时他已经在北京机械工业自动化研究所工作10年，先后参与和主持开发的两个项目，分别获机械工业部、机械工业部机械科学研究院授予的科技进步二等奖。梁稳根亲自去北京，从机械工业部北京机械工业自动化研究所把易小刚这位液压专家请到了湖南。

面对是进口还是自主研发的选择题，易小刚与梁稳根的意见是一致的——自行设计，用标准件来组装核心部件集流阀组。核心技术、关键零部件是买不来的，如果一味依赖购买，那样只会一辈子受制于人。

彼时，三一集团在星沙只有两栋厂房，这一边在生产，那一边在大搞建设，周围全是黄土和荒山，俨然是一个大施工工地。无论是梁稳根，还是一线工人，都住在施工厂房边上用水泥瓦搭建的工棚里。没有人觉得苦，因为他们心里有蓝图。当时整个公司只有一台装有计算机辅助设计系统的电脑。习惯了在北京工作时人手一台电脑的易小刚，与二三十人的团队共用公司唯一的这一台电脑，碰上故障维修，他们就只能用计算器来核算数据。就用这一台电脑，易小刚设计出了三一集团自己的集流阀组，这是三一集团拥有的第一项专利技术。

核心部件实现自制后，三一集团在拖泵研制、生产上取得了重大成功。1998年，三一集团的拖泵产品年收入可达2亿多元，在工程机械行业站稳了脚跟。这一年，中国第一台具有自主知识产权的37米长臂架泵车在三一集团下线，结束了洋品牌长臂架泵车垄断中国市场的历史，打破了国外技术对中国市场的垄断,改变了世界混凝土机械市场的格局,混凝土机械"中国创造时代"山雨欲来。

2009年7月28日,三一集团用重金回购了这台37米长臂架泵车。11年前,它被销往青海西宁,参与了西宁市五环大厦、柴达木路立交桥、王府井百货大楼等多个标志性工程的施工,泵车行驶总里程超过80万公里,泵送混凝土总量超过60万立方米,创造了多项工程机械施工纪录。11年后,它作为一本"教科书"被永久收藏于三一集团展览馆,它是中国工程机械民族品牌与国外品牌同台竞技并最终实现逆转的见证者。

37米泵车臂架技术实现突破后,三一的泵车臂架很快增长至40米、42米、45米、48米、56米、62米、72米、86米……并多次创造最长臂架泵车世界纪录。

2002年9月21日,香港国际金融中心顺利封顶,三一集团创造了406米单泵垂直泵送的世界纪录。这是单泵垂直泵送纪录第一次由中国企业创造。中央电视台《新闻联播》播报这条新闻时,称三一集团为"中国泵王"。

2014年6月15日,在"中国第一、世界第三"的高楼上海中心大厦,三一超高压混凝土拖泵成功将混凝土泵送至620米的世界新高度。仅靠一台拖泵,就完成了620米的混凝土泵送,这在世界建筑史上绝无仅有,三一集团从"中国泵王"升级为"世界泵王"。

"得挖机者得天下",这是工程机械行业尽人皆知的秘密。挖掘机既是工程机械行业市场需求最大的产品,也是技术难度最大、竞争最激烈的产品,被誉为"工程机械皇冠上的明珠"。

2003年,三一集团进入挖掘机生产领域时,与拖泵市场一样,挖掘机市场也是洋品牌在一统天下。

挖掘机开发也不是一帆风顺。最初,三一集团高层在挖掘机对标韩国还是日本的问题上存在分歧。彼时的日本挖掘机技术领先世界。世界最大挖掘机长 110 米，重 7000 吨，2 天能挖穿一座山，是日本制造的；全球最长的挖掘机长度相当于 21 层楼高，专门拆摩天大厦的挖掘机也是日本制造的。

梁稳根一锤定音："三一集团的挖掘机向日本看齐！"

在做了严密的市场调研后，做一款"让用户赚钱的挖掘机"是三一集团研发挖掘机的最初定位，要省油，要高效，要低成本，做出世界上"最省油"的挖掘机，一点点占领市场。2007 年，三一集团销售挖掘机 1600 多台，超越了广西柳工集团和广西玉柴集团。迅猛的发展势头背后也隐藏着危机，那就是挖掘机生产直接受制于日本 KYB 公司油缸的供应。当时，中国没有一家挖掘机生产企业具有自主研发的油缸，核心零部件必须进口。日本 KYB 公司一度对三一集团放言："我提供多少油缸给你，你就做多少挖掘机。"

产量受制于人，是可忍，孰不可忍？

"还是那句话，核心技术、关键零部件是买不来的。"易小刚说，"咱们还是自己造油缸吧！"哪里卡脖子了，就从哪里下手。如果不创新，只是模仿，永远只能跟在别人后面。

在组建挖掘机油缸研发团队时，易小刚想到了刘永东。

3. 杠杠的缸

1998 年入职三一集团之后，刘永东被分派在泵送事业部。当时的泵送事业部有两位长沙冶金设计研究院退休的老专家，他们对手绘图有着近乎严苛的要求。刘永东那点画图的三脚猫功夫，在两位老专家眼里不值一提。他们对刘永东有着更高的要求，制图时一点错也不许他犯，容错率为零。严师出高徒，刘永东的线描手稿水平在二老的指导下噌噌上升。

一年后，两位老专家觉得刘永东可以出徒了。他承担了拖式混凝土泵上的一个零部件的创新研发。图纸画得精美绝伦，以至于审图的人没发现其中的问题与缺陷。制作部根据图纸完成了模型，发现刘永东漏了一个零部件，怒气冲冲地到事业部找刘永东追责，让他负责模型制作的材料损失费500元。

当时的500元不是一个小数目。第一次设计就出这么大的纰漏，刘永东懊恼不已，还要被追责、罚钱。他情绪低落，好几天都垂头丧气的，提不起精气神。

原本在画图时容错率为零的两位老专家，这时候站出来为刘永东背书。

"既然创新，就要允许失败。只有宽容失败，才有创新。创新的本质是试错，试错一百次也许就能换来一次试对。给年轻人试错的机会，让他们敢试错，错了再来，试错的频率和次数增加了，试对的概率也会相应增加。如果出了错，一棍子打死，以后谁还有勇气来创新？"

"宽容不等于纵容，图纸漏了零部件的失误，也必须要承担责任。创新要鼓励，失误要惩罚，这并不矛盾。"

最终，刘永东被罚了50元钱。此后，刘永东再也没有犯过类似的低级错误，也算是吃一堑长一智吧。

被易小刚点将的刘永东第一时间到项目组报到，与另外一名同样被点将的1980年的陈兵兵，同时开始"一种液压油缸及液压缓冲系统、挖掘机和混凝土泵车"的课题研究。在这期间，他们接受易小刚的直接领导。个人思维是有局限的，团队的智慧才是无限的。

如果将一台工程机械设备看作人体，液压系统就相当于人的心脏和肌肉。液压油缸的工作原理类似于人体的心血管系统，油缸相当于器官，其中液压泵相当于心脏，油管相当于血管，活塞相当于血流。

油缸，也称为液压缸，是液压系统中的执行器，利用液体的压力来产生力和运动。它由筒体、活塞、密封元件和连接件等部件组成。油缸的作用是将液体能量转化为机械能，通过作用在活塞上的压力来实现线性运动或扭矩输出。油压机缓冲缸作为液压系统中的一种特殊油缸，具有缓冲和减震的功能。它的特点是在油缸活塞的行程末端设置了一定的缓冲装置，通过降低液体流动速度来减少冲击和噪声。油压机缓冲缸多用于高速运动的液压系统。油缸和油压机缓冲缸是液压系统的重要组成部分，工作原理都是利用液体的压力来产生力和运动。

既然要设计挖掘机核心部件，刘永东就披挂上阵，在专业机手的指导下试驾了一回挖掘机。坐在驾驶室里，跟坐在汽车驾驶室的感觉截然不同，空间逼仄，噪声大，最令人难以忍受的是震动。从迷你挖、小挖、中挖、大挖到轮式挖掘机，刘永东挨个体验了一番，一个上午，就觉得自己的五脏六腑被颠得错了位。他从挖掘机上跳下来，在心底由衷地佩服那些专业的挖机手。

第一次项目组会议，易小刚传达了梁稳根的任务指示：全力以赴，必须搞出三一集团自己的油缸。

仿制是捷径，要不要走捷径？易小刚的态度是走一走也行，不仿制不知道差距到底在哪里。但他提醒刘永东与陈兵兵："捷径并不好走，有时候看似是捷径，说不定更费时费力，甚至瞎耽误工夫。"

"那咱们仿不仿？"刘永东等待指示。

"仿！正好检测一下咱们的制造能力。"

随着易小刚一声令下，刘永东、陈兵兵肢解了一套日本KYB公司的油缸。一个零件一个零件地拆除，编好序号，然后再依葫芦画瓢。正如易小刚所言，三一集团不缺乏制造能力，仿制产品很快就做出来了。测试时，仿制油缸往往使用不到100小时就爆缸了。究其原因，是没有弄清楚原装油缸的结构，比着葫芦画瓢，瓢虽然画出来了，但是葫芦内部在没有被肢解之前到底是什么样，其运作原理又是什么，项目组并没有真正弄通、弄懂。仿制了一次又一次，爆缸了一次又一次，刘永东发现仿制油缸总有0.1～0.2毫米的间隙，无论他们如何进行技术改进都无法消除。三人开会讨论一番，仿制这一条路被彻底放弃了。

不仿制，那就只能背水一战搞创新。

易小刚让刘永东、陈兵兵每人出一套方案，三个人坐下来逐一讨论。易小刚的要求就是，讨论的时候，不评判，多发表建设性意见。

刘永东一眼就看出来陈兵兵设计里的缺陷，陈兵兵一边阐述，刘永东一边否定。轮到刘永东阐述的时候，他说得眉飞色舞，陈兵兵一盆一盆地给他泼冷水，两个人唇枪舌剑地讨论了一个下午。易小刚左手拿着刘永东的方案，右手拿着陈兵兵的方案，问："你们俩的方案就不能结合一下吗？"

刘永东、陈兵兵对视了一下，面面相觑，恍然大悟。易小刚把两个方案杂糅在一起，取其精华，去其糟粕，关键是在这个基础上突破了机械的常规设计思路，日本的油缸用的是插件，他提出了用弹簧。

"我反对，弹簧的作用不是缓冲，而是归位。液压缓冲器与弹簧式缓冲器不是一个工作原理。"刘永东提出了异议。

"试试嘛！不行再换思路。想创新就不能畏畏缩缩，创新是文化，是理念，也是胆量。创新的本质是思路的改变。如果不行，就及时纠错调整思路。去试一试吧！先动起来。"易小刚坚持他的想法。

虽然反对，但对于新设计，刘永东依然充满了期待，图纸设计完成后，他和陈兵兵还守在工厂里，看着工人们把油缸制作完成。公司专门给项目组准备了一台挖掘机，作为油缸研发的试验设备。安装好，启动，大家满怀期待。1分钟，2分钟，2.5分钟，没坚持到3分钟，新结构油缸就发出"嘭"

的一声巨响，内部崩坏损毁，不幸夭折。

易小刚、刘永东、陈兵兵三个人你看看我，我看看你，笑容苦涩。他们收拾完残局，坐在试验设备前，都不说话。

"气馁了？"易小刚问。

"那倒没有，就是觉得连3分钟都没坚持到，有点……有点无法接受。"

"都说万事开头难，没想到会这么难！"

"研发当然不会一次成功，爱因斯坦也不行！没气馁就好。咱们明天继续！"

三个人又认真复盘了一遍新结构，思路没问题，方法也对路。那症结到底在哪里呢？他们把爆了的油缸一点点复原，试图找出爆缸的原因。修改一次，制作一次，验证一次。每一个碎了的油缸都作为试验样本摆放在一边，从一位数排到了两位数。实事求是地说，也不是没有进步，油缸破碎程度越来越小，坚持的时间越来越长。也许，再修改一次，下一个油缸就能带来惊喜。这19次试验当中，还真有一次给过他们惊喜。

那天，他们把那台油缸装配在试验用的挖掘机上，启动。1分钟，2分钟，3分钟……10分钟，20分钟……半个小时过去，挖掘机依然在工作状态，且非常稳定。

哎！有门！莫非这就成了？

众人互相用眼神交流着喜悦，都不敢开口说话，怕打破这份来之不易的成功。当时正值午饭时间，本来是打算装配好设备，这边做着试验，留一个人值班，其他人去食堂吃饭的，但大家被这突如其来的惊喜吸引住了。再不去吃饭，食堂该下班了。就在大家开心地笑着转身往食堂走时，背后却又传来了一声熟悉的"嘭"。

没有人觉得意外，那段时间，失败已经成了家常便饭。愁眉苦脸是一天，打起精神继续改进也是一天。大家互相打趣，苦中作乐，彼此都互称是"革命乐观主义战友"。

"先别收拾了！去吃饭。吃饱喝足，再重整旧河山。"大家乐呵呵地一起往食堂走去。其实彼此都知道，笑容在脸上，叹息在心中。

转眼就到了第 20 次试验。这一次，研发团队的每个人都信心满满，觉得一定会成功。因为他们已经再三确认过结构，真的是无懈可击，已经没有毛病可挑了。但油缸装到试验设备上，却又仅仅坚持了 10 分钟就崩毁了。这一次，伴随着"嘭"的一声，崩溃的不只有油缸，还有团队的人心，大家都顶不住了。难道新结构方案真的不可行吗？

第 20 次试验失败的那一天，大家都没回家，回家也睡不着，干脆都聚在一起。早上 6 点，大家还在实验室里沉默着。

易小刚要去北京开会，他离开前给刘永东使了一个眼色，让他带头去休息，士气不能泄。刘永东说："现在 6 点，大家抓紧时间回去休息，早饭后咱们再总结。"

坐在从公司去往长沙黄花国际机场的车上，易小刚闭目养神，他也累，但他不能在团队面前显露出疲态，哪怕一点都不行。换登机牌、过安检、候机，就在广播通知登机的时候，易小刚灵光一闪，想到了解决方案。他一边登机一边给刘永东打电话。

这边的刘永东刚回到宿舍躺下，他也累。就在他迷迷糊糊睡着的时候，手机响了。

"永东，我正在登机。我给你说一个思路，你赶紧去试一下。"

"您说！"一听说有了解决方法，刘永东猛地坐起来，起得有点急，眩晕了一下。

"你在缓冲套那一面做个处理，以前我们是软加硬，你改为硬加硬。"

"啊？硬加硬的设计是违反机械常规设计思路的呀！易工,您确定吗？"

"我确定。我们的新结构本身就违反设计常规,再违反一次,说不定就负负得正了！滑行了,我要关机了,去试一下。"易小刚挂断了电话。

刘永东睡意全无。他喊上陈兵兵,两个人回到实验室,又把研发团队重新召集起来,大家以最快的速度把油缸结构按照易小刚的思路做了改进。

再次试验前,刘永东深吸了一口气："开始！"

当油缸坚持了30分钟时,大家还是非常平静的,因为这个纪录已经出现过。60分钟之后,那熟悉的"嘭"声没有响起。

"给易工打个电话？"陈兵兵建议。

"电话暂时无法接通。我发个短信吧！"刘永东发信息的时候,手有点抖。

易小刚从湖南长沙黄花国际机场飞北京首都国际机场,空中飞行2小时20分钟。落地开手机,易小刚第一时间给刘永东打电话："油缸坏没坏？"

"没有。"刘永东的声音有点发颤。谁让惊喜来得如此突然！

"你们注意观察,我尽快赶回来。"

易小刚在北京开完会,乘坐当天的飞机赶回了长沙。下了飞机,直奔试验现场,推门就问："有没有坏？"

"没有！"团队的人异口同声。掌声响起,送给坚持不放弃的自己。

油缸,是三一集团自主研发挖掘机成功突破的第一个瓶颈。基于这项突破的发明专利"一种液压油缸及液压缓冲系统、挖掘机和混凝土泵车"获第十六届中国专利金奖。乘着这项发明专利的东风,三一重工的自动高低压切换、自动退砼活塞、电液缓冲换向系统……一项项先进技术陆续被攻克,打破国外技术垄断,结束了中国混凝土泵车依赖进口的局面。一套日本液压设备过去进口需要4万元,而自主生产后,这项费用降低了一半以上,完美契合了三一集团挖掘机"省油、高效、低成本"的研发理念。

在 2010 年到 2015 年期间，三一集团的挖掘机也曾因零部件问题，出现过 3 次召回。而这 5 年期间，三一集团挖掘机的故障率也从第一台试验设备的 30% 下降到了 0.5%。

2015 年 2 月，刘永东调任三一重工娄底市中兴液压件有限公司担任总经理，并兼任研究院院长。在他的带领下，三一中兴公司已成为国内外规模最大、品种最多的液压油缸生产基地，成功打破了多项国外技术垄断，三一集团旗下的主机液压系统也已全面国产化。有了自己的知识产权之后，再也无需受制于人，想生产多少台就生产多少台，而且国产的油缸性能远远超过了国外进口油缸的性能。三一重工娄底市中兴液压件有限公司的 5 号车间也成为全世界最先进的油缸车间之一。4 万平方米的车间，生产过程几乎全部由机械手完成，每年可生产近 10 万台油缸。

2017 年 10 月 16 日上午，三一重工第 80000 台小挖在江苏昆山三一产业园下线。自 2011 年那时，三一小挖产品已连续 7 年实现市场占有率第一。没有成功的企业，只有时代的企业，所谓成功只不过是踏准了时代的节拍。三一集团的成功，正是踏中了中国经济高速增长，基础设施建设大举投入的时代节拍。

这个世界上没有日不落帝国，但就工程机械而言，是存在日不落市场的。只要人类文明不息，工程机械永远有市场份额。至于市场份额如何分配，那就要凭实力去抢占。

4．创造才是能

三一信条有五：

①人类因梦想而伟大。

②无功便是过，创造才是能。

③竭尽全力,实现三一;依托三一,实现自我。

④金钱只有诱惑力,事业才有凝聚力。

⑤直抒胸臆,张扬个性,宽容失误,不许重错。

"人类因梦想而伟大"被排在第一条。

2017年9月,作为三一科技战线上的优秀工作者,刘永东当选党的十九大代表。10月18日,他作为湖南省党代表,出席了在人民大会堂举行的中国共产党第十九次全国代表大会。那天,刘永东走进会场,端坐在座位上,觉得像做梦一样。以前只能在电视里看到的人民大会堂,如今他真实地置身其中。作为中国民营企业的一名普通员工,为企业生产研发只做出了一点成绩,就为自己赢得了这么高的荣誉。

气势磅礴、闪耀着真理的光芒的党的十九大报告,刘永东听得十分认真,圈点勾画,报告里关于深化供给侧结构性改革和加快建设创新型国家的深刻论述让他倍感振奋、深受鼓舞。他用笔在"创新"一词下重重地做了标注。他是一个人来的北京,但他代表的却是全部三一人。中国新时代的伟大成就和历史性变革,中国制造的创新发展中有三一人的参与,岂能不骄傲与自豪?

抗击南方冰灾,有三一人的身影。2008年元月,湖南遭遇了五十年一遇的冰灾。京珠高速公路湖南段成为重灾区,数以万计的车辆和司乘人员被困。三一集团组织人力、物力、财力参与"破冰保畅通"行动,每天出动23台平地机、3台起重机开上省内各条高速公路破冰铲雪,派出20多台救援车辆和员工2182人次,奋战十天十夜,破冰总行程达到943公里。

汶川大地震救援,有三一人的身影。2008年5月12日,四川汶川发生8.0级大地震。三一集团在灾害发生的当天就做出反应,向四川地震灾区捐赠1500万元,并紧急调配8台汽车起重机、7台挖掘机驰援灾区。"湖南省青年志愿者三一集团抗震救灾服务队"兵分三路奔赴平武、北川、安县三个重灾区进行救援抢险，打通了安县晓茶路、平通到平武的九环线、北川路段三条救援生命线，共打通路段 30 多公里。在三一人的帮助和三一设备的直接援助下，先后有 20 名被困者成功获救。三一集团还积极参与四川震后重建，为灾区培训机械设备操作手，向灾区捐建一所希望小学、一个混凝土搅拌站，并免费招收 131 名灾区青年到三一集团接受职业培训，安排就业。

智利矿难救援，有三一人的身影。2010 年 8 月 5 日，智利北部阿塔卡马沙漠中一处名为圣何塞的铜金矿发生塌方事故，33 名矿工被困于井下700 米处。2010 年 10 月初，"神州第一吊"起重机在智利政府制订救援计划时被选中。10 月 13 日 11 点，第一名被困矿工成功升井，这一庞然大物在工程师的操作下率先鸣笛庆贺，并坚持守候至全部矿工获救。"神州第一吊"起重机作为现场最大的救援设备，受到智利人民的交口称赞。来自中国的"救援哥"郝恒与三一起重机一起被称为"国家骄傲"。美国《纽约时报》评论三一重工智利援救行动："这一次，中国制造不仅对智利满怀同情之心，还带来了巨大的希望。"《环球时报》评论道："三一重工将'中国制造'推向了世界，打响了'中国制造'的品牌，使中国制造不只是一个关注者，而是一个营救生命、创造奇迹的参与者。"2010 年 10 月 25 日，智利政府向三一重工发来了感谢信，信中写道："中国制造的机械设备为此次救援行动提供了保障。感谢中国三一对智利救援所做的贡献，感谢三一工程师郝恒在救援现场的日夜坚守。"2016 年 11 月 22 日，在对智利共和国进行国事访问之际，国家主席习近平在智利《信使报》发表题为《共同开创中国和智利关系更加美好的未来》的署名文章，文章中写道："中智两国人民素有守望相助的传统。在 2010 年那场举世瞩目的智利矿难救援行动中，中国机械设备制造企业积极参与，为营救 33 名矿工作出了贡献。"文章中的中国机械设备制造企业正是三一重工。

福岛核危机援救，有三一人的身影。2011年3月11日，福岛发生9.0级强震，随后引发的核泄漏危机震惊全世界。3月19日，心急如焚的东京电力公司紧急联系三一重工，表示要购买一台三一集团62米的泵车。消息被迅速汇报至长沙总部，梁稳根和决策层马上做了一个决定：无偿捐赠。随后，一台价值100万美元的泵车驰援日本，并抽调了三名资深技术工程师赴日提供现场支持。三一泵车表现优秀，完成了一系列高难度动作，卓越的性能更是得到了日方的高度认可。中国外交部前部长、中日友好协会会长唐家璇盛赞三一集团："为国家争了光，为中国外交做出了贡献！"这场千里驰援的注水作业从3月31日正式开始，一直持续进行了几个月，三一集团的国际人道主义援助有效帮助日本渡过了潜在的核灾难。在日本国内，中国泵车援救福岛第一核电站的善举，得到日本数十家权威媒体的竞相报道，并受到日本政府、民众的真诚感谢，三一集团也由此成为"中国制造"的一张名片。

驰援"两神山"医院建设，有三一人的身影。2020年1月，面对突如其来的新冠疫情，三一集团火速驰援武汉"火神山""雷神山"医院建设，调动41台三一起重机、8台泵车、35台搅拌车、22台挖掘机，共计106台设备和40多名服务人员，24小时昼夜奋战，与疫情赛跑，4天时间完成两个月的工作量，确保两家医院如期交付。

近十年来，三一集团在国内、国际舞台上日渐闪耀。

2012年4月，三一重工受邀参加由世界知识产权组织、瑞士联邦政府及日内瓦政府联合举办的第四十届日内瓦国际发明展，三一重工的参展项目"矿用机械"获得发明奖金奖。

2014年9月25日，《财富》（中文版）发布2014年"备受赞赏的中国公司"排行榜，工程机械巨头三一重工第四次上榜，同时位列"制造业"

行业榜之首，并成为第一家入选榜单50强的中国工程机械企业。

2017年8月，三一重工获中国品牌节最高荣誉"华谱奖"，获得该奖项的工程机械企业仅此一家。

2019年12月18日，《人民日报》权威发布"中国品牌发展指数100榜单"。三一重工与华为、阿里、腾讯等知名企业一道入围，是榜单中排名领先的工程机械企业。

2021年1月12日，胡润研究院首次发布以公司市值排序的"世界500强"榜单。其中，三一重工以2924亿元的总市值，排名总榜单第325位，在上榜的51家中国企业中位列第30位，且是榜单中唯一的中国工程机械企业。

2021年5月13日，《福布斯》发布2021年全球企业2000强，三一重工排名总榜单第468位，首次跻身全球企业500强。三一重工是榜单中排名中国第一、全球第二的工程机械企业，也是中国工程机械行业第一家跻身《福布斯》全球500强的企业。

2021年9月27日，世界经济论坛（WEF）发布新一期全球制造业领域"灯塔工厂"名单，三一重工北京桩机工厂成功入选，成为全球重工行业首家获认证的"灯塔工厂"。

2022年8月8日，在第16届中国品牌节年会现场，三一重工以190.45亿美元的品牌价值位列2022世界品牌500强第411名，以1285.60亿元人民币的品牌价值位列2022中国品牌500强第104名，荣膺"华谱奖"，荣获"2022中国十大优秀品牌"。截至2022年，三一重工已连续12年蝉联中国挖掘机销量冠军，大型挖掘机等11类主导产品在国内市场份额第一。

三一集团从1986年的涟源茅塘焊接材料厂起步，历经了三次创业：初创时期将焊接材料做到市场第一，践行了"做改革开放试验田"的梦想。1994年从涟源搬迁至长沙，从特种材料过渡到装备制造，完成股权改革，驰援智利与福岛，收购德国普茨迈斯公司，成为全球建机三强，用极高的产品品质改变了中国制造的世界形象；三一集团的第三次创业要实现"333、366"目标，即 3000 亿销售额、3 万名工程师、3000 名工人，工程机械、港口机械、煤机矿车成为世界第一，风能装备、新能源商用车、石油装备、电池装备、氢能装备、光伏装备成为中国第一，工业互联网、动力电池、光伏产业、建筑工业化、环保装备、投资协同实现破局。

三次创业历程，三一集团都精准地踩着时代的节拍。奋斗者的前方没有终点，人类因梦想而伟大，创造才是能。

2024 年 1 月 19 日，"国家工程师奖"表彰大会在人民大会堂举行。81 名个人被授予"国家卓越工程师"称号，50 个团队被授予"国家卓越工程师团队"称号。

工程师是推动工程科技发展的创新主体，是国家战略人才力量的重要组成部分。受表彰的工程师个人和团队，是新时代工程师队伍的优秀代表。他们在重大工程建设、重大装备制造、"卡脖子"关键核心技术攻关、重大发明创造等工作中，矢志爱国奋斗、锐意开拓创新，取得了一批先进工程技术成果。这是一个有梦想且为了梦想而努力奋斗、拼搏，全身心践行人类因梦想而伟大的优秀群体。

中铁工程装备集团有限公司的"盾构创新研发团队"，中联重科股份有限公司的"起重机械技术创新团队"，不负众望都被授予了"国家卓越工程师团队"称号，李建斌、付玲分别是各自团队的负责人。

三一集团董事、执行总裁兼总工程师易小刚被授予"国家卓越工程师"称号。只可惜无缘得见。愿念念不忘，在未来某一天必有回响吧。

湘江水不舍昼夜。我们沿江而行，下一站，株洲。

第二十一届
中国专利金奖
（2019 年）

专利号

ZL201410068615.8

专利名称

一种用于动车组的快速粘着控制方法

专利权人

株洲中车时代电气股份有限公司

发明人

尚　敬　李小平　刘可安　李江红　胡云卿　喻励志

如砥如矢

2024年2月4日，立春。距离2024龙年春节还有不到一周的时间。俗话说，"春打六九头"，但立春日一场席卷中东部地区大范围来势汹汹的暴雪，狠狠地暴击了"六九头"。

"望长城内外，惟余莽莽；大河上下，顿失滔滔。山舞银蛇，原驰蜡象，欲与天公试比高。"一场春雪让季节瞬间回退到了隆冬时节。

受大范围雨雪影响，公路、铁路、航空以及航道运输都受到了不同程度的影响。高速公路封闭，航班取消，航道停运，部分列车停运，在线上行驶的高铁与动车全部降速运行。

速度降到了多少？株洲中车时代电气股份有限公司的技术部门正在通过各种渠道搜集整理相关数据。

2019年，株洲中车时代电气股份有限公司的"一种用于动车组的快速粘着控制方法"，获得了第二十一届中国专利金奖。

作为中国高速动车组牵引控制的核心专利，"一种用于动车组的快速粘着控制方法"，通过软件控制程序，实时感知轮轨当前状态，并始终控制轮轨间的粘着力处于最大发挥状态，实时发挥出动车组"心脏"的最大"供血"能力。这一专利攻克了轮轨间运动状态感知等技术难题，全面提升了动车组在大雪天气等恶劣轮轨粘着条件下高速、平稳运行，并有效改善了动车组的乘坐舒适性。

从确定课题到技术研发应用，株洲中车时代电气股份有限公司用了5年的时间，他们自力更生，打破了世界垄断，达到了国际领先水平。"一种用于动车组的快速粘着控制方法"专利技术产品被批量应用于国产高速动车组、地铁等轨道交通领域，对推动大功率重载列车、时速 400 公里及以上高速客运列车牵引传动技术发展、产品升级有重大意义，同时还出口到了澳大利亚、马来西亚等国家。

几个月前，我们采访组辞别黄河，南下，入湘。在长沙逗留数日，继续南行，抵达株洲。

株洲是长株潭城市群长沙、株洲、湘潭"三驾马车"中的一员，长株潭城市群是长江中游城市群重要组成部分，也是湖南省经济发展的核心增长极。长沙、株洲、湘潭三市沿湘江呈"品"字形分布，两两相距不足 40 公里，结构紧凑。2007 年，长株潭城市群获批为全国资源节约型和环境友好型社会建设综合配套改革试验区。长株潭城市群一体化是中部六省城市中全国城市群建设的先行者，被《南方周末》评价为"中国第一个自觉进行区域经济一体化实验的案例"。

到株洲，未见其人先闻其名，湖南的朋友说株洲是一座"火车拉来的城市"。而此行，我们要去拜访的正是第二十一届中国专利金奖"一种用于动车组的快速粘着控制方法"获得者株洲中车时代电气股份有限公司的发明人团队。

1. 最年轻的励志

飞机换高铁，再坐出租车，下午才抵达中车株洲电力机车研究所有限公司田心工业园。入住酒店，已经过了午饭时间，酒店不再供应餐食，只得从网上点一份外卖，吃什么呢？当然是大名鼎鼎的湖南牛肉米粉。

"一种用于动车组的快速粘着控制方法"发明专利第一署名人，株洲中车时代电气股份有限公司总经理尚敬，很忙。来株洲的路上一直在跟他的助理接洽第二天的采访时间。一改再改，因为他的会议与接待一个接一个，没有大块的时间。最后双方只得妥协、折中，做一个见缝插针式的采访。采访按照既定的顺序进行，但只要尚敬有时间可以随时插队，暂停其他人的采访。

尚敬、李小平、刘可安、李江红、胡云卿、喻励志，6个发明人中，第一个坐到我们面前的是署名最后的一位，也是这个团队中最年轻的那一个，1987年出生的喻励志。

喻励志的大学生活是在河南的郑州轻工业大学度过的，研究生阶段才考回了湖南大学。而他人生中第一次坐火车就是2006年考上大学，坐着火车去郑州求学。

喻励志老家在长沙宁乡流沙河镇荷林村。一条潺潺的流沙河流经这座小镇，河水载着两岸年轻人的梦想昼夜不息奔涌，汇入沩水，再汇入湘江，积蓄于长江水系的洞庭湖。河流因为有方向，所以一去不回头，只留下一个名字。流沙河镇就是因这条流沙河而得名。

流沙河滚滚流淌，把沿河而居的学子送达远方。喻励志的哥哥从流沙河畔的荷林村出发，一路北上，最终成功驻留在了祖国的心脏，成为新北京人。哥哥是中国科学院控制理论与控制工程博士，后成为北京大学工学院先进制造与机器人系的教授，从事智能仿生机器人研究。哥哥在小小的荷林村留下一个"别人家孩子"的传说。从小到大，哥哥都是喻励志的偶像。他一路追随着哥哥的背影，读研究生时选了与哥哥的研究领域相近的控制科学与控制工程。但他也知道自己与哥哥之间的差距，于是研究生毕业之后选择了就业。

喻励志考上大学的那一年，他从流沙河镇颠簸了三个多小时才到了长沙。流沙河一路追随，一路叮咛，几百年了，它就这样护送了一拨又一拨的后生去向了远方。只有喻励志听懂了河水"叮叮咚咚"的不舍之意。

一辆普速列车在 2006 年从长沙驶往郑州需要十个多小时。第一次坐火车的喻励志，一路体验着绿皮火车特有的启动与刹车的剧烈晃动，说实话那种感觉一点儿都不美妙。拥挤、吵嚷、喧闹，车厢里飘浮着南腔北调的口音，各种大嗓门，声音之大让性格内向的喻励志替他们汗颜，还有各种香的酸的辣的臭的食物，混杂着各种体味。原本只能坐 3 个人的靠背椅，生生挤了 4 个人。10 个小时的车程，刚刚想睡一会儿，就会被突然的刹车冷不丁晃得醒过来，睡个觉比不睡还累。喻励志在内心积攒了许多疑问：火车就不能匀速前进吗？启动、刹车的时候就不能平稳一点吗？

长沙至郑州，郑州至长沙，来来回回 4 年，直到喻励志回湖南大学读研究生，才挥别了这趟晃动的列车。多年之后，当喻励志投身于"保持火车稳定性联动控制"研究后，年少时乘坐火车的体验依然经常浮现在心头。

去郑州轻工业大学报到，没有人送喻励志，就像当年没有人送哥哥去上学一样。母亲忙着在荷林村自家的田地里劳作，父亲忙着去流沙河镇上做装卸工。父亲个子不高，身板也不健硕，却硬生生用肩膀扛出来两个大学生，一个博士，一个硕士。喻励志研究生毕业那年，先是收到了酷派公司的录用通知书，后又在中车株洲电力机车研究所的校招中脱颖而出。酷派公司在深圳，深圳是湖南仔创业、就业的首选之地；后者在湖南省内，株洲又离老家很近。喻励志打电话给哥哥讨个主意，哥哥建议他留在湖南，毕竟兄弟俩总得有一个人离父母近一点，方便近前尽孝。

采访地点在中车株洲电力机车研究所科技大楼，14 楼有一个茶歇区，茶叶的香气中杂糅着咖啡的香气。久而久之，本该兀自芬芳的茶香与咖啡香便你中有我、我中有你，蜕变成了独特的茶咖香，变得你侬我侬起来。

一杯茶还未浓转淡，尚敬的助理过来打断，说："尚总有 10 分钟的时间可以接受采访。"一来一去之间，茶凉了，香气散了。

尚敬继续去忙他的，喻励志的采访短暂中断后继续进行。

喻励志工作两年后就结婚了，现在已经是两个男孩的父亲。妻子也是流沙河镇的，比他小一岁。知子莫若母，母亲知道要等到生性腼腆的幺儿主动去追求女孩子，比期待石头开花还要难。母亲利索地请托老家的亲戚给喻励志介绍了一个知根知底的姑娘。成家，立业，生儿育女，喻励志的生活被父母安排得明明白白，他自己也觉得这样挺好的。

在同事的眼中，沉默寡言的喻励志是一个好运气爆棚的人。相亲能遇到挚爱一生的人，刚入职一个月就加入当时炙手可热的项目组，虽然研究过程很辛苦，却结出了硕果，一举获得中国专利金奖。

外人只看到结果的风光，只有自己才知道为了取得这个结果所付出的艰辛。

动车组为人们带来了快捷舒适的出行方式，使得城市与城市之间、人与人之间的交流更为紧密。动车组轮对与钢轨之间的粘着力是动车组前进的直接驱动力，粘着力控制是动车组牵引控制系统的重要组成部分。粘着力控制是指在轨面状况变化不定的情况下（如雨雪天气造成的轨面积水、结冰等），通过对电机速度、电机转矩等信息的采集和处理，结合司机指令向电机控制器发出恰当的电机转矩指令，使动车组发挥当前轮轨间所允许的最大粘着力。粘着控制技术就是研究怎样让轮轨之间的关系匹配得更好，尤其是面对雨雪等恶劣天气时，让列车运行得又快又稳。

动车组处于牵引工况时，如果电机转矩超过当前轮轨间所允许的最大粘着力就会发生轮对空转现象，造成严重的轮轨擦伤。有研究者也提出过一些粘着力控制的方案，例如：基于转速控制的机车防空转滑行方法、电力机车粘着力控制方法及装置等，然而这些粘着力控制方法都未针对动车组的高速特征考虑精细的电机转矩减载和电机转矩恢复策略，其结果是动车组未完全发挥出最大粘着力，所造成的牵引力损失对动车组本身的动力性能、定速巡航功能，以及高速铁路的调度规划等方面都产生了负面影响。

喻励志加入的是胡云卿团队。胡云卿比喻励志大3岁，是浙江大学控制科学与工程专业博士，他们都是2013年毕业入职中车株洲电力机车研究所的。在浙江大学读博士时，胡云卿研究的是怎样让火箭能上天、导弹打得准，而工作后科研攻关的方向是让列车跑得更快、更稳、更节能。

2013年，中国高铁进入快速发展期，对高速动车组的轮轨粘着利用控制性能提出了更高要求，而国外对这一技术严格封锁。

在团队里，喻励志承担的任务是收集实验数据。毕竟只有可供分析的车辆现场运行数据才是科研起步的基石。没有真实、有效的实验数据，一切都是虚妄。

喻励志收集实验数据的第一站是神木运煤专线。这条专线的起点是陕西神木神东煤田大柳塔东，终点是河北沧州的黄骅港。神木铁路也称神黄铁路，全长815千米，是中国西煤东运的第二大通道。实验周期一个月，每天采集数据。

那时已经是11月份，深秋的尾巴，已经能够闻到冬天的味道。神木的冬天受极地冷气团控制，严寒而干燥，最低气温能到零下28℃左右。秋末冬初的神木每天刮西北风，尖利如刀，吹在脸上硬邦邦。人家每天盼着晴天阳光灿烂，只有喻励志天天盼着下雨、下雪，一天24小时查看手机天气预报。如果自然降雨、降雪，那就省去了实验小组自己模拟仿低粘环境。

神木运煤专线实验做完，稍作休整又即刻赶往鄂尔多斯专线。鄂尔多斯当地早早地落雪了，白茫茫一片山野，几株老树，像永远遗留旷野里的牧人，羊群像一层一层直抵天边的白雪。古九原郡，原来，鄂尔多斯与神木是一体的，但天气冷得多，风也大雪也大。白毛风吹过了，落叶的荆棘成了几簇寒骨堆积与铺陈。在鄂尔多斯，实验小组无需模拟雨雪条件，几乎天天跟雨雪打交道。虽然省却了模拟仿生环境的麻烦，但鄂尔多斯动辄零下三十多摄氏度的低温天气着实超出了喻励志的人生经验。他亲眼见证了滴水成冰，以及热水在低温下的汽化反应。虽然喻励志在河南郑州读了4年大学，但每年北方最冷的时候已经放寒假回湖南去了。再说以前上学的时候大都是在室内活动，但做实验采集数据需要一直坚守在室外，别说零下二十几摄氏度，就是零下十几摄氏度，半个小时也都冻透了。

相较在神木和鄂尔多斯收集数据的经历，在中车青岛四方的经历就变得容易接受许多了。四方机车院内有环形铁轨，白天四方机车的工作人员做试验，留给喻励志的只有晚上的时间。每天开始之前，要在铁轨上刷各种配比的油或者浇淋肥皂水，尽可能模拟还原出轨道的湿滑状态。机车徐徐启动，在环形轨道上一圈一圈地奔驰，一组组的数据就这样被喻励志记录了下来。在厂区的试验铁轨上工作，可比在神木、鄂尔多斯的铁路正线上采集、记录数据安全多了。

喻励志喜欢青岛，这里的夏天不热，冬天不冷，是喻励志去过的所有城市中最宜人、宜居的。青岛与株洲一样，也是一座被铁路改变了命运的城市。青岛是因为1904年通车的德国人建造的胶济铁路，株洲则是因为1906年通车的株萍铁路。

有了第一手数据做参考，再消化吸收国外轨道交通巨头的先进经验，对各种新方法进行验证，从中寻找最优方案。经过1000多个日夜的奋战，历经理论研究、算法开发、软件编制、装车验证、性能提升全过程研究，2015年，新一代高性能粘着利用控制系统终于研制成功，成功打破了国外巨头在粘着利用控制技术领域的垄断，极大改善了中国轨道交通车辆的粘着利用性能。

2016 年，澳大利亚悉尼北部的 Cowan bank 山区铁路上，一辆采用了中车株洲电力机车研究所高性能粘着利用控制技术的机车，正在一点点沿着全澳大利亚行驶最困难的铁路弯道驶来。

这一段路被称为澳大利亚铁路的"魔鬼弯道"，线路平均坡道 25‰（中国一般最大坡道为 12‰），区域内有长达 8.6 公里的连续 S 型弯道曲线，最小曲线半径仅有 220 米（中国一般最小曲线半径为 600 米）。如果通过这一路段的考核测试，则意味着这辆采用了中车株洲电力机车研究所高性能粘着利用控制技术的机车能够获得澳大利亚全境所有线路的运行许可证。考核方式采用了欧美国家最严苛的标准：单机全程牵引 1500 吨重物在喷水的轨道表面行驶，同时必须在 26 分钟内通过弯道，且中途时速不得低于 10 公里。此前，只有美国一家公司在试验了 6 次后才勉强通过。但是，中国人在这条"魔鬼弯道"创造了一个奇迹。

那天，机车在进行第一次考核试验时，由于未改造撒沙装置，导致爬坡过程中机车坡停，考核失败。

第二次，机车刚行进到试验起点，一场突如其来的暴雨不期而至，雨中行车，在最困难的 29‰超大坡道 +220 米超小半径路段，机车不堪重负被迫坡停，试验再次失败。

马上就要迎来第三次考核了！负责指挥团队考核的胡云卿站在弯道旁，沉默不语，机车又经过技术改进与完善，但能否通过这一次考核依然未知。

"我紧张什么呢？美国人还试验了 6 次呢！我们不过才第三次。这一次失败了又如何？从头再来就是了。不管怎么说，中国技术已经走到这里了！"

第三次考核，大家不再像前两次那么紧张，所有人把心态放平。在蜿蜒回旋的轨道上，机车从容地从隧道内穿出，稳稳当当地沿着山体顺利依次驶过了"九曲十八弯"的"魔鬼弯道"。机车停在了考核终点。也许是惊喜来得太突然了，很多人没有反应过来，至少有 15 秒的全体沉默，而后大家像如梦方醒般激动地爆燃，大家抱成一团，又哭又笑："考核成功了！我们成功了！"

在"复兴号"高速动车组上，高性能粘着利用控制技术助力其创造了时速 420 公里、相对时速 840 公里的世界纪录。目前，粘着利用控制软件已经全面覆盖中车株洲电力机车研究所有限公司（简称株洲所）的牵引系统，广泛应用于机车、动车和城轨领域，引领了行业和产业技术进步，促进了产业结构优化，成果累计装车 15000 台套，产值超 5 亿元。

2019 年，"一种用于动车组的快速粘着控制方法"荣膺国家知识产权局颁发的第二十一届中国专利金奖。

2. 只有 10 分钟

"一种用于动车组的快速粘着控制方法"发明专利的执笔人是胡云卿，答辩人是尚敬。

对于答辩，尚敬一点都不陌生，这是他第二次站在中国专利金奖的答辩席上。2012 年，当时株洲南车时代电气股份有限公司的"一种直线感应电机恒转差频率矢量控制方法及系统"获得了第十四届中国专利金奖，那时的答辩人也是尚敬。

2012 年、2019 年，株洲中车时代电气股份有限公司两项时隔七年的中国专利金奖，刘可安、尚敬都参与了。

如今刘可安担任了中国中车集团有限公司副总裁，尚敬担任了株洲中车时代电气的总经理。株洲中车时代电气是中车株洲电力机车研究所的一级子公司。

2005年，株洲中车时代电气在湖南株洲成立，2006年在香港联交所上市。公司掌握列车牵引电传动和网络控制等关键核心技术，主要从事电传动系统、网络系统、信号系统、轨道工程机械、大功率半导体器件等产品的研发、制造和销售，业务遍及全球20多个国家和地区，产品广泛应用于高铁、大功率电力机车、城轨车辆等高端装备领域。2023年，中车时代电气营业收入为217.99亿元。2021年9月7日，湖南轨道集团作为战略投资者参与投资的株洲中车时代电气股份有限公司在上海证券交易所正式登陆科创板。

作为一家市值几百亿的上市公司总经理，尚敬是真的忙。他的时间被切分成无数个小版块，开会，接待，出差，商谈……有时候这种忙会给人造成一种倨傲的错觉，他很无奈，却也无法改变。他像株洲中车时代电气这台精密仪器中非常重要的一个构件，身不由己。

尚敬是四川遂宁人，在西南交通大学机械工程学院机械电子工程专业读完本科，又进入电气工程学院电力系统及其自动化专业，师从磁悬浮技术专家胡基士教授进行基于DSP的异步电机磁场定向控制系统研究。硕士毕业后加入中车株洲电力机车研究所，一直从事轨道交通大功率牵引传动控制基础前沿技术攻关及其产业化应用相关工作。

大功率交流传动控制系统被称为轨道交通车辆的"心脏"，是衡量国家轨道交通装备技术水平的主要标志，国外一直严密封锁，中国曾多次试图进行技术引进，但都被外方拒绝了。铁道部提出了"十年转换工程"，争取用10年左右的时间完成电力机车直流传动到交流传动的转换。2000年前后正是铁道部"十年转换"工程进入承上启下的关键期，完全自主大功率交流传动技术平台刚成型，由于各种历史及技术原因处于搁置状态。与此同时，以DJ4（欧洲短跑手）为代表的引进交流传动车大规模进入中国市场，给轨道交通从业者带来了深深的刺痛。

身在西南交通大学校园里的尚敬也感受到了这种痛的余波，这也正是他在毕业时加入当时行业内技术实力最强的株洲所的原因所在，他决心要为国家的轨道交通发展尽一份绵薄之力。

加入株洲所后，尚敬被分配到技术中心传动控制部，参与大功率异步电机直接转矩控制算法的研发。当时国内可以检索到的交流传动控制相关文献很少，只能通过 IEEE（电气电子工程师学会）账号、国外同学等渠道搜集相关的文献资料，从中筛选提炼并进行推理验算，与师傅和同事无数次碰撞讨论，摸索可行的技术路线。经过不懈努力，尚敬完成了异步电机全阶状态观测器全局稳定、间接定子量控制、低开关频率下优化同步调制、异步电机未知状态下带速重投等一系列科研成果，并通过电动汽车、北京前门铛铛车、哈尔滨电机试验台等项目，完成了相关试验验证和应用。那段日子对尚敬来说至关重要，为他后续工作的顺利开展奠定了坚实的技术基础。

依托在学校磁浮所学习的基础，尚敬在直线电机控制技术上提出了一种恒转差频率矢量控制方法，创新了直线电机新型控制模型，实现了牵引系统驱动力和法向力的解耦控制，后来被成功应用于北京 S1 线、广州地铁 5 号线、长沙机场磁浮线等线路，使中国成为继日本、韩国后第 3 个掌握该技术的国家。尚敬还主持了中国首个自主无速度传感器控制技术开发，攻克牵引系统全局稳定、再生制动辨识发散、低速满转矩起动、空转 / 滑行工况下极限跟随等关键技术瓶颈，实现了自主无速度传感器控制技术的首次装车载客运营并批量应用，确保株洲所自主牵引系统在与诸多国内外公司的竞争中始终保持绝对领先地位。

2007 年开始，尚敬作为核心人物参与了 CRH2 动车组传动控制单元对等开发项目，先后攻克了三电平逆变器空间矢量脉宽调制、均衡换流等关键技术，针对无硬件 LC 滤波回路导致的拍频发热问题，原创性提出了一种电压转差时频交互补偿的无二次谐振回路控制策略，实现了中国高铁列车牵引控制系统的完全自主，技术指标全面比肩甚至超过三菱、阿尔斯通等国际公司，打破了国外公司的垄断并实现了批量装车应用，成功应用于CRH380A/AL、CRH2G高寒车等项目，并出口到阿根廷、马其顿、格鲁吉亚等海外市场。

2008年，铁道部下了六轴7200 kW电力机车交流传动系统批量订单，这是中国第一个完全自主大功率交流传动系统的批量订单，株洲所提供牵引传动控制系统。如果项目成功，将彻底改写中国主型干线交流传动机车被国外垄断的历史。年轻的尚敬担当控制软件负责人。那段时间，团队铆足了劲，不分白天黑夜进行技术攻关和工程化实践，白天做实验，晚上分析数据和优化程序，先后解决了电机电阻高精度在线辨识、高性能粘着利用控制等多个技术难题。次年夏天，在铁科院环形试验线上一次性通过所有考核试验。

如今，7200 kW大功率交流传动货运电力机车已成为中国铁路货运主型机车，并远销南非等国，累计投运超3000列。

2012年，中国铁路总公司开始组织进行中国标准动车组的研制，打造适合中国国情、路情的高速动车组设计、制造、试验平台，实现中国高速铁路动车组自主化、标准化和系列化，促进动车组由中国制造到中国创造的跨越，株洲所作为重要核心单位参与，先后解决了定子磁链轨迹跟踪控制、网侧谐波全频段优化、全天候高性能粘着控制等关键技术难题。

作为负责人，尚敬提出研发要面向高标准、高定位，力求达到中国标准动车组在震动、噪声、舒适性、平稳性等软性指标上的高要求。在环铁做实验时，开始各项实验均顺利通过，但在测试列车起动加速噪声时却出现了严重超标，很长时间找不到解决办法。团队情绪略有波动，有人着急，有人上火。团队兵分两路，一路耗在现场反复实验，分析测试数据波形，另一路同步在公司检测实验中心进行分析、总结。一个月，整整一个月，通宵达旦的地面验证与环铁实验，终于揭示了牵引系统噪声传播机理并提出了抑制策略，以优秀的成绩通过起动噪声实验。动车组各项性能指标实现了国际领先，创造了巨大的经济效益和社会效益，支撑中国成为世界轨道交通强国。

尚敬出差，能乘坐高铁的旅途，哪怕时间长一点，也常常坐飞机。他尤其喜欢乘坐复兴号，电机清脆悦耳的声音，在尚敬听来犹如天籁，是世间最美的乐章。

随着云计算、大数据、边缘计算等智能化技术的发展，2015年，尚敬组建团队，瞄准重载机车自动驾驶开展技术研究，建立计及车辆纵向冲击的长大编组列车分布式动力学模型，攻克了多约束条件下的广义最优运行曲线动态规划与预测控制技术，解决了重载列车大坡道起车、循环空气制动、精准停车控制等一系列问题，在国际上率先实现了重载机车的自动驾驶，在神朔铁路、西安铁路局等多个路局实现了正式商业运营，使中国重载货运自动驾驶技术走在国际前列。

2016年之后，尚敬从技术研发转向技术管理、规划和推进工作，投入大量的精力进行前沿技术布局、新产品研发规划、基础能力提升、核心平台构建和人才队伍建设。岗位变了，但他为中国轨道交通服务的初心从未改变。

对尚敬的采访只有10分钟，作为株洲市政协委员，10分钟之后他要去参加一个非常重要的会议。

3. 久香沉香楼

李小平接到采访通知的时候，其实已经订好了下午的机票。作为株洲中车时代电气的资深区域营销经理，他不是在出差，就是在去出差的路上。李小平盘算了一下时间，提前约好车，挤出一个半小时应该没有问题。

每次上楼前，路过"沉香楼"的碑刻，他经常会不自觉地停顿一下，有时候走得匆忙，但心头也会闪念一下。

"沉香楼"的由来，中车株洲电力机车研究所的年轻一辈现在只能从简介上获知一二。而要想真正地了解那段岁月，恐怕还得从株洲如何成为今天之株洲说起。

株洲，又名楮洲，古称建宁。在三国东吴时期设置建宁县治。自南宋绍熙元年（1190年）定名株洲，沿用至今。

中国近现代史上，有多座城市被火车改变了命运。山东青岛、河南郑州、河北石家庄、湖南株洲等等，在这些被铁路改写命运的城市中，湖南株洲被称作"火车拉来的城市"。

光绪三十二年（1906年），湖南境内第一条铁路株萍铁路建成通车，在与现代文明结缘的时间节点上，株洲在湖南省域内占得了先机。株萍铁路是专为清政府筹建的汉冶萍公司运输而修建的，目的是将江西萍乡的煤炭运到汉阳的钢铁厂。1936年，粤汉铁路在此全线贯通。国民政府在株洲田心地区成立蒸汽机车修理厂。一批立志实业报国的青年才俊汇聚于此，在一片稻田上打下了株洲轨道交通装备产业的第一根桩基。1937年，株萍铁路连接浙赣铁路，杭州至株洲1004公里全线贯通；同年，湘黔铁路从株洲田心站开始施工，后因抗战爆发而停工。株洲是当时整个中国南部最重要的铁路枢纽。国民政府曾计划将株洲建成"东方的鲁尔工业区"，相继在株洲开办机车厂、兵工厂，完备的工业基础是株洲后来能够成为中国轨道交通装备制造重镇的渊源所在。

新中国成立前，中国可统计的4069台机车分别来自9个国家的30多家工厂，机车型号多达198种，被称为"万国机车博物馆"。新中国成立后，中国铁路事业掌握在了中国人自己的手中。1952年,铁道部决定修复株洲厂,成立了"株洲机车车辆修理工厂",后更名为"铁道部株洲机车车辆工厂"。

1956年是中国现代科学技术发展史上具有里程碑意义的一年。年初,党中央发出了"向科学进军"的号召。随后,国家先后制定出发展科学技术的"12年规划"和"10年规划"。科技事业进入了一个有计划的蓬勃发展新阶段。两个规划的实施催生了一大批科技成果,促进了一系列新兴工业部门和产业的诞生。其中就包括铁路牵引动力"要迅速地、有步骤地由蒸汽机车转移到电力机车和内燃机车上去"。

1958年元月,由铁道部、第一机械工业部组织的26人考察团赴苏联进行为期半年的考察学习。考察团成员中便有铁道部株洲机车车辆工厂的工程师。

1959年6月5日,铁道部颁发《关于设立机车车辆研究所的决定》,设立株洲电力机车研究所、戚墅堰机车车辆工艺研究所、青岛四方车辆研究所和大连机车研究所四个机车车辆研究所。根据铁道部的规划,株洲所的主要职能是进行干线电力机车科学研究及试验,满足铁路日益发展的需要,通过科学研究的方法,保证电力机车发展及生产技术不断提高。

1958年12月28日,新中国第一台电力机车6Y1型0001号干线电力机车在株洲田心机厂下线。虽然机车下线了,但还存在许多问题,尤其是引燃管逆弧、调压开关放炮和牵引电机环火问题严重,直接影响机车的可靠性。经过十年技术攻关,终于将顽疾攻克,1968年下线的6Y1型0008号开始批量生产,被命名为"韶山1型"。随着"韶山1型"上线运行,中国跨入了电力机车时代。

1978年,全国科学技术大会给科研工作者送来暖人的春风。铁道部决定加强研究所的试制、试验基地建设,改善科研条件。株洲所乘势而上,把田心北门的茅塘坳改扩建为株洲电力机车研究所的科研基地。历经3年的前期准备、4年的施工建设，1985年5月，新址科研大楼竣工交付使用。

新大楼，新起点。科技大楼主楼建成后，大家琢磨着给大楼取个好听的名字，既能代表株洲电力机车研究所科研人员的情怀，也契合株洲所的文化底蕴，最终"沉香楼"一名入选。

"沉香"是中国古代神话《宝莲灯》中的人物。西岳华山圣母宫的三圣母下凡，嫁给了人间书生刘彦昌，触犯了天条。三圣母被其兄长二郎神抓走并镇压在华山的莲花峰之下。三圣母与刘彦昌的儿子沉香长大后，师从仙人习得一身本领，打败了自己的舅舅二郎神，劈开华山莲花峰救出母亲，一家人团聚。"劈山救母"的沉香只有16岁，是风华正茂的年纪，沉香的勇敢、无畏，与中国科技工作者心怀大爱、披荆斩棘和科技报国、产业报国的胸襟与志向无异。

此外，"沉香"还是一味中药，是沉香、龙涎香、檀香、麝香四大名香之首，不仅能入药，还能调香。知识分子一度被称为"臭老九"，终于在全国科学技术大会后拨乱反正，迎来了事业的春天，被时代之风拂去"臭"，唯余深沉、醇厚、持久的香气。"沉香楼"一语双关。

株洲电力机车研究所专程邀请当时已经91岁高龄的现代杰出画家、美术教育家刘海粟先生为新落成的科技大楼主楼题写了"沉香楼"，石碑放置在原来的科技大楼一侧竹丛边的空地上。

后来，老石碑不知所终。2019年，株洲电力机车研究所成立60周年，又复刻了一块石碑，并请人专门写了一篇骈文《沉香楼记》，一并刻印在石碑之上。每一个进出科技大楼的株洲所人都能看到"沉香楼"那三个大字，时刻提醒自己秉承着"沉香"精神砥砺前行，勇往直前。

从1959年初创至今，株洲电力机车研究所从一个铁道部所属工厂托管，只有32个人的电力机车技术研发团队，发展成为拥有国家工程研究中心、国家企业技术中心、博士后科研工作站、7个控股公司（含3个上市公司）、员工达7000余人的高科技企业集团。

腾飞始于1984年，那一年，株洲所成为全国首批150家院所改制试点单位之一，在全国大院大所率先自断"皇粮"，即全部取消国家事业费，换来产品研发、生产、销售的经营自主权。

完成了"全取消、全松绑"的体制改革之后，株洲电力机车研究所迎来了千载难逢的机遇。彼时，机车采用的刹车系统为空气制动装置闸瓦。这一装置有着天然的缺陷，在长坡道的铁路线上，闸瓦容易产生过度磨损，给行车安全带来隐患。铁道部组织全国多家系统内单位开展课题攻关，要求用电阻制动代替空气制动。株洲所的科研课题组踏遍了大江南北，考察了信阳、太原、遵义等机务段100多台东风4型内燃机车，实测了大量数据，研制出了能适应雪雨严寒等恶劣环境的电阻制动装置。1987年，电阻制动装置通过鉴定，随即在株洲所和永济、大连等十几个系统内工厂相继投入批量生产，并在东风4、东风8、东风7机车上推广应用2000多台套，直接经济效益达5亿多元。

株洲电力机车研究所与它所在的城市株洲一路相互成全。株洲作为中国轨道交通的摇篮，拥有中国最大的电力机车制造基地、高速动车组制造基地、轨道交通装备研发基地等，被誉为"中国电力机车之都""中国高速动车组之都""中国轨道交通装备之都"。

进入21世纪，株洲电力机车研究所拥有自主知识产权的科技产品从服务铁路电力机车拓展到以铁路机车电子、信息、轨道维护装备为基础，辐射延伸至国内城市轨道交通、电动汽车、风力发电、电子器件、工程机械等多元化市场；在满足国家铁路建设发展需要的同时，实现了"走好两条钢轨，走出两条钢轨"的历史性转变,并大步跨出国门,跃上世界竞争的大舞台。

世界大舞台,也是人生小舞台。株洲电力机车研究所像一块磁石,吸引着越来越多的年轻人来到这里实现梦想。中国专利金奖诞生于沉香楼,远香世界,沉香久久。

李小平是江西吉安新干人。新干县地处赣中腹地,是典型的农业大县,国家商品粮基地。年少的李小平想的是离开土地去读书,科技报国。他是老师、同学公认的聪明人,尤其是高中物理,在班级、年级所向披靡。不怎么学,也无需费多大精力,成绩却总是出类拔萃。平时考满分也就罢了,谁知高考的时候物理也是满分。物理高考满分的纪录,在李小平的高中成为不可超越的奇迹。

1996年,李小平大学毕业。他的毕业成绩在他就读的大连铁道学院电力牵引与传动控制专业是第一名。分配的时候有60个备选单位。李小平毫不犹豫用钢笔在"南京铁路局"一栏打了一个大大的"√"。他想成为穿铁路制服的一员。

没过几天,株洲电力机车研究所也来大连铁道学院选人才,开口就说想要专业成绩好、有研发能力的学生。辅导员想了想就把李小平的资料给了株洲电力机车研究所的招聘负责人。看完李小平的资料后,负责人当即表示想要这个学生。辅导员知道李小平已经选择了南京铁路局,但还是想征求一下他的意见。

"小平,你喜欢火车,我是知道的。我也知道你想去南京铁路局,也已经做了选择。现在情况是这样,株洲电力机车研究所特别想要你,你要不要考虑一下呢?你想啊,你的专业如果去了铁路局,未来就是搞维修,但如果你去了株洲所,那是制造火车的地方,是不是更学有所用?"

"好,那我去株洲电力机车研究所。"没用辅导员费多少口舌,李小平就改变了主意。把决定他职业命运的"√"改在了株洲电力机车研究所那一栏。

1996年的湖南株洲田心茅塘坳完全是一片乡下风光，除了株洲电力机车研究所几幢孤零零低矮的办公楼，周边是一片农田。办公室、宿舍、食堂，三点一线，跟在大学校园里差不多，但彼时的株洲电力机车研究所可比李小平刚刚毕业的大学环境差远了。就这条件，老师傅们还跟他说："这就不错了，以前还是平房呢！你来报到，最起码还有个汽车接你，当年很多人都是自己拖着所里唯一的一辆板车把行李从火车站拉过来呢。"

茅塘坳，有茂盛的芭茅，也有深深浅浅、大大小小的水塘。野火烧不尽，春风吹又生。科研之余的闲暇，老老少少、男男女女都会很自觉地拿出各自称手的工具去除草，后来新的科技大楼盖起来，路面硬化，修建了专门的绿化带，才把杂草彻底驱逐出了视线。

李小平倒是很少参加义务劳动。他经常出差，好像从来到株洲电力机车研究所到现在，他一直保持着一种动态。一年中有6个月以上是在出差，最长的时候曾经在一个地方待过3个月；短的时候，一来一回再加上处理问题的时间，最起码一个地方也得停留3天以上。

对于2019年获得中国专利金奖的"一种用于动车组的快速粘着控制方法"，李小平坚定地说，这是团队作战的成果。他既不夸大，也不自谦自己在曾经的团队中的位置与作用。李小平最推崇的一句话，是株洲电力机车研究所前任董事长、中国工程院院士丁荣军说的："研究所离开谁都行，研究所离开谁都不行。"

在李小平看来，从理解需求到形成方案，从系统结构到实验数据，再到具体实践，尚敬、刘可安、李江红、胡云卿、喻励志以及他自己，他们每个人都站在自己最适合的位置发挥了最大功效。

中国高铁从跟随者到领跑者，它起步晚，但发展快，最终能领跑世界，靠的是什么？

这个问题，李小平认真地思考过。中国幅员辽阔，从南到北、从东到西，陆地面积约 960 万平方公里。截至 2023 年底，全国铁路运营里程达 15.9 万公里，高铁运营里程达 4.5 万公里。2016 年提出构筑"八纵八横"高速铁路主通道，设计总规模约 4.5 万公里。

世界单线运营里程最长的高速铁路京广线，世界等级最高的高铁京沪线，世界最北的高寒高铁哈大线，世界跨越海拔间距最大的高铁兰新高铁……中国每天开动动车组 1000 多对，上万套设备不间断运行，年发旅客量 10 亿人次，一条铁路、一列机车跨越几个气候带和多样地质层，耐受正负 40 摄氏度考验，穿越大漠戈壁、草原风沙、崇山峻岭、松软湿地以及高盐临海等复杂地质环境，高强度、大密度地运营，为中国高铁积累了丰富的运营经验以及运维大数据。

截至 2023 年底，"八纵八横"主通道已建成投产 3.64 万公里，占比约 80%。中国是世界上高铁建设运营规模最大的国家，比日本、西班牙、法国、德国、意大利等国所有的高铁运营里程总和还多得多。目前，中国拥有全球最为庞大和完整的高铁产业供应链，配套产业涵盖设计研发、试验、生产和运营维护。

中国第一条高铁在 2008 年北京奥运会开幕前一周开通，从天津到北京只需要 29 分钟，列车最快时速为 350 公里。此后中国高铁发展日新月异，中国高铁综合试运营速度不断刷新世界纪录，和谐号 CHR380A 和 CRH380BL 在京沪高铁线上试运行时就分别创造了时速 486.1 公里和时速 487.3 公里纪录，实验室轮轨试验时速达到 605 公里，足以与世界高铁最快纪录的法国 TGV、日本新干线比肩，均属高铁速度的世界前列。

创新是引领发展的第一动力。中国高铁之所以领先世界，关键因素就在于创新，是科技创新和产业技术的进步，引领了中国高铁又好又快地发展。中国高铁发展历经了三个阶段：2004年前的技术积累期，2004年至2008年的技术引进期，2009年至今的全面自主创新期。

实际上，高铁包含了高速列车动车组和铁路轨道，即所谓的线上和线下两个部分，线上部分主要是车，线下部分包含了接触网、桥梁、轨枕、隧道、路基几个部分。高铁又有轮轨和磁悬浮之别，中国高铁目前主要采用轮轨模式。轮轨关系、弓网关系和流固关系，是高铁系统的三大技术理论课题，分别研究车轮和轨道之间的耦合关系、受电弓和车顶的电网之间的关系以及列车运行空气动力学影响。除了基础理论原始创新，相对发达国家长达半个世纪的高铁技术发展而言，中国高铁的最厉害之处莫过于集成创新能力。

高速列车动车组的科技含量最高。其关键技术中国完全自主掌握，包括总成、牵引传动系统、转向架、车线、网络控制系统和制动系统等九大方面。网络控制系统被称为"高铁之脑"，而牵引传动系统则是"高铁之心"。车头也完全自己主导设计，由于运行环境比飞机更复杂，车头科技含量丝毫不低于飞机机头设计，而中国高铁的车头，跑起来的空气阻力比原来的动车组降低4%，据说每年可以节电6亿千瓦时。"头""脑"和"心"等九大关键技术和受电弓、空调系统等十大配套技术，共5万个零部件的技术创新活动，集中体现在CRH380中国标准动车组身上。其融合了交流传动技术、复合制动技术、高速转向架技术、减阻降噪技术等一系列最新科研成果，实现了众多技术创新与系统优化，是高铁技术集成创新的集大成者。

高铁的线下部分，更是中国高铁的强项。新中国成立后不久，中国的铁道兵在抗美援朝战争中被称为"世界上最顽强的铁路修筑者"，拥有不可思议的技术和决心。技术和精神的传承，使得今天的中国高铁在架桥铺路方面，无论速度还是精度，都是世界第一。减震性轨道技术、车体密封技术、弓网受流技术等一系列的科技创新，确保了中国高铁平稳、舒适、快捷、安全地运行在神州大地上。

中国动车组已取得累计千余件相关专利授权。中国铁路已经掌握了设计、制造、适应各种运行需求的不同速度等级的高速动车组列车成套技术，具备极强的系统集成、适应修改、综合解决并完成本土化的自主创新能力，最终形成自主技术标准与设计，复兴号标志着中国高速动车组完成了从"中国制造"向"中国创造"的跨越。

得标准者得天下，谁掌握了标准，谁就掌握了游戏规则。中国标准动车组构建了体系完整、结构合理、先进科学的技术标准体系，其采用的254项重要标准中，中国标准占84%，其中株洲所归口制定的标准达30余项。

20世纪60年代，在标准化意识极其淡薄的年代，株洲所率先在机车车辆电气、通信信号、牵引供电三大专业领域全面开展标准布局，构建了完善的技术标准体系，其中株洲所牵头制定核心系统及设备标准近70项，遥遥领先国内同行。2011年6月，株洲电力机车研究所的专家团队用缜密的逻辑推理、扎实的理论功底、无可挑剔的验证数据，第一次在国际标准化舞台上慷慨陈词，震惊了国外同行。株洲所的第一个国际标准《轨道交通地面装置电力牵引架空接触网用复合绝缘子的特殊要求》就这样诞生了，实现了行业国际标准制修订"零"的突破，开创了中国轨道交通领域主持制定国际标准的先河。2016年，株洲所荣获中国标准化领域最高荣誉"中国标准创新贡献奖组织奖"，2022年，又获得中国标准创新贡献奖标准项目奖一等奖。截至目前，株洲所主持制定的国际标准已经多达15项，深度参与国际标准则有几十项之多。

看看时间，李小平该去机场了。他要去大连，去那座曾经承载他青春梦想的城市，履行作为株洲中车时代电气资深区域营销经理的职责。

中国高铁成为中国走向世界的新名片，正是无数名身怀绝技的沉香，劈开科技难题之山，救出落后中国之母亲，成就了中国高铁的世界品牌。李小平也只是沉香楼中的一位身怀绝技的沉香，而那一项项造福人类的高铁科研成果亦是沉香，历久弥香的沉香。

4．少有人走的路

> 我根本不考虑结果。如果我这么想，就只有死路一条了。结果不是我所关心的，我只是去做我觉得是正确的、应该去做的，其余的就交给天意。——《少有人走的路》

李江红最近在读《少有人走的路》，他觉得获益匪浅。

很多年了，李江红都保持着这样的习惯，投入地忙碌一段时间之后，在文学、历史、哲学、心理学类别中任意选取一本书来读，总会有意想不到的收获，总能让他在最短时间内平复焦躁、恢复心力。

李江红是株洲电力机车研究所创立之后引进的第一位博士。

博士是李江红的最高学历，他的第一学历是中专。李江红的人生故事是一个逆袭的故事，是一个心志坚定的人不断超越自我的故事，是一个关于方向、目标与选择的故事。

1971年，李江红上初中时，学习成绩出类拔萃。在他求学的年代，流行的是考上中专早就业。也算是顺应潮流，李江红在湖南湘潭机电专科学校读了2年中专。他心有不甘，临毕业的时候决定再读个大专，于是又读了3年。人家4年读完本科，李江红"2年+3年"念了一个专科。本来还想着专升本，前思后想还是算了，先找工作吧。

1991年，李江红成为长沙电器研究所检测中心的一名技术员。

长沙电器研究所设汽车电器检测中心、《汽车电器》杂志社、全国汽车标准委员会电器分委会秘书处和产品开发部四个部门。李江红所在的汽车电器检测中心是专业从事汽车电器检测业务的第三方检测机构，其前身是1962年创建的长沙汽车电器研究所实验室，自创建之日起，一直担负着全国汽车行业的汽车电器和电子产品的鉴定、实验与质量检测工作。

检测中心技术员的工作单调且乏味，重复性工作多，没有挑战性，是那种从上班第一天基本就能看得到退休的状态。日复一日，年复一年，在检测技术员的岗位上，有的人被磨去了锋芒，而有的人则在反反复复中积蓄爆发。李江红属于后者，他在一天天的煎熬中重新拿起了课本备战。知识可以改变命运，他要考研。1994年，李江红成功考取长沙铁道学院运输自动化专业的硕士研究生。3年后，他又考上了上海交通大学的博士研究生。

在上海读博士期间，每年李江红都会到株洲，他的爱人在株洲。彼时上海到株洲的高铁还未开通，只有普通列车，要十多个小时才能回到爱人身边。临近毕业时，李江红的硕士导师刚好跟株洲电力机车研究所有项目合作，有导师在其中穿针引线，再加上爱人在株洲，李江红没有丝毫犹豫，博士毕业之后就直接加入了株洲电力机车研究所。那一年是2000年，恰好是中国高速列车牵引控制技术的自主蝶变开局之年。

列车速度越来越高，电力牵引及其控制技术发挥着越来越重要的作用。电力牵引经历了两代技术的发展，第一代是直流传动技术，第二代是20世纪70年代问世的交流传动技术。相比直流传动，交流传动在电机功率、体积、质量以及可维护性等方面具有更大的优越性，逐渐成为高速、重载牵引的不二选择。

上班不久，李江红就接受了研究所委派的粘着控制算法的研发任务。从内燃机车到电力机车，再到高速动车组，不同的机车需要不同的牵引力，也需要不同的粘着控制。最初的研发团队只有三个人：一个是李江红；还有一个是李江红长沙铁道学院的硕士校友，后来移民去了美国；另外一个是个本科生，后来因为个人原因辞职离开了研究所，只有李江红一个人坚持了下来。

2003年，李江红开发了一个软件，把粘着控制相关数据全部数字化、可视化。有了这个软件，株洲所的粘着控制研究如虎添翼。在很长的一段时间内，李江红的研究小组是在做粘着试验的数据整理与收集，内燃机的数据、电力机车的数据收集，从直流到交流，粘着控制的新老技术之间没有传承关系，并非技术的迭代，新技术完全是另起炉灶。最大的压力是没有人可以商量，做了大量的基础性研究，最终取得了创新性的突破。再到"一种用于动车组的快速粘着控制方法"课题组搭建起来，群贤毕至，又实现了从量变到质变的飞跃。

如果说我们前半生是努力追寻自我，那么后半生就要放下自我，让自我追随灵魂。——《少有人走的路》

刚结婚的时候，李江红的家在株洲，那是因为爱人在株洲。后来爱人因为工作变动去了长沙，家也就搬去了那边。无论长沙还是株洲，都是长株潭城市群不可或缺的一部分。

长沙的家在雨花区韶山路，每个周末，只要没有特殊情况，李江红都会坐着高铁回家。长沙南到株洲西只需15分钟，长沙站到株洲站也不到一个小时。株洲的家就在研究所附近，当时在这么偏的地方置业，一来是因为方便，二来这边房子的性价比更高一些。

李江红已经坚持跑步多年了。当初的第一跑，是在读了村上春树的《当我跑步时我谈些什么》后开始的，而后渐入佳境，一发不可收。无论何事，赢了别人也罢，输给别人也罢，都不太计较，倒是更关心能否达到自己设定的标准。在这层意义上，长跑是与李江红心态完全吻合的体育运动。跑步如同一日三餐、睡眠和工作一样，被组编进了李江红的生活循环中。

无论身处长沙还是株洲，只要天气晴好，李江红都会在早上坚持跑步半小时。无论做什么事，一旦去做，非得全力以赴不可，否则不得安心。跑步如是，读书如是，工作亦如是。

5．拾年之约

夕阳西下，下班时间到。大部分人关闭电脑，脚步匆匆离开办公室，也有人老僧入定般坐在自己的工位上继续工作。株洲电力机车研究所不提倡加班，这只是个人选择，不鼓励，却也不干涉。

夕照中的"沉香楼"石碑，竟然显现出一丝不属于石材的柔和，就像这栋科技大楼里的科研工作者一样，看似文弱，在血脉里却深藏果敢与坚毅。

离开株洲电力机车研究所，入口处的老门楼岿然屹立，无论你是抵达还是挥别，它都是入目的第一眼风景。秋天的爬山虎叶片，兼具繁华与衰败之美，明艳的橙黄，热烈的酒红，深沉的梅子红，斑驳的色块环绕着年代感极强的马赛克贴片，在落日的余晖下就是一幅油画。

这座"铁道部株洲电力机车研究所"门楼建于1985年，当时的株洲所从田心东门搬到了茅塘坳。门楼的造型是一个机车头，原本与围墙相连，远远望去，恰如一列行进中的电力机车。后来在建新大楼时，只拆除了围墙，保留了机车头的门楼。2012年，老门楼被株洲市人民政府列为"株洲市市级文物保护单位"，作为文物保护了起来。文物会说话，它们是凝聚的史记。

"铁道部株洲电力机车研究所"老门楼是所有株洲所人难以割舍的记忆，一段关于勇气与智慧的印记。

徜徉在株洲的街头，路灯初明，身边忽然跑过一个精瘦、健硕的身影。标准的奔跑身姿，鞋子、衣服也是专业装备，应该是训练有素的跑者。每一个热爱长跑的人，对"配速"一词都不陌生。配速即每公里奔跑所需要的时间，是长跑运动尤其是马拉松运动在训练中使用的概念。马拉松运动讲究匀速，在匀速的状态下，跑者才能更好地发挥自己的实力。

在与喻励志、尚敬、李小平、李江红对话的过程中，"配速"这个词不止一次地浮现在我的脑海里，他们是一群身体力行，用自己的智慧与才华为中国高铁"配速"的人。心性坚韧，有目标，肯流汗，他们日复一日、年复一年在科技赛道上长跑。那跨越山海、栉风沐雨的中国速度里有他们沉默的付出，他们不是以个人的面目出现在公众面前，而是拥有同一个声音、同一个目标的团队。

回酒店的路上，路遇一家餐馆"拾年烤铺"，宣传语"拾年之约，因缘而聚"瞬间温暖了独在异乡为异客的我。明天就要离开株洲了，挥别湘江，飞往珠江。湘江，一江挽三城，像一条玉带把长沙、株洲、湘潭串联在一起，成为长株潭城市群流动的活力纽带。

在与株洲告别的今夜，邂逅这家湘味满满的餐馆，我相信这是缘。近半个世纪以来，从四面八方汇聚到这座"火车之城"的人们也是这方水土的有缘人，尤其是加入中车株洲电力机车研究所，为中国高铁的飞速发展殚精竭虑的他们，哪一个不是因缘而聚于此？

交通运输从来都是一种战略资源。纵观世界经济的发展历史，主要交通工具的发展可以改变国际政治经济的基本格局。

面向大海，春暖花开。先进的舰船曾经让临海国家的经济腾飞，如今的高铁"八纵八横"于神州大地，最有可能成为下一种改变时代格局的交通方式。千里江陵半日还。高铁正在深刻改变着中国，颠覆了人们关于时间、空间与距离的概念，改变着人们的日常生活。高铁与远洋轮的对接，高铁与大飞机的对接，使幅员辽阔的中国大陆成为经济开放的主场。高铁的技术造福了"一带一路"国家，成了改革开放的中国创新与制造的名片。十年之约，下一个十年的中国高铁，周道如砥，其直如矢。邻桌是沸腾的湘音，桌上是齿颊留香的湘味，那就酒喝干，再斟满，今夜不醉不还吧。

文化沉思：强国行之正是湘江好风景

青春之江

他生命中有一条江，属于他16岁当兵的历史。

那年的冬夜，天刚落幕，载着新兵的军列驶出昆明城郊牛街庄车站，向东，驶下云贵高原。带兵的排长说，终点是南海。从小听惯了山风鼓荡松涛声的他，突然要去大海边观潮，顿时兴奋不已。军列过贵阳，当时，湘黔线尚未修通，500个新兵坐着黑色闷罐车，从贵阳转都匀，然后入桂境，走走停停，军列行了三天三夜，那天深夜过柳州后，次日清晨，细雨空蒙，军列竟然在桂林戛然停下，不走了。天亮时，天阴着，毛毛雨，犹如银针般白茶叶尖落下，烟雨漓江，乃农耕中国的最后一幕挽歌。

歌声未听到，那个年代，刘三姐的歌也属被禁之列，只有几首语录歌风行于世。歌声未起，哨声响了："全体注意，背背包，下车！"接兵排长一声令下，他愣住了，不是说去南海边吗，怎么会在桂林转车？此地离大海很远啊。岂料，蔚蓝色大海未入，他却入了一片林海，那是当年红军激战湘江后，通道转兵的地方。

天色渐白，雾锁漓江，天飘起了冷雨。1974年12月29日的桂林清晨，天上没有太阳，甲天下的山水是一首朦胧诗。200多辆军车停在军供站门前后广场上。因为行程保密，去南海只是一个烟幕弹，入湘西林海，才是真正的目的地。坐在大解放车厢里，上边撑开了帆布，桂林山水在军车的后斗视野里渐行渐远。

彼时，他太年少无知，冥冥之中，他的青春岁月受着一条江、一次战役、一支军队、一群湖南人深远的影响。那条江、那群人、那片地域，将湘人的血性、风骨、韧性深深烙印在他的骨骼里，从此影响了少年的一生，甚至著书立说。

那条江，就是湘江，在桂林市兴安县，离他下军列的地方足有100公里，它掩没在烟雨朦胧雨幕里。少年幸自入潇湘。尽管他身不由己，但唯有心神往之。可是他知道，那里曾经发生过湘江战役，红军过五岭，行至湘江前，蒋介石调40万大军在湘江两岸围追堵截，桂系军阀为阻击红军入境，在湘江一线布有重兵，仅兴安县界的光华铺，为掩护中央纵队过江，红三军团四师一天就有两个团长战死，喋血湘江啊！中央红军从8.6万余人锐减到3万余人。过湘江后，原计划要从湘江上游南下，占领桂林、柳州，后改变方向，向西，从龙胜进入通道。在老县城县溪的通道转兵，决定向贵州挺进。

他坐在大车厢里，盖上帆布顶棚，以遮冷雨。他没有想到，当年红军走过的地方如今成了好山好水，侗寨吊脚楼、鼓楼、风雨桥，好一片烟雨苍山，还残留着远古的鸡鸣犬吠，从后斗车门看出去，山道弯弯，一盘又一盘，迤逦上山，汽车铿铿锵锵地驶上了山顶，没于云间，恍惚中，天上宫阙奔来眼底，苍苍云山，绵绵烟雨。一会儿，又拐得让人目眩，一拐又一拐，盘旋而下，像云一样飘落谷底，古树参天，小溪潺潺，一条银瀑落林间，天地亘古，村夫野老的沉静。

穿过雨幕，大纵谷皆在前方，云海尽览，恰如登人间仙阙。前方车过垭口，盘旋下山，又是相似的风景，连绵数百里。雾落松间，化为牛毛细雨，缠缠绵绵的雨幕不绝，军车又忽悠忽悠地钻入谷底。谷底侗寨连绵，吊脚楼一个接一个，风雨桥横跨河上，山间瀑布高悬，冷溪流泉，行至水穷处，风入松，山涛惊魂，树动，叶摇，水荡，莽林风鼓如涛。

山里行车，二三十迈的速度，跑不起来，整整走了一天。天黑之后，他们坐的汽车驶入了一个吊脚楼相掩的村庄，牛毛细雨纷纷，到了晚上9点钟，他们终于在一个河谷里下车，沿着一条泥泞的小径，一路向上爬，终于在一排茅草房前，找到了新兵连的营盘，放下背包，然后到食堂吃饭，居然是一个杉木皮盖起来的饭堂，也许是饿了，那一顿白米饭、南瓜汤、空心菜炒辣椒，让他吃得很香啊。

晚餐毕，回到茅庐，已经是晚上10点多钟。晚上睡的是大通铺，好在新兵班的训练班长是一位云南老兵，说的是普通话，仍然挂有马街调，令他有一种"老乡见老乡，两眼泪汪汪"的感觉。大通铺一个人挨着一个人，屋里地下挖了煤炉灶，那一夜他睡得很深沉，铁衣冰雨入梦来，点滴到天明。

拂晓，尖啸的起床号将他们叫醒了，排队，出早操，先沿公路跑3公里，再返回到一个不大的操场上，跋正步，齐步走，却是在一片泥浆和雨水中操练。晓色初露，东方的鱼肚白焕然一个大天光，然而太阳被雾藏了，无论一二一的喊声多么洪亮，晨曦都唤不出云罅。

鸡却叫了，但听雄鸡一声长鸣，他的眼睛循声望去，只见远村，黑乎乎的房子，呈吊脚楼之状，前有小河，再前方是片收割后的冬日的稻田，后依苍山，杉木皮做顶的屋脊上，薄雾袅袅，一片悠悠远人村的意境。休息时，他站在一株老橘树下环顾苍山，此地风光风水极佳，令他有点心旷神怡，似有从晨雾中穿越，到了一个不知魏晋的年代。远村，茅草结庐的营盘，现代化的地下长城工程，令他无限憧憬，暗自下决心，怎么也得混一个军官回去，以不负这片青山碧水。偶尔，心中的太阳冉冉而起，可是湘西雨天的太阳却两个多月不曾出来，雨幕铁锁，冰雨、冻雨如帘。他初识双江、渠水，汇入沅水，读懂了雪峰山的性格，半山冷雨半山雾，半年雨雾缭绕，雾里雨里看雪峰，不知哪个是真，哪个是假，冰挂从草庐上垂下，冰凝楚山，一片冰心在锁里，在下江，在双江，在洪江，在高高的芙蓉楼上。

一个少年从军的云南人，到了一片堪称大莽林里的兵营，彼时，他并不知道，这也是一件奇缘，16岁看尽青山、苍山几度夕阳红，然后他从基地调至北京机关。当他后来成为作家时，冥冥之中，突然有了一种文缘天注定的感觉。

因为曾经阅读过那片山水，18岁那年，他在《湖南日报》图书馆偶遇了沈从文。那是一个雾去、雨歇、太阳将出的时刻。先读过那处雾里看冰花的山水，他才与《长河》《湘西纪行》在《湖南日报》相遇了，可是此刻的中国，今夜几点钟？！

1976年夏，他入长沙城，三湘四水，天雨风来，洪波涌起，湘江澧水环长株潭，绕岳麓山而过，潇湘夜雨将尽，湘江北去，一叶扁舟湘江渡。那年夏天，在《湖南日报》学习，第一个周末，他便去了橘子洲头，少年便被《沁园春·长沙》携魂而去，那是只有一个诗人的时代，何况毛词东风吹，正大气象，迷走一个少年的心智、神经及理想，纯粹正常，或者很长时间，还影响了他青年时代的写作语境。然而，站在烈日下的橘子洲头，眼前浮现毛润之与新民学会的"恰同学少年"，夏日里一跃而入湘江，青年搏浪，"到中流击水，浪遏飞舟"。潇湘之水，温润、坚硬、狂放，铸造了湖南人那种罕有的吃苦与创造精神。

傍晚时分，他离开橘子洲头，登上离此不远的岳麓山，此时离秋天还早，枫树葳蕤，一树独峙，一亭鹄立于夕阳，自然享受不到"停车坐爱枫林晚，霜叶红于二月花"的美景了。坐在爱晚亭内，斜阳西下，静静地照着这条江、这座城郭，以及三湘四水的众生。长沙城郭几度毁于兵燹。但是岳麓山这座文山还在，岳麓书院大门前那一副对联"惟楚有材，于斯为盛"还熠熠生辉，高高悬在山门上，这是湖南学子的精神标高啊，更是湖南人创造精神的坐标！感谢朱子创立的书院文化，八百年来依然星光灿然，以至福泽今日，使三湘大地人才辈出，就像湘江之水一样奔涌不息，一点也不容俗。

然而，他对这条江和湖南这块土地的解读，还有湘潭出了一个毛泽东。毛润之的高大身影，投射到中国大地上，遮盖了他的少年、青年。

17岁那年去韶山冲，是朝圣，61岁的作家再去韶山，是要还原《天晓1921》中共一大的断代史，可是第一次的韶山记忆仍清晰如昨。

彼时，青春有幸，他被送至省城报社学习了一年。那个冬天，战友来长沙买照相器材，约他同游韶山。100多公里的旅程，有长沙—韶山直达列车往返。长沙站修得很气派，为当年中国之最；韶山站也毫不逊色，湘人皆以此为傲，两个年轻士兵以游圣地为荣。彼时，已入湖南最寒冷的季节，霜色山枯，芦荻雪白，山瘦水寒，投目处，尽是冰雨冻三湘。可他们的血是热的，眼睛噙着山野的剔透，脸庞溢着内心的崇敬。拜谒毛泽东故居，天冷，二人都穿着军大衣。那时，仿佛从青春中国迤逦而来，伫立于毛泽东故居前的荷塘边上，拍一张合影，芳华从此被毛家祖屋后的韶峰烙印了，再也走不出他老人家的影子。他的思想，不仅影响了一个时代，也给几代人以深刻的教益与启迪，至今光辉未减。

血性之江

61岁来韶山，是中国作家协会组织作家回到人民中间，那是秋天，伫立于18层楼的落地窗前，俯瞰秋山，韶峰兀自而雄，天幕蓝得炫目，田野城郭无云，韶山清晰可见，它虽说不上巍峨，却一览岳麓山之小。彼时，太阳从韶峰冉冉而起，朝霞犹如神火点燃，光焰万丈，普照三湘。转瞬之间，记忆被唤醒。其实，韶山于他、于那代人，一点儿都不陌生。韶山、井冈山、延安等红色地标，成了一代代中国人向往的地方。人间正道是沧桑。百年中国，多少学子奔走于韶山道上。他也几度融入这股激流中，40多年了，湖南这条江、这座山的曦光总在他心中不泯，16岁湖南当兵的历史，对他而言就是一次天赐。

天将破晓，他被后山林中的鹧鸪鸟叫醒了。

鹧鸪、布谷，那是叫春之鸟。起床，匆匆洗漱，他下楼，沿一条木梯拾级而上，去观楚山的日出，走得有点急，气喘吁吁之时，突然感到有一种雨过天晴、晨曦初露的灿然，登顶时，站在一个平台上，那里站了不少人，意在一扫半个月雨的阴霾。

天裂一个大罅，佛光从东方天幕上筛下来，苍苍荡荡，莽莽野野，登高望远，终于让他感受到一种震撼，楚山雄阔，丝毫不输岱岳半分，雪峰山之巍峨，也不输昆仑半分，毕竟这是一座文化之山啊。云开日出，佛光如炬，让他看到了云游此地的楚国大夫屈原，白衣长袍，发髻高绾，向着他们飘来，垂直而下。他蹚的雪峰的第一条河就是沅水，其实就是沅水上游的溆水。溆水如练，青碧剔透，一片冰心向楚山，向郢都啊！可是故国都城不堪月明中，怎么样才能表达屈子对楚国苍生和国君的惦念？问天，九天之上的问号都拉直了，可是"路曼曼其修远兮，吾将上下而求索"。问地，雪峰山上满地盛开的橘花，白白的，在祭郢都之殇啊！忠言逆耳，无人理会，唯有《橘颂》在人间。唉，算了，不问苍生问鬼神，巫师楚讶。山鬼列列，赶尸，已经身心俱灭的屈子想过许多的死法，或跳崖，或用绳索为自己画一个生命的句号，但是最终还是选择了投水，此水通长江，沅水入洞庭，无须赶尸还，鱼儿水浮，会载着屈子之魂入荆楚、入郢都啊。

山鬼已远，国殇文章是为绝唱，楚国死了，六国将亡，一统于大秦，他在云中看到了沅水边上的黔中郡，是为大秦建制，千年一制，让华夏文明世代相传，一如溆水往下，流入沅水，流入黔城那座芙蓉楼上。

一舟渐近，从云中来，从沅水中来。他看到那个佩剑仰天的人，一定是"七绝圣手"王昌龄，此时他早已经吟罢青海长云，辞别巴颜喀拉雪山，回到长安，却因为一次劝谏又被贬到了黔中郡，骑着一匹瘦马，向南。因驿道艰难，换成一叶扁舟，逆沅水而上，从洞庭，抵常德，抵沅陵，再往下，到了雪峰山主峰的洪江。去舟上岸，入驿馆，此时梅正香，可是却冰凝楚山，满眼皆白，好冷啊。大麾无法掩饰山野之远的寂寞，他想家了，想长安的白发高堂，想洛阳城里的亲友，故高吟一首七绝"洛阳亲友如相问，一片冰心在玉壶"。

文心即初心，初心即冰心。次日起身，从今宵酒醒的风月出门，登舟而去，去他任龙标尉的治所黔城吧！

云散，一片大天光，太阳冉冉，照着雪峰山的龙脊。那天下午，他的行程是入溆浦县城，拜谒为建立新中国碧血千秋的一位女侠向警予。她的美貌，她的小楷作文，他早已经读过，可是他还是想看看她究竟出身于一个什么样的家庭，令她会受过这样好的教育，并与那个时代和社会彻底决绝。下午入县城，在一棵大榕树下，走进向警予之家时，他蓦地觉得这是一个出身富庶之家的女子，因为对那个世道、那个社会的绝望，她才走上了另一条路，一条探索中华民族独立、自由、解放和强大之路。

那天下午，出向家大院，走过那株大榕树，他走到了沅水之滨，看清波荡漾，一个个文人墨客悉数走过，他倏地觉得，斯时楚山性格是雅正、斯文的，是一座文化之山，通灵之山。湘江是通灵之江，血性之江，楚巫之江。

力量之江

傍晚时分。从长沙来的朋友皆到齐了，于是 6 点半去餐厅吃饭，坐看雪峰雾霭沉沉，白云飘绕。一窗望尽西岭白云，有一种摄人心魄的美，只是时节已近残春，雪峰山百花凋零。一半雾掩，一半雨来，天幕将落时，坐观云暮晚，推杯换盏入微醺境，夜幕落下，将一幅雄奇的山水画卷漫漶成墨。

那天晚上，他很早就睡下了，听着那片山里的冷雨，渐入梦境。

夜卧冰河，这座大山上的山魂在山巅踽踽独行。一只夜鸟在窗外的林间怪叫，鹈鸟跳跃，磷火点点，将那些长眠在雪峰山上的雄魂唤醒了，抗日战争的最后一战，就是在这座雪山之巅进行的，日本侵略军三个师团，从常德、衡阳和长沙三个方向攻入邵阳一带，中国军队数十万众，成层次配备，与日本帝国军队进行最后的决战。而部署在最前线的那些士兵，则抱着捐躯赴国难的决心与敌军进行殊死的决战，若日本人胜，雪峰山失，则驼峰航线上机场之一芷江机场将被占领，继而，贵阳、昆明，甚至陪都重庆将会岌岌可危，或许这是最后一战，不仅关乎中国的国运，亦关乎那个扶桑岛国的日本人的命运。最终雪峰巍然，中国军队不仅守住了，而且使日本人在攻克了局部的阵地后不战而退，雪峰山一关难越，成了日本侵略军的最后的宿命与梦魇。

他在湘境从军数载，由一个连队的小卫生员到团部的报道员，最后擢升为团政治处书记，一个官阶为小排长的职务，后来他调入了那个堪称夹皮沟里的基地机关。有一年，他到大莽林深的基地采访，第一次领略了雪峰山之雄。他从驻地至绥宁，过洞口，入安江，从雪峰山而过，盘旋于山间，上山几十公里，下山几十公里，登高望远，400多公里的雪峰山崇山无尽，落日余晖，苍山如血。他伫立在一片高地，风入松，林海激荡，如鼓，如雷，如千军万马一夜醒来，奔腾于林海之间。他又看了一眼那片青山，常德保卫战离它不远，衡阳保卫战也在这片热土上进行，中国抗日军队一败再败，可是八百壮士横空出世，那个叫余程万的师长，在沅水之畔的常德城里打出了血性，却于1949年在他的故里昆明大板桥兵败如山倒，让他对这血性的三湘打了折扣。

然，楚有三户能亡秦，楚有三十万众，可以抵御日本鬼子向雪峰山进攻。尽管敌军犹如蝗虫一般向山巅拥来，可中国男儿整连整营地牺牲，甚至战至一兵一卒，终于换来雪峰山岿然屹立，军旗不倒，那一刻，他才真正读懂了雪峰山，这可是一座血性之山，冰雪之山，雄性之山。

于是他的青春岁月，就在那片苍苍茫茫的大山里度过，作为一个为导弹筑巢的工程兵，作为一个19岁的团政治处的书记，在那座小县城里，他目睹了太多的牺牲，为了不再让外国侵略者在这片热土上再找到立功授勋的机会，他与他的战友们用血肉之躯掏空了一座山，建成了一个个地下工程，其浩大正气可鸟瞰地球。可是死人的事情却时有发生。一个大塌方，一次泥石流，竟然一下子覆盖了那些18岁的生命之躯，最多的一次七上八下，一个班的青年官兵七伤八死，可安葬他们的时间却在子夜，葬礼在10点钟之后，默默地生，默默地走，他不解啊，为何不在大白天吹着唢呐，放着鞭炮，轰轰烈烈地送他们上路？为此他去找解放战争时期入伍的老团长评理，却被臭骂了一顿。老团长"国骂"地说："你懂个球，当兵为什么？"他回答说："保家卫国。""那我们来这座小城干什么？为导弹筑巢，也是为了铸造大国之剑，说得好，但是我们大白天吹唢呐，还不搅了小城的宁静啊？"

彼时他懂了"死得伟大，生得平凡"的道理，可是心中还是愤愤不平，于是从那一刻起，他就想写一部书为自己16岁当工程兵的岁月，也为那些大山坍塌一瞬间与青山化为一体的战友。当他36岁，完成了《大国长剑》后，一书获三奖，他回到那个小县城，那座烈士陵园，仰视一峰独秀，那是战友之魂铮铮铁骨般的兀立。于是，他点起了蜡烛，将自己的书一篇又一篇、一页又一页地烧给他们，纸船明烛照天烧。彼时，天风四起，穹顶渐黑，山雨欲来，黑云如挽幛般地落下，一场暴雨将他和他的战友们浇得透湿。那一刻，他知道了自己当兵的这条江，这座雪峰山麓，是一条血性的河，一座雄性的山，有着非同凡响的楚人性格。

潇湘夜雨，他第一次走近潇湘是16岁，他真正抵达潇湘之源，却是61岁。

也是傍晚时分，一叶扁舟，登上李达少年读书的蘋洲书院。这是2019年的初秋，他从湘江搭一条船，驶至潇水与湘水交汇处，秋水长天，白鹭点点，一叶孤舟，蓑翁独钓水中央。是少年李达的老师吗？老师被潇湘夕照所感动，突然吟了一句上联："东西两河皆蔡家。"少年李达仰天一看，潇湘两水汇成了湘江，便脱口而出："潇湘二水汇蘋洲。"那一刻，老师颇为激动，觉得这个15岁的少年已经不再属于自己，也不属于永州，甚至不属于潇湘月夜，他将属于中国。

那个日落黄昏，他伫立于潇湘交汇处，椭圆形看台，饰有汉白玉扶栏，后边是皇皇殿堂，水榭楼台，并立有两座龙碑。暮霭沉沉楚天阔，听潇湘夜雨，是雪峰山瑶族女人敬酒的高山流水，湘女萧萧的知音。那一刻，湘江流动的楚人密码，雪峰山的性格，被他解码了，从雨雾蒙蒙的湿润，到英雄莽荡雄性，再到楚辞高吟，七绝不尽的文化，最后皆化入一片湘妃的多情暧昧的性格里。

这就是他对楚山湘水44年的解读、解码。

风流之江

那天晚上，在渔人码头，坐拥湘江，饕餮夜色。无潇湘夜雨，亦无浪拍三楚。他想起毛润之、何叔衡搭火轮去武汉，沿长江而下，辗转上海，出席党的一大寻求拯救中国之道。他想起百年后，在长沙株洲大国制造集群里，中联重科的智慧园，占地2000多亩的制造城，重型挖掘机，吊机底盘和机械臂，并无多少工人，皆由电脑机器人控制安装，喷漆上色的车间甚至毫无味道。每6分钟下线一台挖掘机。三一重工为泄漏的日本福岛核电站反应堆打水降温，骄傲的日本三菱重工对一群楚人佩服至极。株洲中车集团凭借金奖专利制造出的高铁已经跑出时速450公里的速度，邓小平1979年坐日本新干线时的快的感叹，已经被一群楚人用知识产权的力量实现了。

三湘四水啊！

夜朦胧，水蒙蒙，潇湘归来月未圆，天上却有一条星河，与湘江并流。天上一江星，地下一城人。他从橘子洲头青年毛泽东头像前，往李龟年夜宴杜甫的杜甫江阁走去。浊酒一杯家万里，洛城花开，巩县老家老妻和儿子饿死了。茅屋为秋风所破的杜甫，从成都来长沙投靠做太守幕僚的李龟年："龟年兄，赏点酒钱，给点吃的吧。"在那个战乱的年代，朝扣富儿门、暮随肥马尘的老杜，跑丢了布鞋，只落一碗残羹与冷炙啊。还是李龟年够朋友，到底是音乐家、舞蹈家，良心未泯啊，点了一大桌菜，红烧肉、土匪鸭、洞庭鱼、冬旱菜、青菜藤都上了。干，一碗又一碗水酒，好久没有这样喝过了，老杜醉了。斯文不要，面子算什么？就是桌上这碗黑黑的臭豆腐。老杜举杯："龟年兄，待我不薄啊。"

"工部，趁酒兴，吟一首诗吧！"

"好！"杜甫捋一捋胡子。微醺，脸呈酡色，仰天一唱，干瘦的脖子上露出青筋："岐王宅里寻常见，崔九堂前几度闻。正是江南好风景，落花时节又逢君。"

"好诗！喝一杯！"

湘江渔人码头上，付玲、曾光、易小刚、刘永东、尚敬、李江红、李小平端着酒杯过来敬酒。不，他们是捧着专利金奖，朝楚天湘江走来。

正是江南好风景。

不！杜公，正是湘江好风景。好风景不在大唐，而在当下啊。

谁说的，谁让你改的？！

下卷　珠江风

明月生南浦·珠江

　　帆影重星光灿烂。千百年来，云卷云舒间。烟雨蒙蒙如画卷，凛冬已过春回暖。

　　一笑敢为天下先。紫陌红尘，激荡风云变。粤港澳河清海晏，大湾区踏歌怀远。

第十九届
中国专利金奖
（2017年）

专利号
ZL201110437651.3

专利名称
一种无线中继设备的中继方法及无线中继设备

专利权人
华为终端有限公司

发明人
朱 冲 杜 维

无处不在

我们启程去深圳的时候，2023年第5号台风"杜苏芮"也在路上。"杜苏芮"在充沛的季风水汽、超高海温和优良的大气环境中快速增强，仅一天之内便完成了从"台风级"到"超强台风级"的转变，深圳市气象台预计"杜苏芮"有可能成为2023年以来登陆中国的最强台风。

性格多变、让人捉摸不定的"杜苏芮"最终选择在福建晋江沿海登陆，而后一路北上，在第6号超强台风"卡努"的助攻下，横扫整个华北。

强国行采访组每个人的背包里都备了伞，以备不时之需。但"杜苏芮"擦着粤东咆哮而过，只留给深圳一场零星小雨，一场让雨伞毫无用武之地的小雨。

站在下榻酒店的窗前，目力所及处能看到第二天要去采访的华为坂田基地的楼宇群，离得最近的一幢用了绿色幕墙玻璃，是我喜欢的风格。

明天要采访的人名叫朱冲，华为终端有限公司华为IoT（Internet of Things，物联网）软件部主管。

在深圳，我们的采访对象是5个人，华为的朱冲、科大讯飞的潘青华、腾讯的薛迪和中国广核集团有限公司（简称中广核）的张锦浙、周创彬。后4位在网上可以轻而易举地搜索到诸多的资料与报道，尤其是全国劳模、全国优秀共产党员、深圳40年40人之一的周创彬，唯独朱冲是个例外，没有一篇独立的个人专访，为数不多的新闻报道中，只有一个模糊的瘦高的身影，甚至连一张清晰的照片都找不到。我们是到了深圳才知道，朱冲目前在西安华为研究所上班，每个月会到深圳工作几天。那天，朱冲要在下午下班后才会搭乘夜间的航班从西安飞到深圳，接受第二天的采访。当然，接受采访仅仅是他此行的一部分原因，更多的是工作因素。

彼时的朱冲还是西安、深圳"双城记"的工作模式。采访结束，没过多久，他就双城变西安、深圳、武汉三城，后来又增加一城南京，经常需要在西安、深圳、武汉、南京多地之间辗转。他白天正常上班，从此城到彼城，大都安排在夜晚。这也是大多数华为人早已习以为常的工作模式。此为后话。

根据中国 IT 人才市场猎头机构 Boss 直聘发布的《2023 年中国程序员人才发展报告》，中国程序员总数约为 600 万人。这是广义的程序员，从某种程度上来说，深圳的 5 个采访对象都在这个庞大群体中。如果给这个以男性为主的群体画像，应该很容易找出他们的共同点：年轻、社恐、高学历、高收入、高压力、与家人聚少离多……他们身上的标签很多，但标签化则意味着简单化，他们怎么可能是一群简单的人呢？他们应该比大多数人更敏感，对生活有更多的感知，才能化繁为简，把世间千万种形态归结为一道道程序。撕掉标签，他们应该是一群隐身在无法用语言直观描绘的代码丛林中热气腾腾的灵魂，有血有肉，会哭会疼，或高或矮，或瘦或胖，或眉清目秀，或南人北相。他们极度相似，却绝不雷同。既然自然界找不出两片同样的叶子，那自然也就不可能仅靠几个关键词就涵盖了一个群体，哪怕他们的特点是那样集中、突出且相近。

著名摄影师罗伯特·卡帕说过："如果你拍得不够好，是因为你离得不够近。"所以非虚构写作离不开采访，面对面的采访。如果作家无法真实地还原被采访对象，那只能说明采访得不够深入、透彻。

那天朱冲说，无论多晚他都会赶到深圳，并且会与我们入住同一家酒店。

第二天，晴空万里。在约定的时间，我们在华为坂田基地见到了朱冲。他迎面走向我们，如清风徐来，我脑海里一下子涌进来无数个与"清"字搭配的词语：清新、清秀、清爽、清朗、清净……不胜枚举。1984年出生的朱冲，39岁，正青春。我见过他，早餐时间，在酒店的餐厅里。

当时朱冲坐在我右前方的三点钟方向，之所以注意到他是因为他吃得极少，一小碗放了红油的粉，还有三块水果。相比周遭餐盘里五颜六色堆得如小山般高的其他食客，他显得有些另类。邻桌，包括我在内的所有人，我们都是一只手拿着手机，用另外一只手吃饭。他不可能没有手机，但他选择放在口袋里。在早餐时间专心吃饭，吃得虽然少，但专心致志，享受一碗粉的香醇和水果的清甜。他穿着一件黑色的T恤，左胸前绣着"Harmony OS（鸿蒙系统）"。

这家酒店毗邻华为坂田基地，华为员工出差住在这里本就在情理之中，而且餐厅里穿梭往来的不乏与他一样身穿带有华为鸿蒙标志T恤衫的身影。在那一刻，出于作家的直觉，我十分笃定，这个戴着黑框眼镜的年轻人，大概率就是我们今天上午预约见面的朱先生。

握手时，微笑着寒暄。对朱冲而言我们是初识，但对我来说则是重逢，是再次相见。

1. 不惑之年的生日礼物
——鸿蒙开拓者

刚刚过去的2024年春节，与以往记忆中略有不同，但相差也不大。

中国乡村的变化不是《热辣滚烫》的女明星断崖式减肥，一年甩掉一百斤的判若两人，而是一点点向着美好演变。

这里是湖南娄底双峰一个普通的村落，房子是一砖一木盖起来的，不是深圳速度的三天一层楼。每次回来，都会发现村庄又多了几幢簇新的房子，有门前耸立罗马柱的欧式城堡,也有徽派的灰瓦白墙,或是正被一车一车地运进来的建筑材料,然后在看不见的时间里一点点地被工匠堆成亭台楼阁。朱冲回老家的频率并不高,母亲说他像一只花喜鹊,长足了身量就扑棱着翅膀飞走了,自己衔草在武汉又筑了一个新巢,就像湘江的方向是长江,而大江的归途又是海洋一样。

春节前,母亲身体出了一点小状况,有惊无险。盖房子是一项大工程,虽说无须身体力行自己动手,但谋划也是一个体力活。再加上要搬进搬出,等新房子盖好还要里里外外地收拾,一切停当少说也得大半年的时间,费时劳神。母亲的鬓角又多了些许白发。中秋节前的周末,朱冲抽空回了趟老家,陪母亲吃吃饭,陪她去老街上开了 30 多年的梦思美发屋烫头、染发。看着母亲被奔四的儿子专门陪着做头发,陶醉在老姐妹艳羡的眼神里,一脸傲娇,朱冲忍不住就想笑。

母亲的人生是一部标准的大女主剧。没念过几年书,但从来没有算错过一笔账,无论是经营烟酒批发还是水果批发,口算心算与计算器比分毫不差。母亲说朱冲数学成绩好是遗传了她的基因。母亲永远不服老,用微信学着打字,努力跨越湖南口音与汉语拼音之间的鸿沟。母亲在 2022 年的时候一度痴迷练琴,年近古稀的人记谱有些吃力,她用自己独创的方法熟记曲谱,且每天晚上坚持练习两小时。老来学艺,不用扬鞭自奋蹄。每每与朱冲视频时,母亲都要炫一下琴技。母亲像大地,像河流,深厚、包容、润物无声。朱冲性格中来自母亲的底色更多一些,这种影响是潜移默化的,甚至直接左右他选择未来共同生活的伴侣的标准。爱人无须是工作中的知音,爱人是生活本身,是脚踩大地的舒适与安居。灵魂时刻悬浮在虚拟世界里的程序员,更需要淳朴浑厚的大地来滋养与支撑。

朱冲老家的房子是 10 年前盖的,正是半新不旧最具烟火气的时候,住在里面格外熨帖。与他一起长大的小伙伴已经把自己的房子盖了拆,拆了又盖,折腾两三回了。要不要也把家里房子翻盖一下呢?朱冲拿不定主意。龙年春节这件事还作为议题,一家人在饭桌上郑重地商量了一番,结论是再等等。老房子住得这么舒服,就先不折腾了吧。再说也不老,才10年房龄而已。

朱冲记得小时候家里有很多线装书,大都是医书,这里有,那里也有。以前的房子小,书多。后来不知怎的,左少一本,右少一本。等到10年前搬新家,淘汰了一批旧的家具家电,一切焕然一新,家里只剩下一本乾隆七年刊印的《医宗金鉴》。这本古书用的是宣纸,有的书页上还能寻得残存的植物纤维,竖排,繁体字。朱冲认识的为数不多的繁体字就是小时候看家里的医书打下的底子。这一点跟三一集团的刘永东有点像。刘永东读的是爷爷收藏的《三国演义》,而朱冲读的是《本草纲目》。从小养成的阅读习惯一直坚持到今天。在湖南娄底双峰一带,"耕读传家"是被刻印在基因里血脉相传,皆因曾国藩的余韵百年不衰,"千秋邈矣独留我,百战归来再读书"。

朱冲也觉得,男儿如果不读书,那就去参军入伍好了,报效国家。只不过他选了读书,走的是另一条兴国之路。

每次翻腾家里的旧物,他总会有惊喜,今年朱冲找出来一组9个袖珍银器。黑乎乎的氧化银,用干净的软布擦拭一番,有寿星,也有人形瑞兽。朱冲拍了图片,请教自己熟识的文物专家,得到的答复是:这些银饰一般缝制在小孩冬天戴的帽檐上。9个中器形略小的人形瑞兽是八仙,八仙手执的法器也各不相同,承担的护佑职责也不同,有的主智慧,有的主健康,还有的主学业。器形最大的那个是南极仙翁,也就是老寿星,寓意长命百岁。文物专家只看了图片,无法准确断代,只是告诉朱冲物件基本符合清末的特征,也有可能是民国的。经济价值不大,但作为寓意吉祥的传家宝还是值得珍藏的。

手心里的物什被朱冲的手焐热了。他想象不出如果把这组银器缝在女儿朱灵儿的帽子上，小丫头戴上会是怎样的效果。

　　灵儿是出生在武汉的湘妹子。有了女儿之后，朱冲觉得自己的心态、看事情的方式、对世界的理解都有了变化。第一次抱起香香的软软的小精灵时，在那个瞬间，朱冲有种不可抑制的甘愿把自己的生命交给她的冲动，是毫无保留的全身心的交付，只要你要，只要我有。那种感觉很陌生，却又似乎存在了很久，只需要一个按钮，点一下，从此开启，尔后便一发不可收。

　　新冠疫情三年，朱冲没怎么带朱灵儿回老家。龙年春节，他早早就做好了计划，要带着妻女回湖南老家过年。最高兴的莫过于老母亲，她接到电话时恨不得折叠时间，第二天就是大年三十。

　　大年初一，家家户户互相串门拜年，说一箩筐的吉祥话，似乎要在这一天把一年中所有的祝福送出去。每家都会准备各式糖果，给上门拜年的小孩子分发。小时候村里还会耍龙舞狮，朱冲会穿得喜气洋洋，走在队伍的最前面，端着盘子接彩头。他模样讨喜，在村里一圈走下来，盘子里的糖果要比别的小朋友多出一倍。朱灵儿第一次感受爸爸儿时的乐趣，喜不自胜，乐此不疲。初一拜年，战果丰硕。小丫头不吝啬，跟家人一起分享她甜蜜的收获。初二一大早，她兴冲冲早起，撒娇要爸爸继续带她去拜年讨糖。糖果在朱灵儿眼中不具备食物属性，而是游戏成果。

　　每去一家拜年，朱冲都会留意一下他们家的路由器品牌。TP-LINK、小米、华硕、华为、腾达、水星、领势、友讯、中兴、钛星人……五花八门。路由器市场巨大，各个品牌各显神通。每个人都有选择的自由与权利。根据2023年8月28日发布的第52次《中国互联网络发展状况统计报告》数据，从1994年中国第一个网民上网，到2023年网民数量达到10.79亿。

　　1994年，华为公司成立第7年，创始人任正非50岁。这一年华为营收达到10亿元。任正非说："10年之后，世界通信制造业三分天下，必有华为一席。"

1994年的时候，朱冲还在幼学之年，10岁的小朋友，圆睁着幼鹿一样的眼睛看世界。互联网与他万里之遥，离他最近的一张网，是老家的老屋墙角那只褐色的蜘蛛吐丝结成的蜘蛛网，后来被女儿用彩铅画成了一张图画。

女儿经常会在无意间带给朱冲诸多灵感，让他换一个角度来审视自己的工作。从敲下第一行代码，写出第一个程序，申请第一个专利，从1到N。代码、程序、专利，朱冲是它们的缔造者，让它们随字节舞动，获得五感六识，拥有存在的意义与价值，而它们也会成为朱冲生命的有机组成部分，像他的分身、他的"孩子"，它们如鳞片般一片片扦插、镶嵌，金光闪闪，集结、汇聚成一副荣耀的铠甲。他爱女儿，也爱程序组成的孩子。女儿带给了朱冲幸福、乐趣，程序也给他带来了令人激动的快乐——2017年的中国专利金奖。

春节前，朱冲的书柜里又多了一块奖牌：鸿蒙开拓者。数万华为人，数百位鸿蒙开拓者，朱冲是其中之一。获得纪念章的那天，刚好是他的40岁生日，黑骑士玫瑰芬芳馥郁，也算是最好的生日礼物吧。

精进的中年

提升对时间的掌控力

独立自省

——摘自朱冲的华为备忘录

2．而立之年摘得中国专利金奖　　2017年，华为终端有限公司申报的"一种无线中继设备的中继方法及无线中继设备"专利，一路过关斩将，闯进了答辩环节。并不是所有参评的专利都需要进行答辩，只有具备争夺金奖项目资格的才需要现场答辩。

接到国家知识产权局中国专利奖评审办公室的通知，要求国庆长假结束后立刻去北京答辩时，朱冲在拉萨，跟同学们在一起。

这趟西藏之行，他们已经酝酿了很久，旅行计划都制订好几年了，终于在2017年国庆长假才得以成行。只是没想到，几个人中一向身体素质最好，足球、篮球满场飞，骑车、登山都不在话下的朱冲，居然是高原反应最严重的那一个。严重到必须停下来，不再前行。兄弟们不抛弃、不放弃，为了照顾他，大家不得不在去林芝的路上中途下车，投宿在桑耶寺。

西藏是个神奇的地方，停下来，慢下来，朱冲很快就恢复如常。躺在床上，半梦半醒之间隐隐听到有人在低声哼唱。歌声幽怨，如泣如诉。一觉醒来，呼吸顺畅，神清气爽。

"桑耶的白色雄鸡，请不要过早啼叫，我和相好的情人，心里话还没有谈了。"原来仓央嘉措诗中的桑耶寺就是这里。

朱冲平时喜欢读诗词，短小、凝练，含义隽永。尤其喜欢苏轼的词，最喜欢《行香子·述怀》中的"清夜无尘，月色如银。酒斟时、须满十分"。无数个月朗星稀的夜晚，与团队的兄弟并肩战斗，闯关成功欢庆举杯时，再没有其他言语能抵得过这一句。朱冲曾经买过一本《仓央嘉措情歌》，仓央嘉措的诗情藏在心里，在不见天日的暗夜里秘密发酵，浓郁而深邃，最后化为令自己与他人心神皆醉的句子在日出时恣意吟唱。也许是翻译的问题，读来觉得味道有些寡淡。只是记住了那只"桑耶的白色雄鸡"。没想到，居然就这样误打误撞地遇见了被誉为"西藏寺院鼻祖"的桑耶寺，一座现实中的时轮坛城。桑耶寺仿照印度古寺飞行寺，按照佛教"大千世界"的结构布局而建，是一片由108座殿堂组成的庞大建筑群。

因为担心出意外，朱冲在桑耶寺休整了两天。两天的时间，足以让他了解这座古老寺院的缘起与今朝。在踏进桑耶寺之前，"虔诚"是文字；在桑耶寺的两天里，"虔诚"变得具体、具象。虔诚是藏族老阿妈手中的转经筒，是喇嘛从身边走过时稳健的步伐，是与朱冲差不多年纪的藏族青年每一次磕长头时手掌上那块木板清脆的撞击声，一声，又一声，每一声都让朱冲的心莫名地发紧。

多年之后，朱冲从一个藏族朋友手中获赠一条山羊绒质地的八宝哈达，当华美的宝伞、宝鱼、宝瓶、白海螺、吉祥结、胜利幢、金法轮、莲花在眼前缓缓铺陈开来时，昔日的记忆瞬间复苏。以为的忘却，其实仅仅是记忆在潜水，深入灵魂的美从未离开。

从林芝赶到拉萨，看布达拉宫、大昭寺、罗布林卡，把时间留给人文，错过了拉萨周边的冰川与河谷。假期转瞬即逝，即将返程时接到去北京参加专利答辩的通知。朱冲挥别同学，独自北上。

"一种无线中继设备的中继方法及无线中继设备"专利，是一种全新的路由器信号放大器，旨在提高无线网络的覆盖范围和信号质量，让信号覆盖更广，让接入设备更多，让接入的信息更稳定。朱冲在2010年底入职华为公司，3个月之后的2011年初就完成了这个程序，到2017年获得中国专利金奖，经过了6年多的市场与技术的双重验证。在漫长的6年多里，华为公司依托"一种无线中继设备的中继方法及无线中继设备"专利研发的荣耀路由器，成为中国分布式Wi-Fi技术的领跑者。

要想理解朱冲"一种无线中继设备的中继方法及无线中继设备"发明的

重要性，还得了解一下 Wi-Fi 的发展简史：

Wi-Fi（Wireless Fidelity）指一种短距高速无线数据传输技术，是 Wi-Fi 联盟为普及 IEEE 802.11 的各种标准而打造的一个品牌名称。

Wi-Fi 实质上是一种商业认证，具有此认证的产品意味着其符合 IEEE 802.11 系列无线网络协议，并且通过了互操作性测试认证。IEEE 802.11 系列协议属于短距离无线传输技术，该技术使用 2.4GHz 或 5GHz 附近频段，它允许计算机、智能手机和其他设备通过无线网络相互连接和通信。

Wi-Fi 的发展历史可以追溯到 20 世纪 90 年代，当时美国联邦通信委员会（FCC）放开了 2.4GHz 频段的使用限制，使无线局域网（WLAN）技术得以快速发展。

1997 年，IEEE 802.11 标准发布，为 WLAN 技术的发展提供了技术支持。

1999 年，IEEE 802.11b 标准发布，支持更高的数据传输速率，最高可达 11Mbps。

2003 年，IEEE 802.11g 标准发布，最高数据传输速率可达 54Mbps，成为当时主流的 Wi-Fi 标准。

2006 年，IEEE 802.11n 标准发布，支持更高的数据传输速率和更广的覆盖范围，速率最高可达 600Mbps。

2013 年，IEEE 802.11ac 标准发布，采用更高效的技术，支持更高的数据传输速率和更大的网络容量，速率最高可达 6.9Gbps。

2019 年，IEEE 802.11ax 标准发布，也称为 Wi-Fi 6，支持更多的设备同时连接，并提供更高的数据传输速率和更好的网络性能。

作为第 7 代 Wi-Fi 技术，IEEE 802.11be 引入 CMU-MIMO 技术，最多可支持 16 条数据流，Wi-Fi 7 除传统的 2.4GHz 和 5GHz 两个频段，还

将新增支持6GHz频段，并且3个频段能同时工作。Wi-Fi 7的专利贡献占比排名显示，华为以25.9%高居第一位，高通则以15.2%位居第二，两者差距明显，意味着华为有望在Wi-Fi 7标准专利中占据主导地位。在2013年的时候，华为终端公司基于朱冲的发明开发的Wi-Fi设备就已经开始了与国内外同行的比拼。

站在2024年的时间节点回望，当年的朱冲，一个刚刚入职华为仅3个月的员工，写下的那个程序，像一把利剑撕开了困扰中国Wi-Fi研发进程的夜幕。一道罅隙，透出一缕微弱的光。光像一粒种子，向下扎根，向上生长，终于迎来了枝繁叶茂的Wi-Fi 7标准时代。

登机，在座位上坐定。拉萨飞北京，空中飞行4个多小时。朱冲打开笔记本电脑开始工作，他的专利答辩稿此时还潜伏在大脑皮层的褶皱里，他要像当初敲击代码一样，逐字逐句地把它们请出来，码成文字，阐述给专家。

从哪里写起呢？

"专利背景"，朱冲在文档里敲下4个字，就从这里开始吧！

随着无线宽带上网业务的迅速发展，无线家庭网关产品发展迅猛，然而大功率无线局域网（Wireless Local Area Network，WLAN）设备物理布局具有一定局限性，无线宽带（wireless fidelity，Wi-Fi）信号穿透能力较弱，导致Wi-Fi信号覆盖存在一定盲区，由此给WLAN信号中继设备WLAN Repeater的发展带来契机。其中，WLAN Repeater包括WLAN接入点（Access Point，AP）侧和WLAN客户端侧Client，WLAN Repeater的WLAN AP侧可以接受工作站（Station，STA）设备的接入；WLAN Client侧可以作为STA去连接其他的AP，能很好地作为Wi-Fi信号的延伸有效解决Wi-Fi信号覆盖问题。2011年12月之前，市场上的WLAN Repeater产品，在下行接口（WLAN AP接口）与上行接口（WLAN Client 接口）进行数据传递时，将 WLAN AP 侧下挂的无线 STA MAC 地址替换成了 Repeater 自身的 WLAN Client 侧的 MAC 地址，因此，不是一个真正意义上的 Wi-Fi 信号中继器。然而，在基于 MAC 地址认证/计费的 WLAN 覆盖场景中，例如在基于 AAA 认证计费或 portal 认证的企业级WLAN（AP/AC）覆盖场景中，若采用 2011 年 12 月之前的 WLAN Repeater，则计费方或者认证方只能针对 WLAN Repeater 的 WLAN Client 地址进行收费，而无法对下挂的每一个 STA 的 STA MAC 地址进行区别计费，因而，2011 年 12 月之前的 WLAN Repeater 无法满足基于 MAC 地址的统一认证/计费的要求。

飞机舷窗外是浓得化不开的西藏蓝，看一眼终生难忘。背包里的许愿瓶里装满了纳木错的湖沙，两片树叶比肩而立，交颈厮磨。那是朱冲送给爱人的礼物，唯愿今生不负代码不负卿。

落地北京，夜晚长安街上的灯光明亮却不刺眼。10 月的北京，花团锦簇，喜庆、热烈。专利答辩论文已经在飞机降落前写完，此刻朱冲心境坦然。既然恰逢金秋，那就期待结出硕果吧。

两个月后，2017 年 12 月 13 日，由中国国家知识产权局和世界知识产权组织共同主办的第十九届中国专利奖颁奖大会在北京举行。

第十九届中国专利奖共评选出中国专利金奖 20 项，中国外观设计金奖 5 项，中国专利优秀奖 802 项，中国外观设计优秀奖 68 项。据不完全统计，仅第十九届中国专利奖评选出的 20 项中国专利金奖和 5 项中国外观设计金奖相关产品及工程项目，从实施之日起到 2016 年底，已实现新增销售额 939 亿元，新增利润 96 亿元，新增出口 244 亿元。

第十九届中国专利金奖评审委员会授予朱冲的颁奖词是：

荣耀分布式路由，开启家庭无缝隙覆盖时代。华为终端有限公司的"一种无线中继设备的中继方法及无线中继设备"专利，提出了第二代 Wi-Fi 中继器基础架构，有效提升 Wi-Fi 覆盖质量，是中国在 Wi-Fi 互联互通领域的一项重要技术贡献，发展前景广阔。2016 年新增销售额 53 亿元人民币。

2017 年，朱冲 33 岁，是第十九届中国专利金奖获得者中年龄最小的一位。颁奖结束，朱冲拒绝了所有的媒体采访。

3. 弱冠之年的华为新星

在入职华为之前，朱冲的第一份工作是在国企。一家成立 35 年的科研院所，自有它的秉性与节奏，朱冲跟同事相处非常愉快。在年长的同事身上，朱冲能看到 10 年、20 年之后自己的模样。悟到这一点时，正是武汉的樱花盛开季。樱花是春天的眼泪，在第一声醍醐灌顶的春雷炸响之际，朱冲做出了辞职的决定。既然青春如此短暂，它应该有更绚烂的呈现方式。

为什么会选择华为？当时有特别要好的同学在华为工作，朱冲在他眼中看到了光，他也想要那样的光。朱冲去华为面试，当场写了一道算法。看完朱冲写的算法，面试官原本严肃的脸上即刻挂上了慈爱的"老母亲式微笑"，连看他的眼神都变了，像一只饥饿的饕餮发现了美味，垂涎欲滴。

2010 年 12 月，朱冲入职华为武汉研究所。当时的武汉研究所只有几百人，2023 年已达 7000 多人。

上班第一天，在研究完新员工试用期转正成绩后，朱冲问带他的导师："我怎么才能拿到优秀转正新员工？"

导师抬头睨了朱冲一眼,给了他往年优秀新员工的转正答辩材料:"试用期半年,大概能解决 20 多个关键问题。"

厚厚的一沓材料,白纸黑字,一目了然。朱冲没说话,在心里默默琢磨着要如何从交付质量、交付数量上超越往年转正成绩 A 的同事。

在桂林电子科技大学读硕士时,朱冲曾经在两年内发表过 12 篇论文。互联网江湖里,从来不乏天赋异禀的后来者居上的故事,"小徒弟乱拳打死老师傅"的事例比比皆是。

6 个月之后,朱冲解决了 70 多个产品问题,并在其他产出上明显领先。这 70 多个问题中就包括"一种无线中继设备的中继方法及无线中继设备"。

2013 年,朱冲开始使用微信。这一年他一共发了 4 条朋友圈,其中 3 条与正在从事的工作相关。这一年的最后一天,12 月 31 日,朱冲在朋友圈分享了华为新年贺词《聚焦战略,简化管理,有效增长》:

在即将到来的 2014 年,宏观经济会继续复苏;超宽带、移动宽带特别是 LTE(Long Term Evolution,长期演进,第四代移动通信技术的一种标准)的普及和发展,为电信业迎来新的发展机遇;智能终端将成为人的感官系统的延伸,成为"数字元人"不可或缺的一部分;IT(Information Technology,信息技术)转型和全社会面对信息时代的数字化重构,ICT(Information and communications technology,信息与通信技术)成为企业的生产系统和核心竞争力。这些有利的因素,都预示着 2014 年将是一个新的起点,这个起点不仅仅是华为的,更是行业的。我们将继续在聚焦战略、简化管理的同时,力促有效增长,构筑公司面向下一个十年新一轮发展的基石。

…………

2014年，华为研发投入比2013年增长28%。1994至2014年的20年间，研发投入累计达到1880亿元人民币，完美践行了《华为基本法》的研究开发政策，"按销售额的10%拨付研发经费，有必要且可能时还将加大拨付的比例"。

《华为基本法》从1995年萌芽，到1996年正式定位为"管理大纲"，到1998年3月审议通过，历时数年。这是改革开放以来中国企业第一部完整的公司法，其意义在于中国民营企业首次全面思考未来，第一次考虑如何让公司成为一家符合国际化标准的企业。这是中国杰出企业家的道路选择。

整个2015年，朱冲的所有精力都聚焦在荣耀路由器的研发上，几乎每天晚上都是10点以后下班。曾经连续两天通宵打游戏，只为了验证荣耀路由器的速度效果。玩游戏的确其乐无穷，但玩游戏是为了工作，游戏的快乐也就荡然无存了。两个通宵玩下来，朱冲写下自己的体验：荣耀路由器双CPU硬件加速转发，速度超快。荣耀路由器有资格成为游戏玩家的心头好！

2015年3月，全球知名市场研究公司之一GFK集团公布了3月份中国手机零售监测数据。2015年3月华为手机以13.75%的高份额占有率成为中国市场销量第一，这是华为手机在中国市场上首次在销量上超过苹果等国外品牌。

消息传来，朱冲跟同事打赌，下一个超越将会是华为的智能路由器。

2015年3月15日，中央电视台综合频道现场直播了"3·15"晚会，主题"消费在阳光下"。晚会发布的第三号消费预警是：公共场所无密码Wi-Fi很危险，会偷钱。央视给消费者的建议是，在公共场所尽量不要使用那些免密码的免费Wi-Fi，尽可能使用商家提供的带有密码的Wi-Fi网络。另外，在用手机支付账户或者发送邮件时最好关闭手机Wi-Fi功能，使用手机的3G、4G数据流量进行操作。

对于央视给消费者的建议，朱冲不置可否。想到自己正在参与的智能路由器研发，一时技痒，在 CSDN（中国开发者网络）博客上写下自己的理解。

深夜 12 点，朱冲发了一篇博文：

看了央视"3·15"讲 Wi-Fi，写篇练练手：在今年的央视"3·15"晚会上，央视指出，公共场所 Wi-Fi 很危险，并给出了两条消费预警建议……

央视"3·15"晚会现场演示的 Wi-Fi 盗取密码技术原理是什么呢？是不是加密的 Wi-Fi 就一定是安全的呢？作为普通用户如何做好全面防护呢？

黑客主要通过一个假冒 Wi-Fi（Rogue AP）及管理帧攻击来实现 Wi-Fi 劫持，所谓 Wi-Fi 劫持，就是让用户的手机接入到黑客自己的 Wi-Fi 网络，我们可以简单梳理一下攻击过程：黑客使用自己的路由器设置一个用户正在连接的相同的 Wi-Fi 名字，通过管理帧攻击断开用户手机当前 Wi-Fi，当手机断开 Wi-Fi 后一般会自动重新连接之前的老 Wi-Fi，此时，手机可能会自动切换到黑客设定的 Wi-Fi 名字，这样黑客就实现了劫持，就可以像央视"3·15"现场演示的那样对用户数据进行分析。用户手机的数据（如支付宝支付、登录银行账户）及手机某些软件自动发送的数据（如央视"3·15"演示的邮箱密码）都会由黑客假冒的 Wi-Fi 设备进行转发，所有通过黑客设备进行转发的数据，都可以通过技术手段提取出来分析，如果手机用户的邮箱、银行账号等软件自身使用的加密算法不够安全强大，就容易被黑客破解，晚会现场演示的用户邮箱及密码被破解就是基于这个原理。

加密的 Wi-Fi 是否真正安全呢？央视"3·15"晚会建议"不要连接未加密的 Wi-Fi"，那是不是就意味着加密的 Wi-Fi 就百分之百安全，不会受到攻击呢？

首先，我们要说说 Wi-Fi 加密的等级，国际标准组织 IEEE 定义了如下几个Wi-Fi安全等级：不需要密码，也就是央视"3·15"晚会现场演示的那种；WEP加密：要求手机上输入密码，输入5位或者10位的密码；TKIP加密：要求手机上输入密码，输入8～64位的密码；AES加密：要求手机上输入密码，输入8～64位的密码。

以上安全等级只有AES加密是目前经过IEEE及Wi-Fi联盟认可的安全方式，WEP加密及TKIP加密都是可以通过大量抓包计算来破解密码的，一旦黑客破解了用户用的Wi-Fi密码，就可以通过设置相同Wi-Fi名字与相同Wi-Fi密码来假冒，并重复刚才说过的劫持攻击过程，依然可以实现攻击，因此并不是加密了的Wi-Fi就一定安全。

可能大家就担心了，既然加密也不行，黑客又那么牛，那消费者如何做好防护呢？首先，我们强调的安全是相对的，有了安全意识在一定程度上可以降低被攻击成功的概率。尽量连接AES加密的Wi-Fi，如果是自己家中的路由器，最好也设置成WPA2-AES加密；连接支持IEEE 802.11w标准的Wi-Fi，IEEE 802.11w无线加密标准是建立在IEEE 802.11i框架上的，它可以对抗针对无线LAN（WLAN）管理帧的攻击，因此，如果手机一开始连接上了一个安全的Wi-Fi，只要支持IEEE 802.11w，黑客是无法断开用户手机当前的Wi-Fi连接的。通过安装一些指定连接软件来防止劫持，这些软件会记住合法Wi-Fi的真实MAC地址，只连接该MAC地址，就算黑客伪造了一个相同的Wi-Fi名字，但因为这个名字的MAC地址独一无二，手机只会主动识别一个MAC地址，所以即便是断开也不会连接黑客的设备。

要使用安全的手机应用，所谓的Wi-Fi安全其实只是保证了Wi-Fi链路层的安全，这是一种非常底层的、非常低端的点到点的安全。要做到真正万无一失，还是要做端到端的安全。端到端的安全很大程度由手机安装的应用软件来决定。尽量不在公共Wi-Fi上做敏感数据操作，比如进行支付宝支付业务、邮箱登录业务等。针对家庭 Wi-Fi，建议一定要购买良心企业的 Wi-Fi 路由器，要有系统的安全测试与验证，最好是买大企业的，因为这些企业把网络安全看得比什么都重要。

朱冲 2006 年在 CSDN（中国开发者网络）注册账号，2008 年成为 CSDN 第一批博客专家。虽然不是每日更新，但平均 1.6 天一篇的频率足以称得上是技术达人。

读了朱冲的博客文章，我基本明白了专利的价值。为什么加密等级两项都是 8 到 64 位数字密码呢？其实是密码设计方法不同。比如扑克牌都是 54 张，可以打争上游，也可以玩掼蛋。我让他用最简单的话说一下这项专利的特点，朱冲发微信说，就是实现了快，覆盖广。快到下载一部高清电影只需要一分钟。覆盖能力方面，这个发明就是第二代 Wi-Fi 信号放大器，加了华为这个路由器，无论家里墙壁多厚，房间多大，在任何地方信号都是满格。专利金奖，实至名归。安全方面，朱冲用这项专利金奖技术与他发明的其他专利技术组合，增加了防蹭网、防暴力破解、防特定人群异常行为等安全技术，实现了让用户放心。

快，让用户体验更好，工作效率更高。安全，保证了数据、信息、财产安全，维护了个人、企业、国家的利益。快与安全不正是所有人的最大需求吗？作为十几亿网民的一员，谢谢你，朱冲。

技术达人朱冲家中的书柜也是他的奖牌展示柜，有华为明日之星，有华为金牌个人，有华为路由 Q1 研发团队纪念章，有中国专利金奖，有首款智慧屏上市纪念小金人，有武研逆行英雄纪念勋章，有鸿蒙开拓者纪念章。书籍数量与奖牌成正比，书读得越多，获得奖牌的概率就越高。要想模拟世界，必须有足够的想象力。除了真实的生活经历与体验之外，阅读便是最好的补充，文学、历史、哲学、美学、法学……读书时的朱冲不"挑食"，胃口很好，海纳百川。书柜很大，有足够的空间用来安放未知的书籍、奖牌与纪念章。

在华为公司，朱冲得过两次个人金牌。第二次有机会跟总裁任正非合影，却被工作绊住脚，没能到现场。

《道德经》云："道生一，一生二，二生三，三生万物。"那就等第三次获奖再说吧，相信下一次一定可以如愿成行。

华为每年都会评选"明日之星"，亮晶晶的青春，一拨儿又一拨儿强劲的后浪，其中不乏朱冲担任面试官招录进华为公司的青年才俊。作为华为IoT软件部主管、华为七级软件技术专家、通信互联TMG副主任，如今的朱冲经常要担任面试官为华为招才引智，储备人才。时代在飞速发展，长江后浪推前浪，一代更比一代强。这一点朱冲深信不疑。

4．莫奈花园的午餐

深圳龙岗区华为坂田基地，建于1998年，占地面积150万平方米，约2250亩，是一个绿树成荫的科技花园。

那座在酒店就能看到的大楼位于A区，是一座研发大楼，鸿蒙系统就诞生在这里。鸿蒙初开，万物始生。

国家知识产权局商标局的网站显示，华为申请了"华为鸿蒙"第9类商标和第42类商标，申请日期是2018年8月24日，注册公告日期是2019年5月14日，商标专用权限期是从2019年5月14日到2029年5月13日。

朱冲选了坂田基地H区的一个休闲空间作为我们交谈的场地，那是一个开放的区域，咖啡与茶香相互碰撞，此消彼长。偌大的空间里，三三两两商谈的人很多，不嘈杂，没有人旁若无人地高谈阔论。想让别人听到，或听见他人的声音，从来都不是因为音量。朱冲的声线柔和，偏低音一些。他思维跳活跃，经常会"唰"地一个筋斗云跳到九霄云外，转一会儿再回到原点，无缝衔接。

"一杯咖啡吸收宇宙能量""领先一步是先进，领先三步是先烈""自我批判，脱胎换骨，重新做人，做个踏踏实实的人""活下去，是最大的动力""要真心诚意地磨好豆腐，豆腐做得好，一定能卖出去"……这些都是任正非的金句，朱冲如数家珍，他有着很好的记忆力，复盘一个过程，复述一个事件，言简意赅，用词精准。但朱冲却自谦记忆力在逐渐减退，因为每天需要处理的事情太多，他现在是既做技术又兼顾管理，所以要比单纯只从事技术的同事要忙碌一些，接受采访过程中他的手机屏幕时不时亮起，有信息，也有电话。

之所以会从技术转岗到管理，一方面是因为朱冲做事情单刀直入，能够特别高效地整合资源，把复杂的问题简单化、直观化，从而降低时间成本，用时更短，效益更高。还有一个更重要的原因，是朱冲不喜欢在一个舒适区待得太久，如果在一个领域工作太顺手就会消磨意志力。程序员的原罪是重复。曾经为了解决游戏卡顿问题勇闯会议室，向华为终端 CEO 余承东当面阐述研发遇到的困难与阻力，现场求助解决芯片团队进度太慢的问题。虽然越级沟通，但问题得到了迅速解决。"朱冲风格"初见雏形。

2016 年 8 月 31 日，华为 HiLink 智慧家庭生态成立。与此同时，华为 HiLink 智慧家庭解决方案、华为智慧家庭 APP 以及众多生态伙伴智能产品也正式亮相。

"一种无线中继设备的中继方法及无线中继设备"专利是家庭数字化的基础，可以让家庭网络覆盖得更广，家庭智能设备之间互联互通。从 2016

年到现在，朱冲大半的精力都放在 HiLink 的研发上，解决研发过程中层出不穷的问题。他是国内最早带领规模团队研发智能家居解决方案的。在取名时朱冲将其定名为"HiLink"，后被解读为 Huawei Intelligent Link。

Hi！Let's link.

一个原本没有生命的设备，被朱冲赋予了灵性，可以像人一样跟另外一个设备打招呼。万物互联，无处不在。围绕家庭数字化，朱冲累计申请了几十项专利，而基于 HiLink，则进一步形成了华为的全屋智能解决方案及鸿蒙智联技术品牌。在深圳华为方舟壹号空间智能开放实验室，这个中国首个大型空间智能开放实验室，可以直观地感受到华为 HiLink 的魅力。参观时，与朱冲讨论目前市场上价格略低于华为的其他品牌，对于友商，朱冲评价中肯，不贬低、不诋毁，客观、公正，保持了谦谦君子之风。

朱冲说，他的原动力除了思考未来的家如何让人们居住得更便捷、更安心、更舒心、更具温度，更主要的原因是用科技手段应对人口老龄化。截至 2023 年底，中国 60 岁以上老人达到了 2.978 亿，占总人口的 21.1%；65 岁以上老人达到 2.17 亿，达到总人口的 15.4%。中国人如何过上有尊严的养老生活成为一个备受关注的话题，这需要社会、家庭和个人的共同努力。居家养老会成为大多数人的选择，而要想实现安全、科学的居家养老，家庭数字化、社区数字化则成为亟待解决的技术关隘。

兼具无线短距通信与家庭数字化一系列发明及解决方案优势的朱冲，在 2019 年担任了华为终端公司智慧互联 TDT 项目群总监，负责智慧家庭、智慧办公（电脑等）、智慧出行（车）的全场景协同，即手机如何与电脑、PAD 协同，手机如何与车协同，家庭设备之间如何协同以及各个场景之间如何互联互通。朱冲，这位家庭数字化的开拓者，未来会一直在家庭数字化领域砥砺深耕，笃行不怠。

HiLink 是朱冲从 0 到 1 一手带大的孩子。多年之后，如果后人悉数 HiLink 的发展史，朱冲则是当之无愧的"HiLink 之父"。

每出一款新产品，朱冲都会考虑在"华为商城"第一时间下单，让自己作为一名用户去体验团队研发的产品。从用户的角度看技术，研发时的设想与产品安装在家中的用户体验是截然不同的，要在用户与开发者两种心态之间来回切换。有时切换得过于频繁，甚至会有分裂之感。这时的朱冲才真正理解了金庸小说《射雕英雄传》中周伯通自创的左右互搏术之精髓，"左手画方，右手画圆"，以子之矛攻子之盾。

代码进阶之路，不就是修炼武功嘛，一层一层突破，顶峰相见之时，华山论剑之日。

午餐朱冲预订在华为坂田基地的莫奈花园餐厅。有时朱冲来这里就餐，偶尔还能遇见任正非在一旁的庭院里散步。

莫奈花园餐厅一侧的池塘，是一群黑天鹅的乐园。它们羽毛乌黑发亮，仪态优雅，像孤傲、高冷的王者。在自然界，它们是无与伦比的精灵，但现实生活中，它们却被指代为突然发生并引起连锁反应且带来巨大负面影响的小概率事件。

自由遨游的黑天鹅，时刻提醒着路过坂田基地一隅的华为人，只有时刻保持清醒，才能行稳致远。

华为是一个伟大的公司，但正如任正非所言："成功不是终点，失败也不会致命，只有持续不断地努力才能赢得最后的胜利。"

如此优秀的朱冲，在华为也不是最有影响力的人物，但他是华为不断追求技术创新的一个缩影。华为上下，从任正非到每个员工，从信息通信基础技术交换机、路由器的研发，到 ICT 底层技术，到芯片，到操作系统，坚定不移的创新思维与实践，凝聚成了巨大的强国力量。

一餐饭吃完，窗外没有走过朱冲期待的那抹身影。看上去，似乎他眼中的失望比我们更多一些。大多数人对熟悉的人难生崇拜之情，因为离得近，看得清晰。因陌生而靠近，因了解而远离，人与人之间从陌生到熟悉的过程，本质是一个祛魅的过程。身处华为内部的朱冲对华为灵魂人物任正非的崇敬之情，我能理解，相信每一个中国人也都能理解。

第二十二届
中国专利金奖
（2020 年）

专利号
ZL201210073412.9

专利名称
语音识别方法及系统

专利权人
科大讯飞股份有限公司

发明人
潘青华　鹿晓亮　何婷婷　王智国　胡国平　胡　郁　刘庆峰

AI 星火

与朱冲一样，潘青华也并非常驻深圳。作为科大讯飞AI工程院院长，潘青华大部分时间在安徽合肥。

2023年10月24日，科大讯飞对外发布基于华为昇腾生态的自主可控大模型算力平台——"飞星一号"，与华为强强联合打造中国通用智能新算力底座，并在此平台上开展更大参数规模的大模型训练。双方制定了周会、月会制度，每个月潘青华都要定期来深圳与合作伙伴开协调会，解决问题的同时推进项目进展。

出差途中顺便接受采访，事半功倍，潘青华与朱冲的工作模式如出一辙。此处借用一下列夫·托尔斯泰的名言"幸福的家庭都是相似的，不幸的家庭各有各的不幸"的逻辑思维，那就是，优秀的人都是相似的，平庸的人却各有其不同。

1. 同声相应

我要了解你，也许我可以通过知识来看你，但那不是你，除非你愿意谈谈你自己，否则我不知道你到底是谁。——电影《心灵捕手》台词

1999年，科大讯飞公司成立的时候潘青华刚考上铜陵市第一中学，这所创办于1938年的学校如今是安徽省的重点中学。潘青华能考上重点高中，老师、同学以及家里人没有一个人感到意外。小学六年级参加"华罗庚金杯"

少年数学邀请赛，铜陵市小学组有两个满分的，其中一个就是潘青华。

长江流经安徽省境内416公里，称八百里皖江，其中有一条支流叫西河，自西向东贯穿无为市全境，入裕溪河后汇入长江。西河有一条支流叫永安河，它源于严桥山区，从北向南流经徐岗、古楼、尚礼、羊山、先锋、得胜、襄安等乡镇入西河，潘青华的童年就在这条小河边一个名叫"河埂"的小村庄里度过。永安河水静静流淌，童年的潘青华无忧无虑，看着太阳从远处田野中升起，又送它一点点沉入河对岸山的后边，直到上大学以后，潘青华才知道那座"蚂蚁山"距离中国第五大淡水湖巢湖不足10公里，而河埂村与位于安徽省合肥市的中国科学技术大学直线距离不过70公里。

潘青华的童年时代，中国刚刚开启波澜壮阔的改革开放，父母在潘青华读小学三年级的时候，外出上海打工，去寻找离开土地的机会。潘青华和弟弟跟着奶奶一起生活，成了最早的"留守儿童"，在离家4里路的陶圩小学读书。

刚上一年级时，村里的小学刚刚从几座土房子变成一排整齐的砖瓦房，来自周边几个村子的孩子们成了同学，每个年级刚好凑齐一个班。教室建好了，但只是毛坯房。虽然不再漏雨，但窗户没有玻璃。冬天，老师用自己家中装农药、化肥的"蛇皮袋"把窗户糊起来，仍然抵挡不住寒风，阴雨天的时候，昏暗的教室里只能靠蜡烛和煤油灯来照亮讲台和黑板。开学报到的时候，每个人都要从家里带上桌子和板凳，放假再带回家，因为桌子和板凳是当时每家每户为数不多的家具。一年级的潘青华羡慕高年级的同学，可以用石头和泥巴自己动手制作"课桌"，那是将一块平整但不怎么规则的石板架在用碎砖头和土块垒起来的台子上，虽然简陋，但毕竟是小孩子们自己"设计"建造的，用了几个月之后一般都会倒塌，那就再建一次，还有新的创意。

三年级暑假，一辆大卡车歪歪斜斜地开进村子，卸下来整齐的木质桌椅，教室的条件越来越好，电灯也不会经常停电，但再也没有机会自己建造课桌。红花草（紫云英）盛开的季节，经常阴雨绵绵，整个教室里充斥着木质的香气。这是潘青华喜欢的味道，他伏在桌子上深呼吸，要把这一丝香气吸到肺里去，留住它。

潘青华的成绩太好了，好到班主任主动找到他的父母，劝他们给孩子转学。进城务工的父母明白老师的苦心，投亲靠友，就把读完五年级的潘青华和弟弟送去了铜陵读书。谁承想铜陵的义务教育是六三制，没办法潘青华只能又从五年级读起。在村里读小学时没有英语课。在铜陵读书后，潘青华第一次接触英语，花花绿绿的英语课本成了他眼中的天书。讲台上老师咿咿呀呀的发音，像极了外星人的咒语。每次上英语课，潘青华都如坐针毡，从上课铃响的一瞬间，他就在盼望着下课铃快快响起。

英语测验，他考过0分。试卷上除了题目中的汉字他认识，其余的英文字母组合在一起，每一个他都不熟悉。一个学期，26个英文字母潘青华倒是认全了。

好在还有数学！数学课上，潘青华像一尾欢畅的鱼，尽情遨游。老师的提问，他会主动回答，作业完成得又快又好。一道应用题，他可以有好几种解法。没有要求他，他自己愿意。英语带给他的是失落，数学为他赢得掌声与艳羡。"华罗庚金杯"少年数学邀请赛的满分，更是让他成为校园里的小明星。

在铜陵市实验小学度过了两年难忘时光，潘青华和城里的孩子也站到了同一起跑线上，因为语文和数学成绩突出，潘青华顺利进入铜陵市第二中学的重点班，继续当班上的数学课代表。因为学习认真刻苦，深得老师们喜爱，英语虽然从零基础开始学，但也能经常考满分。凭借优异的中考成绩踏入省重点高中的大门后，潘青华有点找不到方向，初中班主任老师说"进了一中就等于一只脚迈进了大学",他不自觉地有些飘飘然,玩心大起,迷上了电脑游戏。他从小到大没让父母为学习这件事操过心,到了高中,仍然没有人来督促和约束。历史、地理课潘青华不怎么感兴趣,索性跟同学逃课出去玩游戏,学校大门紧锁,他们就翻墙出去。成绩是检验是否认真学习的不二标准,高一期中考试成绩出来,潘青华一向最引以为傲的数学才考90分出头!满分150分,刚刚及格。

那天,潘青华依然是很晚回家。路过网吧门口的时候,里面依然有勾人的音乐声、两军对垒的厮杀与叫喊,只是突然对他失去了吸引力。想要迈步推门的刹那,背上的书包陡然变得千钧重。书很沉,被夹在书页里的成绩单更沉。薄薄的一张纸,上面附着有父母的辛劳与希冀,以及潘青华看不清摸不着的未来。怎么能不沉呢?他撤回了踏进网吧的一只脚,慢慢地,慢慢地,一步,一步,走回家。

潘青华很快找回了状态,自己从小就喜欢的数学,不应该只考出及格分,要把过去丢失的时间找回来,只有比其他同学更刻苦才行,老师布置的作业按时完成,老师说可以不做的题目,一定要做出来。不再痴迷游戏的他,更多的时间奔跑在绿茵场上,运动激活大脑,让他保持了更好的学习状态。高考语数外三科,语文、英语成绩稍微差一点,数学考了149分,接近满分。最终他被中国科学技术大学电子工程与信息科学系(中科大内部称六系)录取。

大学四年,潘青华听了四年同系1990级师兄刘庆峰的创业故事。

刘庆峰师兄比潘青华大了整整10岁。1990年,刘庆峰以高出清华大学录取分数线40多分的成绩考入中国科学技术大学无线电电子学系(六系)。当年中科大学霸云集,进校举行的数学摸底考试极难,全班仅两人及格,而刘庆峰得了94分的最高分。大二那年,中科大六系教授王仁华向他抛出了橄榄枝，让他与班上的另外两名同学加入中科大语音实验室（当时名为人机语音通信实验室）。当时已经有不少著名的 IT 公司在国内建立了语音研究联合实验室。

进入中科大语音实验室的刘庆峰很快就对语音研究着了迷，其中的乐趣远远大于单纯做数学研究。数学思维在实验室里是最好的工具，1995 年，22 岁的刘庆峰带领团队在恩师王仁华的指导下，开始搭建语音合成系统"KD-863"。1998 年 4 月，"KD-863"在国家 863 语音合成评测中，在最重要的技术综合指标——自然度上居全国第一。

1999 年，在读博士二年级的刘庆峰带着 5 个大学同学创立了科大讯飞公司。拿到融资后的刘庆峰，以最大的诚意，通过以企业为创新主体的产学研合作机制，把国内语音研究领域有着深厚积累且优势互补的几家研究机构——中国科学技术大学、清华大学、中国科学院声学研究所和中国社会科学院语言研究所的资源整合在一起，从源头技术上整合民族语音产业的核心资源。2003 年 11 月，国家"中文语音交互标准工作组"成立，科大讯飞为组长单位。科大讯飞成为中国唯一以语音技术为主要产业化方向的"国家 863 计划成果产业化基地"和"国家规划布局内重点软件企业"。

"中文语音技术要由中国人做到世界最好，中文语音产业要掌握在中国人自己手上"是刘庆峰的创业初衷。

这句话，刘庆峰自己都不知道在多少个场合说了多少遍。他在接受媒体采访时说，去大学招聘新生力量时也说，这句话不知道打动了多少人。刘庆峰的这句话点燃了众多热血青年内心的小火苗，让他们的报国之志有的放矢，吸引他们成为科大讯飞的一员。潘青华就是其中之一。

大三下学期，摆在潘青华面前有三个选择，出国或在国内读研或者就业。当时潘青华正在科大讯飞实习，从事语音识别研究。他听过师兄的宣讲，当时他热血沸腾。虽然仅仅是科大讯飞的实习生，却由衷地为科大讯飞骄傲与自豪，那时潘青华还没有意识到他自己对公司有了归属感。那段时间，潘青华除了在中科大的语音实验室里做实验，就是坐在学校的图书馆里，找个靠窗的位置，做一会儿题，看一会儿书，发一会儿呆。就在潘青华拿不定主意，在读研与就业之间来回犹疑时，接到了师兄的电话。

"潘青华，我是刘庆峰。我想邀请你加入科大讯飞。来不来？"

"来。"这是来自师兄的邀约，潘青华不再犹豫了。

2．侧耳倾听

> 只要有你在，我就会努力，我很高兴我尽了力，让我比以前更了解我自己。——电影《侧耳倾听》台词

科大讯飞总部位于合肥市高新区。2006 年 7 月，刚从中科大毕业的潘青华，到公司报到第二天就被派去了北京。那时科大讯飞与清华大学的联合实验室刚刚成立，高校偏重研究，科大讯飞的侧重点在将研究成果产品化、工程化。工作地点开始在科大讯飞北京办事处，中关村南大街的中关村科技发展大厦，中央民族大学对面。半年之后搬了一次家，两个月之后实验室再次搬家，这一次直接搬到了清华大学里。潘青华住进了清华。"清华"与"青华"后来成为潘青华做语音识别测试时使用频次最高的两个词。

联合实验室当时研究的重点是电话语音识别和嵌入式语音识别，潘青华从学习模式识别基础原理开始，理解了机器能够识别语音和语言，靠的是声学模型与语言模型，通过统计建模的方法，用大量数据对模型进行训练，准确捕捉音频信号与文字之间的对应关系，输入一段音频，就能得到一段相应

的文字。在掌握了语音识别技术原理之后，潘青华又跟着联合实验室的老师吴及和导师王智国继续深入研究嵌入式语音识别技术，将技术做到可以产品化的阶段后，潘青华才回到合肥。

语音识别技术研究从 20 世纪 50 年代开始，曾被认为是最难的研究任务之一。IBM 早已开始尝试语音识别技术商业化，1997 年推出了世界上第一个中文连续语音识别产品 Via Voice4.0，被认为是汉字输入的重要里程碑。2006 年，摩托罗拉"明"系列手机开山之作 A1200 也尝试向用户提供语音技术服务。2008 年，谷歌把语音识别和搜索相结合推出了具有里程碑意义的 Google Voice Search，将语音转成文字，利用文字调动搜索引擎，丰富的用户数据就能不断优化这个语音系统，形成一个快速迭代的反馈闭环。

2010 年，随着智能手机的普及，科大讯飞首次将语音识别技术融入手机输入法，讯飞输入法实现了说话秒变文字，移动互联网迈入了语音时代。站在今天的时间线上审视讯飞输入法的第一个版本界面，只有一个词：简单。虽然简单，但却是颠覆式的创新。

时至今日，语音输入已然成为输入法的标配功能。但在 2010 年，麦克风图标是第一次出现在输入法界面上，大刺刺地横亘在输入键盘的布局中，视觉上直观，方便用户直接使用语音输入。紧随其后，搜狗、百度、QQ 等输入法也迅速跟进，纷纷试图将语音技术嵌入到输入法中。而占得先机的讯飞输入法一直保持持续的技术领先。

语音识别技术从实验室走向实际应用，存在很大挑战，讯飞语音输入法最初版本的语音识别率只有 60% 左右。60% 的识别率，意味着它识别的 100 个字会有约 40 个是错误的，用户的体验感并不好。提高语音识别率成为亟待突破的瓶颈，为此科大讯飞组建了一个由研究院和多个事业部等部门多方协同的攻关团队，力求率先在中国解决中文和英文语音识别的问题。攻关团队与输入法产品团队楼上楼下，定期碰头，互通进展，潘青华每一次都参加。这时的潘青华在语音识别、人机交互等相关核心技术领域已拥有丰富的研究和开发经验，并取得了丰硕成果，尤其在语音听写、语音转写、智能人机语音交互等语音应用实践上经验丰富。

彼时的科大讯飞研究院，语音合成、语音识别以及口语评测是主要的研究方向。口语评测系统代替测试员对普通话和英语发音进行打分评价和反馈指导，是业界迄今唯一经国家语委鉴定达到实用水平的技术成果。科大讯飞的普通话水平测试覆盖 31 个省区市，参与测试的考生的发音真实反映了全国各地的方言发音特色。这些普通话水平测试的数据，帮助科大讯飞语音识别技术不断提升和进步。

人机自然交互的前提是语音识别，让机器能听懂人类在说什么，才能实现交互。语音识别系统就相当于机器的听觉系统，让机器长出与人类一样的"耳朵"，但比人类的耳朵更灵敏、更精准，不但要听得懂普通话，还要分辨得清合肥话、四川话、客家话、山东话、东北话、粤语等中国各地的方言，自主识别、理解，而后把语音信号转变为相应的文本或命令。

深度学习算法的兴起，让机器的语音识别能力更进一步，尤其是科大讯飞率先在国内将深度学习算法引入语音识别，在海量训练语料基础上的高精度声学模型和语言模型训练，结合解码引擎工程技术等，语音识别效果和识别速度都有了跨越式的提升。

"我是来自讯飞研究院的潘青华，不是清华大学的清华，青是青草的青，华是中华的华……"每次演示，潘青华都会用自己的名字做示范，"青华"与"清华"，第一次的时候，语音的确识别为"清华"，随着他的补充而修正。训练的次数多了，系统再也没有将"潘青华"识别为"潘清华"。有时候，与机器相处久了，真的会以为在里面藏着与自己灵魂相通的另一个自己。

随着语音识别技术的迭代与创新，无论是讯飞语音输入法，抑或是讯飞翻译机等硬件设备，还是讯飞开放平台云端的语音识别服务，对专有名词都实现了极高的正确识别率。

人机交互的时代，机器与人也能"心心相印，惺惺相惜"，语音是人机交互的最大入口。当语音技术准确率达到95%～96%时，在商用层面相差无几，此后比拼的就是资本和商业化能力。竞争无处不在，逆水行舟，不进则退。在人工智能领域，商汤科技、旷视科技、依图科技、云从科技"AI四小龙"势头稳健，阿里、腾讯、百度、小米、华为厚积薄发，科大讯飞在万物互联的丛林中不断向前探索。潘青华主导研发的"语音识别方法及系统"，依托"静态＋动态"网络空间，实时融合路径解码寻优算法，所向披靡，杀出了重围。

3．讯飞星火

无知和弱小不是生存的障碍，傲慢才是。——刘慈欣《三体》

完成"语音识别方法及系统"的研发后，潘青华的工作重心有所转移。2017年担任研究院副院长之后，他逐渐把更多的精力放在算法工程架构设计和研发管理上。2006年时研究院只有十几个人，现在已经是超千人的成建制研发队伍。科大讯飞研究院从设立之初，一直遵循"用正确的方法，做有用的研究"的指导思想，秉承"从市场中来，到产品中去"的核心理念。潘青华偶尔接受媒体采访，记者会让他讲述当年"语音识别方法及系统"研发的酸甜苦辣，潘青华通常会说"只有甜，没有酸辣苦"，写代码、写程序是一个快乐的过程，甜的，很享受。

2021年6月24日，第二十二届中国专利奖获奖名单公布，科大讯飞的"语音识别方法及系统"发明专利荣获金奖。

2022年11月30日，ChatGPT发布，大模型领域的竞争一触即发。

2023年5月6日，科大讯飞认知大模型成果发布会在合肥滨湖新区的安徽创新馆召开，"讯飞星火认知大模型"第一次亮相。讯飞大模型的名字"星火"，出自毛泽东的文章《星星之火，可以燎原》一文。"燃烧最亮的火把，要么率先燎原，要么最先熄灭"，这一句话从科大讯飞公司创立之初，就一直镌刻在公司的墙上，从未改变，那是初心和使命。

2023年被称为通用人工智能元年。

百度文心一言、阿里通义千问、讯飞星火认知大模型、智谱AI的ChatGLM、美团、百川智能、云知声、美图、腾讯……科技公司逐鹿大模型，一场围绕大模型的"百模大战"开启。"大规模深度学习模型"在应用领域竞相发展的态势形成，如何加速落地"最后一公里"成为新课题。

要想在"百模大战"中胜出，做出效果最好的模型，不仅仅靠堆算力，也要靠原理层面的算法创新。基于现有算法框架，仍然看谁模型更大，能带来能力提升，但无限堆算力可能不是最优路径，预计很快就会进入算法层面的创新比拼阶段。潘青华判断，最终能够走出来的通用大模型可能只有几家。未来国内可能就是几个底座，大家各自选择合适的底座去做自己上层的应用。

科大讯飞一开始做大模型，就确定了"1+N"的方向："1"就是指通用认知智能大模型，对标ChatGPT和解析讯飞开放平台上几百万开发者的实际需求，拆解出文本生成、语言理解、知识问答、逻辑推理、数学能力、代码能力、多模交互七大核心能力；"N"是指应用，要让大模型在教育、公务、汽车、人机交互等各领域真正落地。

2023年，科大讯飞总共举办了4次大模型的发布会，每一次迭代都带来7大核心能力的升级和多个领域的产品应用。在《麻省理工科技评论》、新华社研究院中国企业发展研究中心等权威平台对主流大模型的评测中，讯飞星火均为第一。2024年1月30日发布的最新版本讯飞星火V3.5，则是首个基于全国产算力训练的全民开放大模型。

有了手机，人类大脑记电话号码的能力弱了；有了搜索引擎，影响了人类查阅字典的习惯；有了大模型，产业、工作、生活都产生了更多变革。大模型对各行各业都有赋能作用，特别是脑力劳动者，比如程序员、文字工作者、工程师、医生、教师等，借助大模型可以更好、更高效地完成工作。但大模型带来的提效，并不意味着对原有工种的替代，它更多的是一种生产工具，在某种程度上改变工作模式，提升岗位生产效率。大模型进入千行百业不是一蹴而就的，它需要在长时间的打磨中，以潜移默化的方式逐步变成常态。

面对大模型，面对深度神经网络，360公司创始人周鸿祎的观点是："当年恐龙霸占了地球6000万年，但也消失了，而恐龙的消失才为哺乳动物上岸打下了基础。硅基生物诞生也许是命中注定，我们碳基生物存在的意义，就是培养了一堆程序员，然后这堆程序员又创造了超级电脑、超级软件，我们相当于帮助硅基生物完成了它的诞生，在今后可能就不是碳基生物能控制的，这是一个最悲观的结果。"

关于大模型的影响，潘青华有自己的理解。对人工智能技术无须过度包装，也没必要将其神化，应该客观理性认识技术。技术是工具，是火种，是人类延长的手。它必须被人类拿起、握在手中才有意义。从目前的算法原理来看，大模型距离形成自主意识还为时尚早。与人脑相比，大模型并不是在所有的场景中都表现得一样聪明。

采访将近下午1点钟才结束，潘青华要立即赶往深圳华为坂田基地，再晚出发就会耽误下午与华为团队的碰头会。早到是一种态度，准时到也是一种态度，迟到则是另外一种态度。潘青华的习惯是早到。他的午饭只能在出租车上解决了。

推开会议室的门，偌大的办公区已经熄了灯，有轻微的鼾声。每一个工位前都平铺着一张折叠床，电脑休眠，人类安睡，集体进入午休充电时间。空气中弥散着一股青春的脚丫子的味道。潘青华前头带路，在手机微弱的光照中，我们蹑手蹑脚鱼贯而出，没有发出一丝声响。做个好梦吧，程序员们！

第二十二届
中国专利金奖
（2020 年）

专利号
ZL201510543206.3

专利名称
一种数据传输方法、系统以及相关设备

专利权人
腾讯科技（深圳）有限公司

发明人
薛　笛

在云端

　　强国行珠江行启程前，我在做案头工作时，发现本书涉及的 8 项中国专利金奖中，有 3 项均出自第二十二届中国专利金奖的获奖名单。中联重科股份有限公司的"臂架振动控制方法、控制装置、控制系统以及工程机械"、科大讯飞股份有限公司的"语音识别方法及系统"以及腾讯科技（深圳）有限公司的"一种数据传输方法、系统以及相关设备"。

　　在湘江畔完成了对中联重科股份有限公司付玲的采访，在珠江润泽的风中与科大讯飞股份有限公司的潘青华畅谈，他们都是各自专利的核心人物，付玲与曾光联合署名，与潘青华联合署名的有 6 位，这里面有团队协作，有友情致敬，也有提携之恩。而腾讯科技（深圳）有限公司薛笛的"一种数据传输方法、系统以及相关设备"专利，发明人署名只有薛笛一个人。

　　莫非这是一道无需协作，仅凭一己之力就能完成的难题？薛笛，你是一位在天地之间踽踽前行的独行侠吗？

　　当微信成为日常生活的一部分，微信群彻底取代了 QQ 群；当新换手机安装软件时，手机 QQ 不再是必须下载的程序；当我忘记了 QQ 登录密码需要发送手机短信找回时，我做了一个决定。三年前，一个风雨晦暝的下午，我退出了所有的 QQ 群，删除了除家人之外所有的好友，卸载了笔记本电脑与手机里的 QQ 软件。但多年来使用 QQ 邮箱收发邮件的习惯一直保持至今，即时通信软件无法剥夺我内心对邮件的执念，虽然它不能回到《从前慢》，回到"从前的日色变得慢/车，马，邮件都慢/一生只够爱一个人"。虽然电子邮件在网络世界也是速递、秒达，但我依然愿意在一个晴朗的午后，打开 QQ 邮箱，安安静静地写一封长邮件给远方的朋友。

腾讯，作为中国最大的互联网公司之一，拥有庞大的用户基数。

1998 年 11 月 11 日，马化腾与同学张志东在广东深圳注册成立深圳市腾讯计算机系统有限公司。当时公司的业务是拓展无线网络寻呼系统，为寻呼台建立网上寻呼系统。

2010 年 3 月 5 日 19 时 52 分 58 秒，腾讯 QQ 最高同时在线用户数突破 1 亿。这是人类进入互联网时代以来，全世界首次单一应用同时在线人数突破 1 亿。

2011 年 1 月 21 日，腾讯推出为智能手机提供即时通信服务的免费应用程序：微信。2013 年 1 月，微信和 We Chat 总注册用户数突破 3 亿。

2014 年 4 月 11 日晚间 9 时 11 分，腾讯 QQ 最高同时在线用户数突破 2 亿，实现 4 年增长 1 个亿。

腾讯旗下的微信与 QQ 成为两大国民级社交 APP。最初可以用 QQ 登录微信，后来被取消。2023 年 6 月，QQ 升级之后可以绑定微信号，意味着可以用微信号登录 QQ。

我到达腾讯科技（深圳）有限公司时，薛笛在开会。在休息区等待时，我在手机上重新安装了一个手机 QQ，几年不用，发现少了很多熟悉的功能。这只小企鹅是我能想得到的唯一与腾讯链接的元素。Q 龄 23 年，一朝舍弃，今又重新启用。尝试着登录，果然又听到了熟悉的"嘀嘀嘀嘀嘀嘀"。

腾讯的社交和通信服务从 QQ 到微信，用户依然在腾讯的五指山之间流连、辗转，山还是那座山。

会议室的门打开，一阵嘈杂，人群四散。又高又壮的薛笛一脸歉意，他说："我刚开完一个腾讯会议。"

薛笛的"一种数据传输方法、系统以及相关设备"发明正是支持腾讯会议的关键技术之一。

1. 腾讯云的第一朵原生花

虽然去北京参加中国专利答辩已经是两年前的事情了，薛笛坦言，那是他参加过的最不像答辩的一次现场答辩。

大学毕业、研究生毕业时，薛笛都曾经答辩过，评委老师会针对论文提出问题，甚至是质疑。但在国家知识产权局答辩现场，评委们几乎没怎么提问，他们面带微笑地告诉薛笛："腾讯会议我们每天都在用，体验感很好。"那场面画风清奇，像极了试用产品后的现场反馈。

实际上，"一种数据传输方法、系统以及相关设备"并不是专门为腾讯会议量身定做的程序，它在2015年就已经完成并开始解决问题。

彼时的在线教育、秀场主播、游戏直播等业务方兴未艾，多人实时音视频通话服务后台承受着越来越大的压力。平台提供实时多人音视频通话服务时，网络控制策略系统通常需要根据每个参与用户的状况做大量集中式的实时运算，资源消耗会随着参与用户数量的增加呈几何级增长。在实时多人音视频通话时，会突然出现在线人员激增的情形，在存在超大规模音视频房间的情况下，极易造成系统服务的不稳定。薛笛的"一种数据传输方法、系统以及相关设备"就是专门解决音视频卡顿问题的，确保其保持人眼、人耳可以接受的流畅度。

三年新冠疫情，深刻地改变世界，小到吃穿住行的日常生活方式，对生命、健康、未来、死亡的认知考量，大到全球政治、经济、文化的变革。当物理空间被阻隔之后，互联网的作用更加凸显。购物的方式，学习、工作的方式，开会的方式，都史无前例地与互联网同频共振，高度勾连。

张爱玲的小说《倾城之恋》，写人的命运被时代裹挟，一个城市的沦陷，成就了一段世俗的爱情。抚摸着金灿灿的奖牌，薛笛也会问自己，如果没有这一场席卷全球的疫情，腾讯会议会在如此短的时间之内被世界看到吗？自己会站在中国专利金奖的领奖台上吗？应该也会，薛笛对自己的代码有信心，只不过等待的时间还要久一些。

腾讯公司创始人、腾讯公司董事会主席马化腾曾说过，涉足互联网之初，程序员会把写程序看作是一件很酷的事，当别人还在比拼谁的代码写得漂亮时，他更在意的是写出的程序被更多的人应用。"被更多的人应用"的思维方式和行为方式，是腾讯文化的源代码，是腾讯文化的核心。

2008年，薛笛加入腾讯时，腾讯只有10岁。在"被更多的人应用"的文化氛围中浸淫了15年之久的老男孩薛笛，早已将其视作自己的技术信条。

薛笛是哈尔滨人，本科、研究生都是在黑龙江大学度过的。穿城而过的松花江冰封又解冻，去向鄂霍次克海，去往浩瀚的太平洋。东北老工业基地以肉眼可见的速度衰退着，这片土地上的人们向南，再向南，几乎成为一种共识。即便薛笛是独生子，父母也没有试图改变他南下的想法。毕竟从中学时，薛笛就已经抱定了南下的决心，也曾不止一次地向父母表达过。

2008年，在计算机专业学习了7年的薛笛通过了腾讯科技（北京）有限公司的面试，顺利拿到了录用通知书。就在他入职前，女朋友签约了东莞的一家医院。如果依然按照原计划去北京入职，薛笛就要与女朋友异地恋，未来如果走进婚姻就会面临两地分居。

从哈尔滨到北京，依然是在北方，离家近，饮食、气候也基本接近，无须适应。但薛笛与女朋友的感情从高中就已经萌芽，10年的感情，哪能说放手就放手？异地恋存在太多的不确定性，未来两地分居的婚姻模式也将面临诸多的挑战。要想这份爱情长跑有一个圆满的结局，只能是薛笛妥协让步。他向腾讯公司提出申请，放弃去北京，改去深圳，入职 3G 事业部，负责 QQ 音视频后台研发。

深圳市南山区深南大道 10000 号的腾讯大厦，是腾讯科技（深圳）有限公司的第一座自建写字楼。10001 是腾讯创始人马化腾的 QQ 号码。

腾讯大厦旁边有一个露天的篮球场，那是腾讯年轻人的乐园。清晨、黄昏，甚至夜晚，只要不是燠热难耐，球场上总会晃动着一拨又一拨年轻的身影。薛笛打后卫，一个需要技巧与智慧完美融合的位置。无论是注重得分技巧和能力的得分后卫，还是侧重于组织和控制比赛的控球后卫，薛笛都能胜任。他像一个引擎，一个不知疲倦的马达，在进攻与防守之间随意切换。

多年后，薛笛回想起自己作为腾讯新人的 5 年，是闷头默不作声的 5 年，也是在技术层面积累最多、成长最快的 5 年。在篮球场上挥洒的每一滴汗水，都会幻化为程序里的一行代码，球场上有多少激情，程序里就有多少灵感。薛笛喜欢那种运筹帷幄的感觉，比喜欢还要更进一层，接近痴迷。

薛笛当时住在前海路，从公司坐公交车回家只有两站地。有时候晚上 10 点钟下班，公交车就是薛笛一个人的专属车。女朋友在东莞，薛笛在深圳，他们谁有空谁就会主动去看望对方。从深圳到东莞，长途车单程 3 个小时。薛笛不舍得女朋友奔波，通常都是他去东莞。反正只要笔记本电脑电量充足，颠簸的路途中他依然可以写代码。后来买了车，一脚油门就过去了，距离从来不是问题，时间才是。程序员很忙，但医生更忙，一对恋人已经是在物理空间上无限接近，却依然聚少离多。2019 年穗深城际铁路开通后，深圳到东莞，高铁不到 1 个小时，到东莞南站不到 20 分钟。穗深城际铁路开通的这一年，薛笛与妻子的婚姻也到了锡婚之年。

2020 年 1 月 23 日，农历除夕前最后一个工作日，新冠疫情掀起狂飙巨浪，武汉这座千万级人口城市按下暂停键，人员流动管控。

当时的腾讯会议上线还不到一个月，团队只有6个人，从腾讯会议的第一行代码开始，团队就坚持同源同构的思想，即同一套架构，同一套代码，服务所有场景。

关于疫情，网上有海量的信息，难辨真伪。腾讯会议的微信群名是"我们做点什么"。大家最初的想法是，春节假期，再加上疫情，腾讯会议这样的办公软件应该不会有太多的用武之地，建个群是为了春节期间的应急沟通，毕竟线上能"做点什么"的同时，也就意味着减少了线下的互动。在未知的疫情面前，少聚集为宜。

令人意想不到的局面出现了，与"我们做点什么"微信群抱持同样减少聚集想法的人不计其数，汇聚成汹涌澎湃的线上会议需求。当时没有人能预料得到，那居然是未来三年线上生活的开端。

腾讯会议是互联网业内第一个向用户免费开放的视频会议产品，但最初的会议容量设置为100人。运行之后，很快就发现100人的数量上限在实际应用中远远不够。接到的第一个会议技术支持诉求是250人同时在线开会。用户是根本，无论任何时候都要把满足用户需求放在第一位。腾讯会议的技术团队紧急调整，将免费的会议容量从100人提至300人。

越来越多人被困在家里，无法复工，无法复课，能改为线上的一切都从线下转移到线上进行。

大容量的诉求此起彼伏，扩容成为当务之急。从2023年1月29日算起，腾讯会议日均扩容云主机接近1.5万台，8天总共扩容超过10万台云主机，支持爆发增长的远程协作需求，共涉及超百万核的计算资源投入。扛住流量高峰的同时，还在不断地提升用户体验。在100多天内，腾讯会议迭代了20个版本。海外版VooV Meeting，也在超过100个国家和地区紧急上线，并成功登顶苹果应用商店 App Store 免费总榜第一名。

薛笛是在大年初七被喊来加班的，当时他正与妻子在家商量着过完节他们怎么上班、儿子怎么上学。盘算着家里的肉蛋奶、米油盐还能坚持几天，想办法再买点口罩和消毒酒精。深圳的马路也空荡荡的，行人寥寥无几。深圳常住人口为 1700 多万，非户籍人口占 67%，每年一到春节，繁华热闹的深圳就会人去楼空，上演一出"空城计"。今年的这场"空城计"要何时才能落幕？

所有春节没有回老家过年留守深圳的人都回到了办公室，为受困于疫情无法启程返回的同事在线提供远程支持，大家开了一间腾讯会议室，用腾讯会议来保障腾讯会议。这句话有点拗口。负责媒体传输的黄志海、负责媒体流控的薛笛、负责会议后台整体架构的王彬，跨部门的 3 个团队，组成了"技术铁三角"，稳固，扎实。

最初的几天，薛笛每天回家。他戴上两层手套开车，在进门前丢弃。浑身上下喷酒精，就差给眼珠子消毒了。他要尽最大努力保护家人，既要完成工作，又不能影响到妻子和儿子。左思右想，薛笛干脆简单收拾点洗漱用品，住在了办公室。跟他脑回路相同的同事不在少数，呼啦啦，几十个人一起住在了办公室。正好可以夜以继日地工作，有了问题，当面锣对面鼓地沟通，不用非得与用户去挤线上的腾讯会议室。

每天睁眼第一件事就是问："今天的在线人数是多少？"

腾讯会议最开始上线时，设计容量支持 5 万人同时在线。等到了 2020 年 3 月份，腾讯会议的日活跃用户已经突破了 1000 万。在线人数以每天 2 倍的增长速度激增。政府、企业的在线会议，大、中、小学甚至幼儿园的在线课堂，涉及社会管理各个方面的在线服务，如果系统不稳定，造成的后果将不堪设想。

薛笛刚入职的时候研发的 QQ 时代的实时音视频技术，主要用于通话。当网络变差时，会优先保障音频通话，画面质量则会被牺牲。腾讯会议的在线会议、秀场直播等场景，对视频画质和音质的要求迅速提高。延时、噪声、抖动、带宽，任何一种因素，都可能影响用户体验。

不能等着系统被压垮，要主动出击，看它究竟能承载多少。在它逼近临界点的时候，提前想办法避免事故发生。必须承认一个事实，腾讯会议最初不是一个完美的程序，它在修修补补中逐渐从一个"普通女郎"脱胎换骨成为一个风姿绰约的"绝世美人"。

薛笛拿出一整天的时间自测，做压测试验，从上午 8 点钟一直到夜里 11 点钟，终于把系统逼入死角，几近崩溃。从某一种角度来说，这样的极限挑战应该不会出现，事实证明"一种数据传输方法、系统以及相关设备"经受住了考验。腾讯会议在运行过程中，虽然的确出现过几次大问题，但好在团队支持到位，及时排除了险情，化险为夷。腾讯会议在整体架构上，采用了容器化的云原生方案，真正做到弹性伸缩、自动扩容、异地容灾备份、服务化治理。正因为其基于云原生的模式，它的开发、测试、部署、运营四个领域的研发效果都能得到全面提升，在快速成长的同时得以保持着迅捷的迭代节奏。

腾讯会议为什么会如此出众、优秀？

因为它是腾讯公司第一个绽放在云上的原生花，生于腾讯云，长于腾讯云。腾讯云是它的根基与土壤。被疫情逼迫着野蛮生长的腾讯会议，让世人看到了云计算的力量。

2. 花开要有土壤

1956年，英国计算机科学家克里斯托弗·斯特雷奇发表了一篇关于虚拟化的论文，正式提出虚拟化。虚拟化是云计算基础架构的核心，是云计算发展的基础。

2008年是世界云计算发展一个非常重要的时间节点，这一年，IBM成立了大中华区云计算中心，Google推出了融入云计算的谷歌浏览器。

在中国，2009年，阿里软件在江苏建立了首个"电子商务云计算中心"。中国云的发展正是从2009年开始的。时至今日，中国云计算领域已形成五大巨头：阿里云、腾讯云、百度云、金山云和华为云。

阿里云是中国云计算行业第一个吃螃蟹的人。腾讯云在阿里云试水的第二年就紧随其后，2010年，腾讯云就已经开始构建，组建了"云平台部"，到2010年底，腾讯"云平台部"服务的客户已有近3000家。百度云从2012年才开始发展，它有百度搜索引擎助力，紧跟时代潮流，发展得顺风顺水。金山云也是从2012年开始发展的，它在兄弟企业小米科技的帮助下，深耕存储、游戏、移动直播、短视频、政企、医疗、民生等领域，形势一片大好，前景一片光明。华为云在2010年开始部署战略，它在蛰伏，在韬光养晦中积蓄能量，等候一鸣惊人的最佳时机。

2013年，腾讯开放云正式更名为QCloud，开始面向开放平台之外的更多外部客户，向公有云进发。随后，腾讯云团队全面向金融、政务、零售、大企业等市场开进。2015年6月，华南地区最大的云计算数据中心基地——中国腾讯云计算数据中心正式启用。这一年，滴滴正式入驻腾讯云，12306入驻阿里云，自此，中国云计算行业竞争日渐白热化。到2019年，腾讯云全球市场份额超过了IBM，在全球云厂商里排名第五。

2019年之前，腾讯云的业务人员在与客户谈合作时，经常会面临一个非常难回答的提问:"腾讯云这么好,你们腾讯自己的微信、王者荣耀在用腾讯云技术吗?"

这个问题如果用肯定的回答,那是睁着眼睛说瞎话;如果用否定的回答,也不符合现实情况。因为腾讯自己的产品是用了云技术的,只不过不多。所以,这是一个不太好回答的问题。

腾讯发展史上的大事件"香港会议"是2018年召开的。夏末,在香港。"香港会议"的主要成果有两条:一条是"开源协同",由腾讯程序员合力研发代码透明的"基础技术模块",腾讯各业务按需所取,技术共享;另一条是"自研上云",所有的腾讯技术上传至腾讯云,予取予求。

"开源协同"很快得到了贯彻落实,"自研上云"的进展略显缓慢,2019年春节过后才正式开始,然后就迎来各路神仙打架的混乱。腾讯云团队兵来将挡,水来土掩,遇山开山,遇水架桥,终于将性格迥异的各路腾讯豪杰排排坐、分果果,一起合唱《在云端》。

因为忙碌,2019年过得特别快,转眼就到了2020年春节,风中隐隐有一股不同寻常的味道。从除夕到初七,腾讯云上的一排腾讯自研业务泰然自若,如德芙巧克力般纵享丝滑,没出任何问题。

猝不及防的意外发生了,新冠疫情暴发。

清代诗人赵翼《题遗山诗》云:"国家不幸诗家幸,赋到沧桑句便工。"

新冠为百年不遇的大流行病,它在全球蔓延,令旅游业倒退,使全球贸易萎缩,企业生产与供应链紊乱,金融市场动荡,失业率上升,油价暴跌,各个国家财政压力增加,但它促进了数字经济的兴起,使其成为全球经济新的增长点。

腾讯会议,这朵腾讯云完成"自研上云"后的第一朵原生花,生于危难,具有天然的悲悯属性,在其强大的腾讯云母体支撑下,成为无数人的祥瑞之云。

3. 腾讯会议会开会

2020年，美国东部时间3月30日，联合国在纽约总部宣布，腾讯公司成为其全球合作伙伴，为联合国成立75周年提供全面技术方案，并将通过腾讯会议、企业微信和腾讯同传在线举办数千场会议活动。这意味着，在新冠疫情之下，规模最大的全球对话将在中国互联网科技企业的技术支持下进行。联合国发布官方新闻称，"这是一项全新且创新的全球合作"。

联合国成立75周年纪念活动筹备工作秘书长特别顾问法布里齐奥·霍克希尔德说："我们正在加强联合国75周年在数字化领域的发展，并不断适应疫情环境下的诸多限制，本次与腾讯的合作恰逢其时、价值巨大。"

2021年，中国国际贸易促进委员会、中国国际商会在北京以线上线下相结合方式举办2021年"一带一路"贸易投资论坛。论坛成员遍布全球150多个国家。腾讯会议依靠腾讯云遍布全球27个国家的70多个可用区，以及2800多个加速节点，为220多个国家和地区的用户提供就近接入能力，同时借助腾讯云网络的高质量低延迟的传输能力，为会议的稳定进行提供了基础保障。

每一场重大会议，薛笛都会是现场保障工程师团队的一员。

当他戴着耳机监测腾讯会议音频信号质量时，用力去捕捉夹杂其中的些许噪声，但几乎没有。腾讯会议的降噪问题，是腾讯天籁实验室的成员拿着手机到菜市场、商店、街头小巷、地铁公交……到任何一个他们能想到的场景中去捕捉声音样本，让系统学习、识别，再利用AI技术自动降噪，以达到清晰、纯净的声音效果。

拥有坚实的技术底座、最大限度满足用户的需求的腾讯会议实现了在anytime（任何时间）、anywhere（任何地点）、anydevice（任何设备）、

anynetwork（任何网络）都能稳定流畅地开会的人生小目标，为自己立了一个"腾讯会议会开会"的人设。

吃水不忘挖井人，志得意满的腾讯会议亦是懂得知恩回报的。

2021年6月24日，国家知识产权局发布《关于第二十二届中国专利奖授奖的决定》。以腾讯为专利权人、腾讯云专家工程师薛笛为发明人的"一种数据传输方法、系统以及相关设备"获得第二十二届中国专利金奖。

第二十二届中国专利金奖评审委员会授予薛笛的颁奖词是："腾讯云此次获奖的专利为支持百万方超大规模视频会议的全新设计方案，单会议支持100万与会者同时参会，单集群支持1000万用户同时在线，集群所有核心组件均支持快速扩缩容。此外，在超大规模下，该项专利仍能保持超低延迟、超强抗性，保证腾讯会议超大房间里的所有用户可以随时平滑上下麦，体验远超普通视频会议和直播连麦系统，在微信视频号直播、全民K歌等场景上也有出色的表现。"

23年前，2001年，腾讯申请了第一项专利，到2022年12月，腾讯在全球主要国家和地区专利申请公开总数超过6.2万件，专利授权数量超过3万件。在全球互联网企业中，仅次于谷歌，排名第二。腾讯的每一项专利后面，都有一个关于创新的故事，一个如何实现更大价值的故事，这些都是一个个精彩的中国故事。

第十六届
中国专利金奖
（2014年）

专利号
ZL200810241509.X

专利名称
一种核电机组的事故监控系统及其监控方法

专利权人
中国广东核电集团有限公司、大亚湾核电运营管理有限责任公司

发明人
张锦浙　周创彬　魏艳辉

大亚湾的夜色

　　不知不觉已经在深圳逗留了 10 日之久，只剩下最后一组采访对象，中国广东核电集团有限公司、大亚湾核电运营管理有限责任公司的 3 位核电专家，张锦浙、周创彬和魏艳辉。

　　一轮圆月欢快地跃出海面，海上生明月，海滩上拥挤着沐浴着月光消夏的人群。熙来攘往中有南音，也有北调，嘈杂，喧嚣。月光消解了暑气，舒适的风中隐含着烧烤的香气，比撩人的月色更诱人。在积极发展核能的今天，即将要去核电基地内部采访的强国行采访组成员，在大亚湾皎洁的月夜里，每个人都辗转难眠。

捣练子令·深圳十日
云上月，大亚湾，星汉灿烂夜无眠。
深圳十日南风劲，簕杜鹃红碧海天。

　　大亚湾核电基地坐落于广东省深圳市大鹏新区，基地内有大亚湾核电站、岭澳核电站两座核电站，共 6 台百万千瓦级压水堆核电机组，年发电能力约 450 亿千瓦时。其中，大亚湾核电站所生产的电力 80% 输往香港，约占香港社会用电总量的四分之一，20% 输往南方电网；岭澳核电站所生产的电力全部输往南方电网。

　　截至 2023 年 3 月 16 日，中广核岭澳核电站 1 号机组实现连续安全运行 6000 天，创造了国际同类型机组连续安全运行天数的最高纪录。中国核电机组运行安全水平居世界前列。

1. 三人行必有我师焉

下午快下班的时候，大亚湾核电运营管理有限责任公司副总工张锦浙遇到了核安全工程师魏艳辉。虽然同在一个公司，但因为各自从事的工作性质不同，二人鲜少遇见。张锦浙知道魏艳辉前段时间生了一场病，刚听说的时候，他第一时间给魏艳辉打去了问候电话。今天一见，张锦浙觉得魏艳辉气色还不错。两个人边走边聊，快到停车场的时候，张锦浙问魏艳辉："你最近见创师傅了没？"

"没有啊。"

"咱仨好久没聚了，相请不如偶遇。这样吧，我给他打个电话，咱们一起吃个饭。他要是没空的话，那就咱俩！"

"好。"魏艳辉点头应道。

张锦浙给周创彬打去电话，三言两语说明白，电话那头传来周创彬慢条斯理的潮汕口音："我有空啊，再说你请客，就是没有空也得有空啊！"

魏艳辉与张锦浙相视一笑，周创彬的冷幽默，依旧是熟悉的老配方。三人的友谊开始于2006年状态导向法事故规程的撰写，那是张锦浙、周创彬与魏艳辉的第一次合作。他们各自承担了最擅长的一部分，分工协作，默契配合，出色地完成了任务。恍惚间差不多有20年了。

张锦浙是在安徽长大的浙江义乌人，父亲在他的名字中嵌入一个"浙"字，意在提醒他，无论去往哪里都要记得自己的故乡。张锦浙大学专业是核能与热能工程，1996年从西安交通大学毕业后直接进入大亚湾核电站工作。

大亚湾核电站的历史要从1978年说起。1978年12月4日，邓小平会见了法国外贸部长弗朗索瓦一行，在回答法国记者提问时，邓小平宣布，中国决定向法国购买两座核电站设备。

彼时香港的电力供应十分紧张，中华人民共和国原水利电力部、广东省政府计划在靠近香港、广州、深圳等电力负荷中心的深圳大鹏镇建设一座核电站——大亚湾核电站，因选址临近大亚湾而得名。大亚湾核电站由内地与香港中华电力公司合资建设，港方占股25%，所发电力的大部分销售给香港。

1982年9月，时任英国首相撒切尔夫人访华后，从10月开始，中英双方就香港回归这一重大问题进行了漫长的谈判。刚开始筹备的大亚湾核电站建设受到影响，暂时搁置。直到1987年8月，大亚湾核电站才正式开工建设，于1994年建成并投入商业运行。

大亚湾核电站是中国首座引进先进技术、设备建设的大型商用核电站，拥有两台单机容量为98.4万千瓦的压水堆核电机组，由中国广东核电集团与香港中华电力公司合资建设和运营。按照合营合同，大亚湾核电站合营期20年，从1994年至2014年。合营期内大亚湾核电站70%的电量输送香港。2014年大亚湾核电站首个合营期结束后，中国广东核电集团与香港中华电力公司将合营期又延长至2034年。

2016年4月6日，在巴黎举行的2015年度国际同类型机组安全业绩挑战赛颁奖仪式上，中国广核集团所属的大亚湾核电运营管理有限责任公司荣获"能力因子"和"核安全/自动停堆"两项第一名。

2024年2月1日，中广核集团宣布，大亚湾核电站安全投运30年，为香港供电累计达3104亿千瓦时。

在张锦浙的学生时代，专业就是他的兴趣；工作之后，所学专业又与职业高度契合，可谓是个人兴趣与大学专业以及从事的职业完美统一。张锦浙觉得从事技术创新是一件开心的事情，他享受化繁为简解决复杂问题的过程，有成就感。不是每个人都有这样的运气，当年一起毕业的大学同学，也有改弦易辙的。同学聚会或者偶尔联系时，张锦浙能感受到他们发自内心的遗憾与不甘。核电是清洁能源，是电网基荷的重要选项，亦是实现中国乃至世界"碳中和"的重要方式。能够置身于核电技术领域，与有荣焉。

2005年，岭澳二期核电建设即将开工。中广核集团选拔精干力量，派往法国学习，第一批有9人。大家先是在上海集中学习了3个月的法语，而后启程飞赴法国电力集团（EDF：Electricite De France）进行培训。法方在授课时是纯法语教学，在3个月的法语速成班上学到的远远不够。张锦浙曾写文章回忆当时的情况：斗大的字识了一箩筐，就上了法航的飞机开始应用。虽说大家刚开始听课非常费劲，但法方的课程安排得紧凑而周密，不会因为学员没有听懂而改变学习计划与进度。没办法，大家只能白天上课，晚上自己补课，每人宿舍书桌前的墙壁上贴满了黄纸贴，既有法语专业词汇，也有日常法语短语，贴了撕，撕了贴。不到两个月，9个人的法语水平"噌噌"上升，用法语听课、交流甚至撰写专业文章都不在话下，有时还能与法国电力集团老师争论一二。

6个月培训结束时，9个人中的每一个都能讲一口流利的法语。第一批数字化机组培训人员一共翻译了近40万字的法语资料，其中张锦浙完成了9万字的翻译与校对。

2. 创师傅炼成记

1987年，17岁的周创彬考取了北京核工业学校，这是中国原子能研究院下属的一所中等专业学校，周创彬的专业是核电站运行。全班40人，广东的学生占了四分之三，剩下的是北京当地的学生。

中专第一年没有专业课，学的是高中课程，所有的科目中，周创彬最喜欢数学与物理，这也是他初中成绩最好的两门功课。他依然保持着喜欢做书上的附加题与思考题的习惯，每做出来一道就特别开心，连做梦都能笑出声来。第二年开始上专业课，讲授专业课的老师都是原子能401所的研究员，都是为中国的核工业发展呕心沥血做出重大贡献的人，含蓄、内敛、低调是他们身上共同的标签，每一个都是响当当的人物。多年之后回想起来，周创彬意识到中专阶段学习的反应堆导论、热工水利等专业理论为他的发明创新打了一个很好的基础，他是在起步阶段就取到真经的幸运儿。

从湿热的南方到干冷的北方，从最初皮肤干得起皮，到爱上北京的香山红叶和冬日的初雪，周创彬用了4年的时间，等他意识到时，已经到了毕业季。同班同学的分配去向要么是秦山核电站，要么是大亚湾核电站。虽然很喜欢北京，虽然对中国自行设计、建造和运营管理的第一座30万千瓦压水堆核电站秦山核电站充满了向往，但周创彬还是选择回到广东。那里是他的家乡，有他的家人，有熟悉的乡音、熟悉的美食。1991年，周创彬中专毕业被分配到广东深圳大亚湾核电站，成为一名现场操作员。

大亚湾核电站建设全部依靠进口，国产化率基本为零。大到核电设备，小到一颗螺丝，一包水泥，都是从外国进口的。电站建造和管理引进了法国的核岛技术装备和英国的常规岛技术装备，并由一家美国公司提供质量保证。在核电站运营初期，核心岗位均由外方人员任职，中方技术人员没有多少话语权。周创彬刚被分配到大亚湾核电站时，面临的就是这样的一种尴尬的境况。

心里不舒服又能如何？人家有傲慢的底气。要想获得外方技术人员的尊重，只有在技术上与他们比肩而立，别无他法。

作为一名现场操作员，周创彬也有自己的职业目标。他要通过自己的努力成为一名主控室操纵员。

当时的主控室操纵员最低学历要求是大专，还要通过国家核安全局的考试才能持证上岗。大亚湾核电站的第一批主控室操纵员是送去法国培训的，每个人所花费的培训费，相当于与自身体重同等重量的黄金价格，所以第一批主控室操纵员又被称为"大亚湾的黄金人"。周创彬的目标就是要成为一位物美价廉的"黄金人"，而且无须去法国耗费高昂的培训费，也能掌握技术并通过国家核安全局的考试。

要想成为一名主控室操纵员，首先得取得大专学历，这是硬杠杠。虽说学历不等同能力，但学历是能力的一部分。周创彬报名参加了华南理工大学电子技术的自学考试，他的目的不在拿一纸文凭，而是为了更好地工作。

自学考试每次最多可以报考四门课程，周创彬的方法是先易后难，有把握的就一次报四门，有难度的就一次报两门，或者干脆报一门，确保通过。在最后的自学考试毕业设计阶段，需要写一篇完整的关于电子技术的报告。彼时的华南理工大学招待所条件简陋，一个房间住好几个人。不是每个人都像周创彬一样态度认真、学习刻苦，"60分及格万岁"就是他们的终极目标。

房间里闷热，大家都开着门，打牌的声音、电视机的声音在走廊里碰撞、回荡，打牌岂能不抽烟？烟雾缭绕，扑克牌摔在桌子上"啪啪"作响，隔壁的电视在咿咿呀呀地唱着流行歌曲，对面房间的电视里绿茵场上的搏杀正酣，每个房间电视的声音都不同，有人喜欢阳春白雪，就有人喜欢下里巴人。住在202房间的周创彬是招待所入住的所有客人中的异类，八风吹不动，任尔东西南北风。屋里很热，破了洞的背心被汗水打湿，湿漉漉地贴在身上。他就端坐在那里，老僧入定一样写他的报告。周围的人，他视而不见；周围的嘈杂，他听而不闻。努力的结果就是，周创彬用最短的时间取得了华南理工大学电子技术自学考试的大专文凭。1995年，符合条件的周创彬被列为主控室操纵员培养对象。

1997年，周创彬一次通过了国家核安全局的核电站操纵员执照考试，正式成为一名主控室操纵员。

核电是一个非常复杂的系统工程，包含数百个系统、近千个厂房构筑物、7万余台套设备。核电调试是核电站投入商业化运营之前的最后一个环节，调试工作对保证核电安全至关重要。在1994年5月建成并投入商业运行之前，大亚湾核电站经过了一系列严谨、缜密的调试。

每一个新人都有师傅带，周创彬也不例外。在工作现场，周创彬就是师傅的跟屁虫，师傅在哪里，他就在哪里。别的师傅偶尔找不到自己的徒弟，需要大声喊才能把徒弟召唤回来。周创彬的师傅从来没有遇到过这样的情况，他的徒弟永远在他的左右。有时候师傅累了休息一会儿，周创彬依然精神炯炯地守在设备旁边，拿着图纸，主动找问题。

一天，师傅带着周创彬去测试一个阀门。测试结果显示阀门逻辑与试验要求不一致，但原因却一时之间无法确定。整个上午，师傅和几个老师傅一直在找原因，全新的设备怎么可能会坏呢？周创彬一声不吭，跟在师傅身边仔细观察。他换了一个思路，假设设备是好的，那问题会不会出在设备的连接上呢？周创彬默不作声，认真排查了一遍线路，果然是线路接错了。他悄悄告诉了师傅，于是大家尝试着重新接了一遍线路，故障如愿排除。

"你这徒弟不错嘛，快赶上师傅了！"

"我看呢，已经超过师傅了呢！"

师傅乐呵呵地听着工友们起哄，显得"家有吾儿初长成"的得意与满足。周创彬也在心里暗自高兴。多年之后，等到周创彬一步步从一名只有中专学历的普通员工成长为主控室操纵员、运行副值长、机组长、调试中心副总工程师,成为"创师傅",也开始带徒弟后,才真正能体会自己师傅当年的喜悦。

2004年,大亚湾核电站的第一次大修包括完整实施安全壳打压试验、一回路水压试验和MIS机检查3项典型的10年大修项目。这3项中最难的是"一回路水压试验",因为它与核安全关联最相关,实施过程最复杂,对风险控制要求最严格。在大修过程中到底会遇到什么样的问题,无人知晓,也无法预估。讨论来讨论去,调试中心把运行准备的重担交到了周创彬手上。

与张锦浙一样,周创彬也被派往法国学习取经。不过与张锦浙的6个月长训不同,周创彬是一个多月的短训班。在出发之前,周创彬把所有的疑问列出来做成表格,他要一个一个地向法国同行请教。在法国,周创彬还出人意料地在翻译的协助下通读了一本法语原文维修程序,还认真学习了法国同行大修时的会议材料。法语被认为是世界上最美、最浪漫、最精准的语言之一,后来经常有人跟周创彬开玩笑问他在读法语书时有没有感受到法语的魅力,学会法式浪漫了没有。刚开始周创彬还会一本正经地回答说"没有",后来意识到是同事们的玩笑后,也就一笑了之。

法国之行,虽然时间不长,但不虚此行。周创彬与同事们虚心求教,法国同行也毫无保留地为远道而来的中方人员答疑解惑。从法国回来之后,大家继续分头梳理大修规程,大部分问题已经有了成熟的解决方案。尤其是周创彬,他写了500页的10年大修总体运行程序,编制的《一回路水压试验》总体运行程序创造性地融入了运行风险控制,填补了国内核电领域的空白。

有人问周创彬,你为何要把《一回路水压试验》总体运行程序写得那么详细,傻瓜都能看得懂了。

周创彬说:"这样的大修以前没有进行过,我这个程序是在法国人相关研究的基础上创新写出的傻瓜式运行程序,方便今后其他核电站大修时参考借鉴,就应该越详细越好。"

事实证明，翔实的程序成为机组大修期间最方便的工作指南与说明书。见《一回路水压试验》如见周创彬，遇到问题，如果周创彬在，直接跟他商讨；如果他不在，看他写的操作程序亦如同见面一般。大多数人只考虑了10种可能，而周创彬则做了99种假设。直到这个时候，大家才意识到周创彬写程序时的良苦用心，也由衷地佩服他能把所有可能遇到的情形悉数写于纸上。

十年大修如期进行，且进展顺利，大家凝心聚力保障大修质量的同时，还缩短了工期，提前3天完成了大修任务，积累了宝贵的经验。大修圆满成功后，周创彬又发表了题为《十年大修项目的运行风险分析和风险控制》的科研论文，对国内同类核电站极具应用和推广价值，相关成果获国防科技进步三等奖。

如果用峰谷图清晰地划分周创彬的人生轨迹，会发现大亚湾核电站机组十年大修只是他的第一次人生高峰。他的第二次人生高峰要在十年后再次登顶。十年，又十年，人生又有几个十年？

如今，"创师傅"周创彬的履历金光闪闪，中广核工程有限公司专项试验资深专家，高级技师，研究员级高工。他在核电运行和核电调试领域深耕30多年，实现核电领域多项零的突破，推动中国核电调试达到国际先进水平。他曾获全国五一劳动奖章、第十四届中华技能大奖、深圳经济特区建立40周年创新创业人物和先进模范人物、全国劳动模范、全国优秀共产党员、南粤工匠、广东好人，有发明专利18项、1项中国专利金奖和2项中国专利优秀奖，享受国务院政府特殊津贴。周创彬的光芒不仅局限在自己的本职工作，还跨界到了社会服务、公益慈善等多个领域。

3．三剑客强强联手

岭澳核电站一期在建设时参考大亚湾核电站，实施了52项技术改进，全面提高了核电站整体安全水平和机组运行的可靠性、经济性。按照国际标准，岭澳核电站一期推进中国核电自主化、国产化进程，实现了项目管理自主化、建筑安装施工自主化、调试和生产准备的自主化，部分设计实现了自主化，部分设备制造实现了国产化，整体国产化率达到30%。

岭澳核电站二期是继大亚湾核电站、岭澳核电站一期后，广东建设的第三座大型商用核电站。项目规划建设两台百万千瓦级压水堆核电机组。2004年3月，岭澳核电站二期被列为国家核电自主化依托项目。2005年12月正式开工，两台机组分别于2010年和2011年建成并投入商业运行。通过岭澳二期项目建设，中国全面掌握了第二代改进型百万千瓦级核电站技术，形成了百万千瓦级核电站设计自主化和设备制造国产化能力，为引进、消化、吸收第三代核电技术打下了坚实的基础。

随着工业计算机的普及，核电站的主控室设备也迎来了更新迭代，开始向数字化电脑主控转变。岭澳核电站二期工程就是以数字化主控室取代原有的传统主控室，需要开发全新数字化运行程序。

"电脑操作的缺点是直观性下降，干预没有以前快。以前传统的仪表式主控室可以一览无余，电脑操作则打开画面才能操作，屏幕有限，点什么才能看什么。"在核电站数字化运行程序研发调度会上，在对比仪表式主控室与数字化电脑主控室时，周创彬阐述了自己的认知，"当然了，仪表式主控室也不是完美无缺的，工业计算机普及是大势所趋。我指出弊端的目的，是希望我们在写运行程序时，尽可能地克服电脑操作干预慢、直观性差的这些不足，从而提高操作效率和干预速度。"

2007 年以前，世界范围的数字化核电厂处于探索阶段，在役的数字化核电厂屈指可数，可供借鉴的运行及维护经验也非常有限。中国核电行业引进的数字化系统与设备均未能获得彻底的技术转让，国外 DCS（集散控制系统）技术领域的专利壁垒高，底层的核心技术无法获取，这些因素最终导致我国确保核电厂安全与稳定运行成为一个难题。

实际上，核电站数字化运行程序研究从 2005 年就已经启动，到 2007 年底进入到技术攻克阶段，有许多技术难点一直没有攻克。

中广核再次组织相关人员去法国学习。到了法国跟同行交流之后发现法国的方案很先进，但却像一座拥有无数个房间和通道的宫殿，操作员在进行电脑操作时犹如走进了迷宫一般。法方的事故处理程序虽然自动化程度高，但带来的维护困难问题也不容忽视。操纵员容易陷入程序执行，而失去对整体状态的监视和现象的理解。

新一代程序的开发是挑战，也是机遇。曾经协同工作的张锦浙、周创彬、魏艳辉再次组队，并肩作战。他们的职责就是在吸收、消化法国核电站数字化运行理念与经验的基础上，写出适合中国核电站运行的数字化程序。

那一年，"三剑客"张锦浙、周创彬、魏艳辉与其他同事一起在办公室加班，从早到晚。一个一个初始方案被提出、被挑战。布局，数据的选取，交叉验证，自动判断，链接……一条一条被审视优化。设计一旦初步确定，就要送到模拟机上进行运算验证，一幅一幅画面初步通过后，再带入预设的各种事故场景进行模拟操作。字符的大小，颜色的调节，报警闪烁的频率……每一项都需要优化，只为主控室操纵员在事故处理场景的高压下，可以便捷地监督各类参数并加以验证，准确理解机组的状态，然后可以快速调取控制器来执行程序。大家忙得经常忘记吃饭，到了吃饭的点，同事喊他们去食堂，他们只是随口答应一声，屁股却不离开凳子。等同事吃完饭回来，看他们还在电脑前忙碌，就去食堂帮他们把饭买回来，叮嘱他们吃完饭再继续工作。等到实在是饥肠辘辘、饿得头晕眼花时，饭菜早已经凉得透透的。聊胜于无，还是吃吧！

"三剑客"起早贪黑地写程序，别说能准点下班回家，有时候熬到太晚，就直接睡在办公室里，通宵达旦地忙碌。最长的一次将近 20 天没有回家。"三剑客"的意见也并非完全统一，偶尔也会因为技术见解不同争得面红耳赤。尤其在设置信号提示灯颜色时，周创彬坚持要用传统的红开、绿关的思维。在这个问题上，张锦浙有不同的考量。"创彬，过多的红色会影响操作员的判断，降低对异常情况的敏感度。我觉得咱们应该接受数字化技术带来的新的变化。用填充色代表开，用非填充色代表关。"

平时随和的周创彬在技术上却有固执的一面，他梗着脖子与张锦浙据理力争。这个时候往往就是好脾气的魏艳辉发挥作用的时候，他这边劝慰张锦浙少安毋躁，那边再对周创彬晓之以理。多次论证与沟通后，周创彬意识到自己的执着过于片面，遂放弃了之前坚持的红开、绿关的想法。大家达成了一致。

这一年，变化最大的是周创彬。年初时，白发仅仅在鬓角，双鬓落雪。到年底时，周创彬的黑发以肉眼可见的速度在变白，只一年，不到 40 岁的他看上去就老了 10 岁，头发几近花白。

苦心人，天不负，持续一年多的加班研究，"三剑客"为岭澳核电站二期数字化主控室写的事故控制程序终于完成。依托此程序，核电运营公司同步开发和验证了操纵员在事故情况下使用的监控画面等大量 DCS（集散控制系统）改进新技术，减轻了事故情况下操纵员的负担，使操纵员在事故情况下能快速获取事故程序执行时所需的设备状态及参数等信息，提高了事故程序的执行效率，减少了人为原因的失误，及时处理事故，保证堆芯的安全状态，在技术上成为国内创新的标杆。趁热打铁，张锦浙本身就是部门专利协调人，验证成功后，立刻就总结技术和创新点，并进行了专利申请。

这一成果在岭澳核电站二期经受了考验，随后又推广到红沿河、宁德和阳江的核电站，均圆满实现了核电站的数字化运行操作。

2014年，国家知识产权局中国专利奖评审办公室下发通知，要求"一种核电机组的事故监控系统及其监控方法"专利发明人前往北京答辩。"三剑客"应邀北上。

在确定谁作为答辩人时，周创彬主动放弃，他的理由真诚、真实："我普通话不行啦，我说话人家评委听不懂的啦！还有，我的形象也差那么一点点啦！"

"我也不行。"性格腼腆的魏艳辉也主动让贤。

"张锦浙，你最适合啦，普通话好，人长得又帅！"周创彬笑眯眯地调侃。

再推辞也没什么意思，张锦浙从小到大都是果敢自信的性格。专利申请是他执笔写的，最了解其中的技术细节，这样一来撰写答辩词也就更容易一些。到了北京，入住酒店。周创彬建议张锦浙做模拟演练，以确保答辩效果。三个人在张锦浙的房间一通折腾，把床单挂起来充当投影幕布，把答辩幻灯片投在上面。张锦浙把当年赴法培训穿的西装找出来，精心收拾一番。魏艳辉扮演评委，周创彬负责录像。录一遍，回放一遍，从语音、语速、语调到肢体语言抠细节，精益求精，以达到最好的效果。

这个情节牢牢印在"三剑客"记忆里，那是他们共同的光荣与梦想。多年之后，每每相聚，依然津津乐道。

2014年，"一种核电机组的事故监控系统及其监控方法"获中国专利金奖。

4．华龙一号

在日本，2011年3月11日14时46分，发生了9.0级大地震。

地震导致福岛第一核电站所有的厂外供电丧失，3个正在运行的反应堆自动停堆，应急柴油发电机按设计自动启动并处于运转状态。地震引起的第一波海啸浪潮在地震发生后46分钟抵达福岛第一核电站，冲破了福岛第一核电站的防御设施，海浪深入到电厂内部，造成除一台应急柴油发电机之外的其他应急柴油发电机电源丧失，核电站的直流供电系统也因受水淹而遭受严重损坏，仅存的一些蓄电池最终也由于充电接口损坏而导致电力耗尽。由于丧失了把堆芯热量排到最终热阱的手段，福岛第一核电站1、2、3、4号机组在堆芯余热的作用下迅速升温，锆金属包壳在高温下与水作用产生了大量氢气，1、3号和4号机组燃料厂房先后发生氢气爆炸。

中国在福岛核事故发生后，在事故初期及时关注事故动态，对环境放射性进行实时监测，稳定国内人员的恐慌情绪。国务院召开会议，对中国核设施进行全面安全检查，尤其是正在运行的核设施安全管理，全面审查在建核电厂，严格审批新上核电项目。

到2022年3月11日为止，日本"3·11"大地震已经过去了整整11年，但福岛核事故的影响仍在持续。2023年8月24日13时，日本福岛第一核电站启动核污染废水排海。预计整个排放期将持续30年左右。这种不负责任的方法，遭到周边国家的强烈批评。

"华龙一号"就是在全球核电站恐慌时起步的。

"华龙一号"是中国核工业集团公司与中国广核集团根据福岛核事故经验反馈以及中国和全球最新安全要求，研发的百万千瓦级压水堆核电技术，是具有完全自主知识产权的三代压水堆核电创新成果，是中国核电机组发展的主力堆型，也是中国核电走向世界的"国家名片"。

周创彬结合"华龙一号"的技术特点提出了一项发明专利，在 2019 年获得了英国知识产权局授权，成为中国核电调试领域的首个英国发明专利。

2023 年 3 月 25 日，中广核第一台"华龙一号"核电机组——广西防城港核电 3 号机组正式投产发电。一台"华龙一号"核电机组一年发电超 100 亿千瓦时，能满足中等发达国家 100 万人口的年度生产和生活用电需求。相当于每年减少标准煤消耗 312 万吨、减少二氧化碳排放 816 万吨，相当于植树 7000 多万棵。

"华龙一号"的领先，世界看得见。更高的转化效率、更高的安全系数，甚至可以抵御大型飞机撞击。它的非能动安全系统，可以避免任何意外情况下的核泄漏。即便供电系统失灵，它也可以自动利用储备的 5000 多吨水为反应堆快速降温，从而保证员工和周边居民的生命安全。

作为中国核电"走出去"的主打品牌，"华龙一号"凝聚着中国核电建设者的智慧和心血，实现了先进性和成熟性的统一、安全性和经济性的平衡、能动与非能动的结合，具备国际竞争比较优势，已成为当前世界核电市场上最具竞争力的三代核电机型之一。中国完全掌握了第三代核电技术的自主知识产权，实现了从跟跑到领跑的跨越。

大亚湾的夜色撩人，还有几日就要立秋了。

深圳的采访接近尾声，就要离开了，在夏末秋初之时，与大鹏所城的秋色失之交臂。来年吧，待南风起时再来，据说这里的春天是一年中最美的时节。

文化沉思：强国行之珠江烟水碧蒙蒙

江声，米轨

已经是癸卯兔年的小年。

他在昆明老家蛰伏写书。广西教育出版社有个改稿会，邀请他去做指导。三江县，是他16岁投笔从戎时，从桂林去通道的侧身而过之地。他忽然有点想念那里的风情风俗，便同意了。

那天晚上，夜宿高楼，落地窗可观南宁城郭、邕江夜色。他望着邕江映照一城灯火，在内心喟叹：何人可为珠江作传？

珠江发源于他的老家云南，正源从曲靖沾益的马雄山流出，属乌蒙山余脉。经曲靖、师宗、宜良、华坪、开远、弥勒，入南盘江，后入贵州境，与北盘江相合，称红水河，在广西象州会柳江，改称黔江，在桂平与郁江合称浔江，过梧州又改称西江，直抵粤省，成为广东的母亲河——珠江。

珠江源出云之南，但相比黄河、长江，知名度却一直不高。也许因为三江并流过云岭，滇境之大江大河太多，南盘江被人忽略了，自然也包括它。直到那一天他在昆明大板桥写作，邻家小弟邀亲朋邻居在宜良县徐家渡吃农家饭。此系一个小村庄，在宜良县与澄江市交界处，抚仙湖之南，要翻越一座很高的山，至山巅，而后盘旋下山，拐了又拐，车至山谷时，竟遇一条江，一条小铁路从村中经过，他问江为何名，答曰："南盘江。"再问道为何路，答曰："滇越铁路！"

天哪！这回轮到他讶异了。此小村庄南北两座高山相峙，谷底一条南盘江穿越江峡；江边，古树成行，浓荫遮蔽江岸，郁郁葱葱。半坡上是一座村庄，竟然有马帮行走的石板路，小街两边商铺林立，大户人家的豪宅居中，可窥昔日繁华一梦。南山脚下是米轨滇越铁路，矗立着一块白色的站牌，写有"徐家渡"三个字，一个小小候车室里，法国造的三面钟仍挂在墙上，伴着岁月静静地旋转着年月日，一天又一天，一年又一年，苍山一岁一枯荣。山坡的草黄了绿，绿了又黄，风光独秀，堪称世外桃源。

他坐在徐家渡小站的长椅上，看着百余年前已无铿锵心跳的米轨，滇越米轨停运6年了。再无汽笛声惊魂江岸，任呜咽的江水平静而去。村庄下边的南盘江水依旧流淌，夏日山雨一来，江水陡涨，波浪浑浊，湍急，三四百米宽的江面，犹如一条黄绸带一样，飘在云朵上。人因江聚，村因路兴，铁路停运了，行人寂寂，江水仍旧奔流不息，可是徐家渡已经沉寂下来。那天，他从老村走过，繁华与衰败同在，街上店铺关停好多年了，大户人家的雕梁画栋、雕花窗多被白蚁蛀蚀，风一吹，落了一层灰。

从那一刻起，他开始关注这条南盘江，这条百年滇越铁路……

众生，滇海子

江横坝子阔。蓦地回首，他的老家大板桥南边，也有一条米轨，从宝象河上掠过。此乃20世纪20年代，云南王龙云想坐着小火车回昭通，修至沾益乌蒙山下后经费告罄。乌蒙朱提难越，只好作罢。

它是一条众生之江啊，珠江之源离他的一个小战友张龙华家不远。张龙华曾对他讲过自己家族的兴衰，张龙华的外公外婆就是南盘江的一簇浪花，随时代而兴，也随时代风雨而零落。云南和平解放前，外公为白皮红心，明面上虽为国民政府曲靖县的保长，家里却是共产党的地下交通站，许多坐着小火车从昆明来的青年学生，出了沾益小火车站，就住在张龙华的外公外婆家。外婆一双三寸金莲，莲步轻盈，行走大地，却铜壶煮珠江，笑语殷殷，煮饭招待革命热血青年。第二日拂晓，外公会送这些青年学生去南盘江源的马雄山曲马沾游击队和翠山里边的马龙张安屯参加边纵部队。云南解放后，外公一度是马龙县司法局局长，后因私藏枪支锒铛入狱，一生基本在监狱度过。小脚外婆恬淡虚无，高寿至95岁，见证了改革开放的好日子。晚年的外婆常莲步点点，入曲靖城，成为一道风景。

穿越大板桥坝子的米轨，与山那边的南盘江并行，中间隔了一座高高的老爷山。一条江南流去，一条铁轨东行。老爷山的南坡属于宜良县，阳光灿烂，雨水充足，万千溪流入阳宗海，成了南盘江上第一个湖泊。他的老家在山之北，处阴面，林间溪水不如南面丰沛，水落宝象河，挟吉祥之意，汇入滇池。然雨量小，又因水库常年供滇池，宝象河渐趋干涸。

珠江之波，源出磅礴乌蒙马雄山，流经滇东南几个大平坝子。第一个是沾益曲靖坝子，此离马雄山50多公里，再流往南面师宗平坝，那是徐霞客云南行必经之地。许多年来，他一直在尝试复原徐霞客云南之旅足迹。徐霞客从贵州兴义过来，至曲靖师宗县，看了爨宝子碑，他对遥远的古滇国有如此瑰丽书法惊叹不已，足见汉文化影响早在汉魏后便波及西南边陲之地。看过爨宝子碑的徐霞客继续向前，到了曲靖的沾益州。此处，离珠江真源马雄山大约50公里，徐霞客走到了一个十字路口，犹豫、徘徊，不知该怎么抵达珠江之源。那个秋天，云南的秋雨下得很大，漫长的雨季。云南晴天如春，落雨则若冬。阴雨绵绵让徐霞客的珠江寻源宛如天空的阴霾一样，看不到尽头。房东龚起潜的火塘上煨着一锅腌猪脚煨红腰豆，徐霞客品着苞谷酒，望着门外雨帘如瀑，忽而不想东行了。龚起潜信誓旦旦地说，珠江源就在西去的杨林镇，老爷山之北。

徐霞客被误导了，他真的以为珠江源就在嵩明县西南的杨林，其在"滇游日记三"中便有这样的记载:"十一日,余欲行,主人以雨留,复为强驻。厌其酒脯焉。予初欲从沾益并穷北盘源委,至交水,起潜为予谈之甚晰,皆凿凿可据,遂图反辕,由寻甸趋省城焉。"由于龚起潜的挽留,徐霞客听信其言,以为北盘江源在投宿不远的杨林镇,故从沾益转至寻甸,然后进了嵩明县界,止于火烧坝,转向兔耳关。

徐霞客未从他家的古驿大板桥入昆明城,令他好生遗憾。徐霞客贵为驴友之祖,未考取功名,是那个年代传统意义上的失败之人,唯以山水抚平心灵伤痕。千里迢迢来到云南,入昆明城郭,去红河,入滇西,最终到了鸡足山,且被仆人偷走了盘缠,让重病在身的徐霞客郁闷至极,将静闻和尚遗骸入塔葬,拿了寺庙和丽江木府给的润笔费,凑足盘缠,遂踏上归乡之途。

南盘江水,像王羲之的狼毫,蘸墨,凌空,向南一抛,以泼墨之姿"画"在滇南大地上。南盘江水过师宗坝子,入宜良九乡了,那也是一个平坝啊。因为在老爷山之南,阳坡,江水朝南流淌,温婉之地也。如果站在滇中坝子老爷山顶鸟瞰,从东向西,宜良阳宗海、澄江市的抚仙湖、通海县的杞麓湖、石屏县的异龙湖,几乎是在一条直线上。让人惊讶的是,湖面海拔由高至低,4个湖泊由阳宗海到异龙湖一路递减,感觉像在洪荒年代,有一条由滇东流向滇南的大江,因为造山运动,青藏高原、云贵高原崛起,大地峙立,奔流不息的峡谷被割裂,这才在滇中及滇南出现了一条江水连接的4个高原湖泊的珠江上游,江水犹如一群白象,在峡谷里狂奔,有的地方狭窄,江流湍急,浪拍两岸,卷起千堆雪。而江水进了坝子,水流舒缓、从容、波澜不惊。水往低处流,在某种意义上,就是一种江河与生命的宿命。生命在时间之河中凝固、孕育、嬗变、进化,并非匀速运动,而是时快时慢,时而乱石穿空,时而静若止水,时而从容不迫。就像黄河出晋陕峡谷,过壶口,涓涓细流,化为奔腾的江水,积蓄了澎湃气势,从咽喉襟要处狂泻而下,惊涛掀起巨浪,奔涌、跌落、粉碎、呐喊、新生，那怒涛隐藏的力量，让人看到了一个部族、一群众生在珠江两岸的城郭繁衍生长，那种生命的创造之力，可以说是气势磅礴。

江水入第一湖泊阳宗海，老百姓说那是一个很深的锅底潭啊，据说南盘江的水经流此湖泊了。岸上柳绿，陌上花开，人间三月天，紫白色的蚕豆花开了，金面蒿贴地而开花，伏于蔓草之上，此野菜与米面和在一起做饼，油煎而黄，甜喷喷的面蒿味，煞是诱人，堪称云南一美味佳肴。蚕豆花则有花妖之誉，攀蚕豆枝而开，花瓣呈紫白色，凌霜而开，则不可食。

滚滚珠江南逝水，江岸水田时有白鹭惊起，像一位白衣隐士，行踪急遽，匆匆。南盘江一泻百里，浪花淘尽英雄。英雄的背影在旷野踽踽独行。该入羊街了吧，小火车上行，铿锵声从徐家渡传来。那年他12岁，读初中，去大荒田陆军部队学军。半月训练结束，遂回老家镇上的昆明第十七中学。他们背着背包，排着队，夜里9点多，方来到羊街小火车站，车厢里挤满了人，上车的中学生一拨又一拨向车门冲击，还是上不去，像水头被截了回来。几次三番终于挤上了小火车。到昆明牛街庄，不过90公里的路程，可小火车盘旋在老爷山上，越大风口，入王家营，过七旬，铿锵铿锵走了一夜。那次难忘的小火车之旅，使他有一种浓浓的米轨情结。

英雄树，木棉花

甲辰龙年春节，他携妻女，驾车去元阳梯田，在石屏县城小住。站在来鹤亭，将异龙湖光山色尽收眼底。

遗憾的是，异龙湖的水被污染了，这是人类欲望放纵的结果。20多年前，画舫楼船游于湖上饕餮盛宴，夜夜笙歌，岂不造成污染？

南盘江的清水河支流涌入弥勒市的普者黑，一湖荷莲，十里桃花，电视剧《三生三世十里桃花》即取景于此。清凌凌的水，蓝莹莹的天，一叶扁舟游弋湖上，徜徉于云中，陶然于水中央。

南盘江南流至开远而折东，华丽转身，流向贵州兴义，至望谟县与北面来北盘江相会，始称红水河，红水河因流经红色砂贝岩层，水色红褐而得名。再入广西黔江、浔江段，途经左右江，并与那块红土地相融，染上红色的星火。

广西教育出版社的改稿会进行得非常顺利，是夜，他俯瞰邕江，灯火迷离，万家皆安。远眺邕江水，淌向广西梧州与粤境云浮市，进入佛山段，在广东三水思贤滘与东江、北江合流，滋润顺德、江门，绕花城而过，在磨刀门注入南海，演绎了改革开放40多年的珠江风情。

深圳，这座改革开放的窗口城市，40多年间聚集了一大批创业者与高端英才，朱冲、薛迪、潘青华、张锦浙、周创彬均在此列。他们在河风与海韵中创造了一个又一个的奇迹。

木棉生南国，春来江成行。在南盘江、红水河、左右江和黔江、浔江两岸，最早绽放的木棉花，在云南叫攀枝花，红如烟霞。一树独峙江边，与珠江碧水蓝天相映，成为一道风景。碧血丹心，它是南国的英雄树。

滚滚珠江南逝水，入南海，挟着马雄山的山泉而去，溪水成瀑，成巨流，但真正改变珠三角、大湾区的，是一个个从东西南北中汇聚于此的鲜活的众生。他们被珠江的清风拂面，将自己的人生与深圳这片有容乃大的沃土紧密勾连。

南盘江水流至珠江，奔跑了1900多公里。前赴后继的人们也都在深圳找到了自己的位置。珠江烟水碧蒙蒙啊！

跋：在粤港澳大湾区看中国

在昆明长水航城写完《强国记——中国知识产权的力量》书稿，已经是甲辰龙年的正月末。北方还在落雪，大西北更是冰天雪地，助手已经踏上西昆仑，于白雪皑皑中，展开甲辰龙年写作的新行程。

高原春来早，昆明城郭一年四季都在拽着春的衣裳，四时有花开。先是梅绽航城，接着紫玉兰一树怒放，迎春花黄金铺陈林荫道，蓝盈盈的天，白胖胖的云，春城的春色令人沉醉不知归路。

坐在书案前，遥想大明状元杨慎贬谪古滇国时，路经滇池，写下一组《滇海曲》："蘋香波暖泛云津，渔枻樵歌曲水滨。天气常如二三月，花枝不断四时春。"

站在长水机场分水岭上，远眺，西山睡佛轮廓依稀，夕阳下，如梦幻泡影，如露亦如电。人间三月天，滇境杜鹃红。杨慎的《滇海曲》，曲曲皆为农耕中国的诗意再现。

当下的甲辰龙年是21世纪的中国。他信口吟打油诗一首："春城二月天，百鸟宿高树。凤凰翥九天，一剑留春秋。"

他在云岭感受到的中国，是闲适、大写意的中国。偶尔沉思，每每会念及去年夏日在深圳看到的迥异于此处的中国。他的故乡残存着些许乡村中国的旧时风景，慢节奏的生活，适合诗意地栖居，这里是他退休之后的休养之地。强国之行，从黄河到长江、珠江，今日之中国激荡着创新、创造之气，在长三角，在珠三角，尤其在粤港澳大湾区。它地处南海襟要，在古代海上丝绸之路的重要城市泉州与广州之间，是改革开放的前沿高地，是今日中国的创造、创新高地。

那天，坐在深圳华为坂田基地的茶歇区，窗外青枝蔓草相拥，品着现磨的云南小粒咖啡，云南与深圳，一杯相融，云岭与岭南，那么远又那么近。蓦地想起一位经济学家的话，未来深圳一定是全宇宙的中心。诚觉不虚。

环顾四周，坐满了年轻的华为人，即便是茶歇时刻，他们依然在热烈讨论课题与技术解决方案。那一刻，我仿佛看到了一个青春中国、活力中国、创造中国，未来之中国。改革开放的40多年，以深圳为领军的大湾区融合了各种文化，既有岭南文化、广府文化，又有客家文化和移民文化。它是传统的，也是现代的；既是中国本土的，又是世界的。在不断杂糅、融合的过程中，形成了强大的独特的文化基因。在这里，英雄不问出处，创新不分年龄。

在深圳采访的几位中国专利金奖得主，他们像一粒粒饱满的种子，遇见风，遇见雨，遇见阳光，在资源禀赋天成的大湾区，在华为、科大讯飞、腾讯、中广核，萌芽抽条，蓬勃生长，结出硕果。粤港澳大湾区的工业、电子技术和互联网技术的发展，与世界水平所差无几，而在某些领域，中国甚至遥遥领先。

与世界领先的创新能力和科技实力相匹配的，是在全球科技领域中国际化的专利水平。《强国记——中国知识产权的力量》采访是一次充满希望的科技旅行，书中涉及的世界级企业，不仅代表了中国的希望，也代表了世界的未来。

站在粤港澳大湾区，回望北京，一路过来，感受到澎湃的中国创新力量，它正促使着中国制造向中国创造转变，中国速度向中国质量转变，中国产品向中国品牌转变。欧美国家多以世界专利的多少，衡量一个国家的创新和富国的指数，从2019年始，中国已经连续6年专利申报世界第一。《强国记——中国知识产权的力量》的书写，看似是展现中国知识产权的力量，但真正聚焦的是当下中国从事科学创新、创造的科技精英，透视他们的成长，从他们的情感、命运、奋斗中寻找强国密码。

本书的结构采用了大江大河与大都市的交叉叙事，有对大江大河的激情吟咏，也有对中国崛起和强国梦圆的写实记录。黄河浸润了中原上下五千多年的文明，湘江文化润泽了以机械制造集群的湘军军团的异军突起，珠江水韵开创了一片新质生产力的创新沃野。黄河的雄浑开阔，湘江的血性霸蛮，珠江的兼收并蓄，无一不在诠释着中国梦，强国梦。

强国记的故事仅仅是开始，永远没有尾声。科技创新是大国崛起的基石，创新、创造永远在路上。一如长江、黄河、珠江，总有涓涓细流不断涌入，才汇聚成黄河惊涛、大江巨澜和珠江水韵。中国科技创新人才已然成为一个庞大的矩阵，中国的知识产权也浩瀚如海洋，《强国记——中国知识产权的力量》只不过撷取了一朵浪花。惊蛰，万物生。江山代有英才出。

未来，圆梦，充满期待……

2024 年 3 月定稿于郑州黄河迎宾馆